KB180384

WUNDERSMITH

원더스미스

모리건 크로우와 원더의 소집자 ①

제시카 타운센드 장편소설
박혜원 옮김

디오네

사랑과 감사의 마음을 담아
나를 건너편으로 이끌어 준 여성들에게
이 책을 바칩니다.

그중에서도 제마와 헬렌에게
또한 타키노 후미에가 일본의 할머니들과 함께 결성한 치어리더 팀에게

긴장감을 놓을 수 없는
예상치 못한 전개

모리건은 안전한 환상의 도시 네버무어에서 원드러스협회의 당당한 일원이 되어 자신도 몰랐던 비기를 발견하고 마음껏 성장할 수 있을까? 전편 번역을 마치고 내내 궁금했던 모리건의 다음 이야기가 마침내 눈앞에 펼쳐졌을 때, 나도 여느 독자들과 다름없이 흥분을 감출 수 없었다.

그리고 브롤리 레일에서 뛰어내린 모리건이 주피터를 따라 이상한 골목길로 들어가는 첫 장부터 모든 사건의 전말이 드러나며 비로소 막힌 숨을 내뱉던 마지막 장까지, 잠자는 시간도, 쉬는 시간도 아까울 정도로 네버무어의 세계에 빠져들었다.

평생을 따라다니던 저주를 벗어던지고 자신의 정체를 알게 된 모리건은 원드러스협회에 들어가 꿈에 그리던 동기를 얻고 원더스미스로서 교육받을 기회도 얻게 된다. 그러나 두렵기만 한 원더스미스의 존재가 반가울 리 없는 협회와 설상가상으로 모리건을 고립시키려는 듯한 협박 편지까지 등장하면서 거칠 것 없이 날아오를 것만 같던 모리건의 앞날에 녹록지 않은 그림자가 드리운다. 협회 회원들이 연이어 실종되는 또 한 축의 사건과 함께 위기감이 점점 고조되는 가운데 모리건은 문제를 해결하기 위해, 그리고 자신의 존재를 증명하기 위해 위험천만해 보이는 사건의 한가운데로 뛰어든다.

절대 악의 화신으로 여겨지는 원더스미스의 운명을 타고난 탓에, 모리건이 혼란을 이겨 내고 자아를 확인하기 위해 반드시 거쳐야 하는 사건들은 전편에 비해 다소 어둡고 위태로운 기운을 뿜어낸다. 게다가 제시카 타운센드는 어른도 완벽하지 않다는 것을, 협회는 안전한 곳이라기보다 수많은 특권이 있고 그만큼 위험도 만연한 공간이라는 것을 보여 주고 싶어 한다. 힘겹고 어려운 평가전을 거쳐 가장 안전할 것 같은 원드러스협회에 들어갔지만, 그 안에서도 여전히 모리건은 쉽게 포용되지 못하고 숱한 의심과 적대감을 마주해야 하며, 실질적인 위험과도 맞닥뜨린다. 마법 같은 도시 네버무어에도 위험한 일면이 있고, 협회 회원이 되어도 그것으로 안전이 보장되는 건 아니었다. 에즈라 스콜은 모리건을 꾀며 자신보다 더 큰 위험이 닥칠 거라고 암시한다. 저자는 모리건을 원하는 인물로 성장시키기 위해 거듭 어둠 속으로 집어던진다. 물론 그렇다고 의기소침해하거나 전전긍긍할 우리의 주인공이 아니다. 모리건이야 처음부터 조금 어둡고 삐딱해서 오히려 꿋꿋하고 낙천적인 소녀였으니까.

분위기가 어둡다고 해서 이야기 전개가 침체되는 건 아니다. 『네버무어』의 세계를 10년 동안 구축했던 제시카 타운센드는 두 번째 이야기 『원더스미스』를 1년 만에 탈고하면서도 여전히 탄탄한 구성은 물론 자신만의 생동하는 글솜씨와 유머 감각을 잃지 않는다. 덕분에 우리는 원더스미스로 성장하는 모리건의 선택을 우려하면서도 응원할 수밖에 없고, 모리건이 지나가는 어두운 터널을 우울하지 않게 전속력으로 질주할 수 있다. 또한 이번에도 신기한 마법 장치가 소설의 배경을 이루고 소품을 장식하면서 마음을 사로잡는다. 눈속임이 있는 골목길이나 등장인물의 신기한 비기들은 때로는 위협이 되어 숨죽이게 하고 때로는 기회로 변해 손에 땀을 쥐게 한다. 저자 자신도 직접 가 보고 싶다는 네버무어 바자 역시 실사로 보고 싶은 흥미진진한 공간이다.

만인의 사랑을 받는 주피터 노스의 팬이라면, 이번에는 조금 아쉬운 소식이 있다. 노스 대장은 이번 이야기에 많이 등장하지 않는다. 제시카 타운센드는 다른 책에서라면 주피터가 화려한 영웅의 역할을 맡았겠지만, 이 이야기는 모리건의 이야기이고 모리건이 좀 더 주도권을 발휘하기 위해 주피터가 부재인 상황이 필요했다고 말한다. 노스 대장은 협회의 중요한 임무를 수행하기 위해 출타가 잦을 뿐이고, 다음 이야기에서는 그가 아직다 드러내지 않은 비밀도 조금 더 접할 수 있다고 하니 서운함은잠시 미루어 두자. 예상치 못한 전개로 끝까지 긴장감을 놓을 수없는 두 번째 이야기의 마지막 장을 덮자마자 세 번째 이야기를즐겁게 기다려야 할 이유가 한 가지 더 생긴 것뿐이니까.

2019년 8월,
박혜원

등장인물

모리건 크로우 Morrigan Crow

작은 키에 새까만 머리카락과 비뚤어진 코를 가진 열두 살의 소녀. 공화국에서 태어나 저주받은 아이로 살아오다가 지난 연대의 마지막 날인 이븐타이드에 네버무어로 넘어왔다. 원드러스협회의 919기 신입 회원이 되어 네버무어에서 영원히 살 수 있는 자격을 갖게 되지만, 마지막 평가전을 치르며 자신이 원더스미스라는 것을 알게 된다. 원드러스협회에 들어가면 평생을 소원했던 진정한 친구이자 형제자매를 얻게 될 것이라 기대하고 있지만, 어쩐 일인지 시작부터 협회 생활이 녹록하지 않다.

주피터 노스 Jupiter North

키가 크고 화려한 복장을 즐기는 생강색 머리의 남자. 흔히 '주피터 노스 대장'이라고 불리며 원드러스협회, 탐험가연맹, 네버무어호텔경영자연합 등 다양한 곳에 소속되어 있다. 호텔 듀칼리온의 주인이며, 많은 이들의 관심을 받는 유쾌하고 특별한 분위기로 가득한 사람이다. 저주받은 아이라고 불리던 모리건을 네버무어로 데려왔다. 공화국에 진짜 가족을 두고 온 모리건의 실질적인 보호자이며 가족이다. 위트니스의 능력이 있어 모든 사람과 사물을 꿰뚫어 볼 수 있다.

[원드러스협회 919기 동기들] ·······································

호손 스위프트 Hawthorne Swift

모리건이 네버무어에 와서 사귄 최초의 친구이자 원드러스협회 919기 동기. 쾌활하고 엉뚱하며, 모리건이 원더스미스라는 사실을 놀라울 정도로 아무렇지 않게 받아들인다. 걸음마를 떼면서부터 용을 탔으며, 용타기 기술을 비기로 가지고 있다.

케이든스 블랙번 Cadence Blackburn

검은 머리를 길게 땋은 여자아이로, 최면술을 비기로 가지고 있다. 사람들에게 최면을 걸어 마음껏 조종한다. 하지만 그 부작용으로 대부분 사람이 케이든스의 존재를 기억하지 못한다. 유일하게 자신을 기억하는 모리건에게 관심이 많은 듯하다.

타데 매클라우드 Thaddea Macleod

건장하고 각진 어깨, 큰 키, 헝클어진 빨간 머리, 발그레한 얼굴을 한 여자아이로, 증명 평가전에서 성인 트롤과 싸워 이겼을 만큼 뛰어난 능력의 파이터. 의욕이 넘치고 지는 걸 싫어한다. 모리건이 원더스미스라는 사실이 못마땅하다.

아나 칼로 Anah Kahlo

통통하고 예쁘게 생긴 금발 곱슬머리의 여자아이로, 힐러의 능력을 가지고 있다. 모리건이 원더스미스라는 걸 안 뒤 눈만 마주쳐도 놀라며 항상 멀리 떨어져 앉는다.

아칸 테이트 Archan Tate

소매치기 능력을 비기로 가지고 있다. 하지만 외모는 더없이 귀엽고 순수한 천사처럼 생긴 남자아이다. 원더스미스인 모리건을 외면하면서 조금 미안한 마음을 가지고 있다.

마히르 이브라힘 Mahir Ibrahim

다양한 언어를 구사할 수 있는 비기를 가졌다. 심지어 용의 언어까지도 듣고 말할 수 있다. 모리건이 원더스미스라는 사실을 알고 적대적으로 반응한다.

프랜시스 피츠윌리엄 Francis Fitzwilliam

천상의 기분을 느끼게 하는 음식을 만들 수 있다. 후원자인 고모 헤스터를 무서워한다. 모리건이 원더스미스라는 사실보다 모리건 때문에 협회에서 쫓겨나 고모에게 혼날 것을 더 두려워하는 듯하다.

램버스 아마라 Lambeth Amara

작고 연약해 보이는 여자아이로, 가까운 미래를 예지할 수 있다. 모리건이 타의로 동기들과 어울리지 못한다면, 램버스는 스스로 어울릴 생각이 없는 것처럼 보인다.

[919기 차장 및 교사진] ··

마리나 치어리 Marina Cheery

919기 홈트레인을 운행하는 차장으로, 굉장히 밝고 상냥하다. 919기 아이들이 머물게 되는 홈트레인을 정성 들여 꾸며 놓았다. 모리건이 원더스미스라는 걸 알고 있지만, 모리건을 대할 때 주저하지 않는다.

둘시네아 디어본 Dulcinea Dearborn

일반예술학교의 주임 교사로, 금발에 가까운 머리를 높이 올려 묶고 단정한 옷차림을 한 깐깐한 성격의 소유자다. 창백한 피부와 얼음처럼 연한 파란색 눈동자, 그리고 칼날처럼 매서운 광대뼈가 차갑고 딱딱한 인상을 준다.

마리스 머가트로이드 Maris Murgatroyd

마력예술학교의 주임 교사로, 기괴한 외모와 그보다 더 기괴한 성격을 가지고 있다. 활기 없이 탁한 눈빛과 백발의 머리를 하고 있다. 깐깐한 디어본도 머가트로이드와 비교하면 부드럽게 느껴질 정도다.

헤밍웨이 Q. 온스털드 Hemingway Q. Onstald

거북보다는 사람에 가깝지만, 그래도 흡사 거북 같은 모습을 하고 있는 거북원 교수로 원더스미스를 매우 혐오한다. 모리건에게 〈사악한 원드러스 행위의 역사〉 수업을 가르친다. 수업 내내 과거 원더스미스들이 저질렀던 온갖 만행을 주제로 강의하고 과제를 낸다. 모리건의 협회 생활을 매우 우울하게 만든 장본인이다.

헨리 마일드메이 Henry Mildmay

특이지형반 소속으로 〈네버무어 판독〉 수업을 가르친다. 협회를 졸업한 지 얼마 되지 않아 학생처럼 풋풋하고 활기가 넘친다. 919기 아이들에게 곳곳에 위험이 도사리고 있는 미지의 도시 네버무어를 안전하게 탐험할 수 있는 방법을 알려 준다. 모리건에게 칭찬을 아끼지 않는다.

〔호텔 듀칼리온 사람들〕 ⋯⋯⋯⋯⋯⋯⋯⋯⋯⋯⋯⋯⋯⋯⋯⋯⋯

잭 Jack

모리건보다 조금 큰 소년으로 주피터의 조카이다. 원래 이름은 존 아르주나 코라파티이지만 다들 잭이라고 부른다. 기숙학교에 다니고 있어 방학이나 주말을 이용해 듀칼리온에 온다. 주피터와 마찬가지로 위트니스의 능력을 가지고 있지만, 원드러스협회에 지원조차 하지 않았다. 아직 능력을 완전히 통제하지 못해 한쪽 눈을 안대로 가리고 다닌다. 은근히 모리건을 걱정하고 챙긴다.

피네스트라 Fenestra

듀칼리온의 시설관리 책임자이자 성묘인 암컷 고양이로 까다롭고 도도하지만 맡은 일에는 매우 진지하다. 주피터가 없을 때 모리건의 보호자 노릇을 한다.

케저리 번스 Kedgeree Burns

듀칼리온의 총괄 관리자. 백발에 노령이지만 항상 단정한 차림새를 유지하며 능숙하게 업무를 처리한다.

마사 Martha

듀칼리온의 객실관리 직원. 상냥하고 친절하며 모리건의 식사와 기타 여러 가지를 돌봐준다.

프랭크 Frank

옥상 행사 총괄 책임자이자 파티 기획자인 흡혈난쟁이. 나른하고 괴팍한 성격이지만 흥미로운 일에 관심이 많다. 최근 근처에 새로 문을 연 호텔 오리아나의 파티 기획자 두 명과 경쟁이 붙어 매주 토요일 밤마다 각종 파티를 열고 있다.

챈더 칼리 여사 Dame Chanda Kali

소프라노이자 원더러스협회의 회원. 노래로 동물을 불러 모으는 능력을 가지고 있다. 듀칼리온에 머물고 있으며, 모리건에게 다정하다.

〔기타 인물들〕 ···

에즈라 스콜 Ezra Squall

공화국에서 유일하게 원더를 생산해서 공급하는 스콜인더스트리스의 경영자이다. 하지만 실체는 사악한 존재라고 알려진 원더스미스로, 네버무어에서 추방당해 공화국에 머물고 있다. 고사메르 노선을 이용해 네버무어에 나타난다. 모리건을 위기에서 구해 주고 심지어 원더스미스로의 능력을 발휘할 수 있는 방법을 가르쳐 주겠다고 제안한다.

천사 이스라펠 Angel Israfel

주피터의 친구로, 천사처럼 날개를 가지고 있다. 원더스미스인 모리건이 원더러스협회의 회원이 되기 위해서는 보증 동의서에 평판 좋고 존경받는 인물 아홉 명의 서명을 받아야 하는데, 이스라펠이 아홉 번째 서명인이 되어 준다. 강인한 근육질의 몸과 밤처럼 까만 깃털의 날개, 멋진 검은 피부의 비현실적인 외모와 달리, 머무는 곳은 쓰레기통처럼 지저분하다. 주피터에 따르면 노래로는 견줄 자가 없다고 한다. 이스라펠의 노래를 들으면 완벽한 평온이 찾아든다.

카시엘Cassiel

천계의 유력 인사다. 날개가 있어 하늘을 날 수 있는 천상의 존재로, 이스라펠과 같은 부류다. 어떤 인물인지 아직 베일에 싸여 있다. 이스라펠을 만나러 간 주피터는 카시엘의 실종 소식을 듣고, 이스라펠에게 카시엘을 찾겠다고 약속한다.

팍시무스 럭Paximus Luck

'플러키'라고 불리는 원드러스협회 회원으로, 유명한 마술의 대가이자 보이지 않는 장난꾸러기이자 자경단원인 길거리 예술가이다. 919기 신입 회원에게 원드러스협회의 VIP용 견학 코스를 안내해 주기로 약속했지만, 실종되어 나타나지 않는다.

바즈 찰턴Baz Charlton

원드러스협회 회원으로 기수마다 다양한 회원의 후원자 노릇을 하고 있다. 모리건을 네버무어에서 쫓아내기 위해 갖은 방법을 동원했던 비열한 어른이기도 하다. 919기 중에서는 케이든스를 후원하고 있다.

찰턴 오총사

바즈 찰턴이 후원하는 원드러스협회 회원으로 구성되어 있으며, 바즈 찰턴과 마찬가지로 비열한 행동을 일삼는 협회의 문제아들이다. 모리건의 비기가 비밀이라는 걸 트집 잡아 괴롭힌다. 그러던 중 오총사의 하나인 알피가 쪽지만 남기고 사라지는 사건이 발생한다. 알피의 여자친구인 엘로이즈는 모리건이 알피를 헤쳤다고 생각한다.

최고원로위원

원드러스협회에서는 매번 연대가 끝날 때마다 협회를 다스릴 세 명의 원로 위원을 선발한다. 이를 최고원로위원회라고 하며, 이번 연대에는 그레고리아 퀸, 헬릭스 웡, 앨리어스 사가가 새로운 최고원로위원이 되었다.

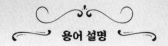

용어 설명

네버무어

원터시 공화국 사람들은 모르는, 숨겨진 다섯 번째 주인 자유주의 1포켓을 말한다. 모리건은 열한 살 생일에 주피터와 함께 공화국을 떠나면서 처음으로 그 존재를 알게 되었다. 주피터에 따르면 "모든 이름 없는 영토 가운데 가장 좋은 곳"이라고 한다.

원드러스협회

네버무어에서 가장 재능 있는 사람들이 모인 기관으로, 회원이 되면 W 배지와 함께 다양한 의무와 특권이 주어진다. 매년 이전 해에 열한 번째 생일을 맞은 아이들을 대상으로 신입 회원을 선발한다. 지원자가 되려면 반드시 협회 회원인 후원자가 있어야 하며, 네 가지 평가전을 통과한 아홉 명만이 최종 선발된다.

비기

자신만이 가진 신비한 재능으로, 원드러스협회의 마지막 평가전을 통과하기 위해서는 반드시 비기가 있어야 한다. 모리건의 비기는 원더스미스로, 주변에 원더가 모인다는 것을 증명해서 평가전을 1위로 통과했다.

원더

헤아릴 수 없는 방식으로 세상에 힘을 불어넣는 신비로운 마법의 에너지원이다. 철도를 움직이고 전력을 가동하여 각종 사업을 진행할 수 있게 한다. 원더를 이용해서 운용되는 것을 원드러스 장비라고 한다. 위트니스처럼 원더를 볼 수 있는 이들의 눈에는 반짝이는 빛으로 보인다.

원더스미스

원더를 자유자재로 다룰 수 있는 능력을 가진 자를 원더스미스라고 한다. 원더스미스로 타고난 사람에게는 원더가 스스로 모여든다. 더 나아가 원더스미스로의 재능을 자각하고 수련하면 필요할 때마다 원더를 소집할 수 있다. 원더스미스는 원더를 이용해 원하는 모든 걸 창조해 낼 수 있으며, 또한 파괴할 수도 있다.

고사메르 노선

영토 탐험 과정에서 발견된 것으로 알려져 있으며, 고사메르 노선을 이용하면 어디든 갈 수 있다. 기발한 이동 수단이지만, 고사메르 노선이 실재한다는 걸 모르는 이들도 많다.

호텔 듀칼리온

주피터가 소유하고 있는 호텔로, 스스로 방의 모양과 내부 장식 등을 바꾸는 신비로운 곳이다. 모리건이 머무는 집이기도 하다.

프라우드풋 하우스

붉은 벽돌의 원드러스협회 본관을 말한다. 담쟁이덩굴에 뒤덮인 5층짜리 건물이다. 협회 회원만 안으로 들어갈 수 있으며, 식당과 기숙사를 비롯해 각종 교실과 실습실 등이 가득하다. 보이는 것은 5층 높이가 전부지만, 지하로 9층 규모의 공간이 더 있다.

홈트레인

원드러스협회 회원의 이동 수단이자 쉼터이자 기지로, 일반적인 열차에서 객차 한 칸을 떼어 놓은 것 같은 모양새를 하고 있다. 기수마다 자신들만의 홈트레인과 자신들만의 승강장이 있다. 919기 아이들은 919역에 모여 홈트레인을 타고 프라우드풋 하우스역으로 갔다가 일과를 마치면 다시 홈트레인을 타고 919역에 도착해 각자의 집과 이어져 있는 문으로 들어간다. 919역에는 각자의 집으로 향하는 문 아홉 개가 있다.

일반예술학교

원드러스협회의 회원이 되면 각자 가지고 있는 비기의 특성에 따라 일반예술학교와 마력예술학교 중 한 곳으로 분류되어 교육을 받는다. 일반예술학교 학생은 회색 셔츠를 입는다. 네버무어에서 가장 유명한 예술가, 정치인, 공학 기술자, 곡예사 등이 일반예술학교 출신의 원드러스협회 회원이다.

마력예술학교

마력예술학교 학생은 흰색 셔츠를 입는다. 회원 수로는 일반예술학교에 미치지 못하지만 단순하게 힘으로 겨룬다면 마력예술학교가 두 배는 셀 거라고도 한다. 마법과 초자연현상, 비밀리에 전해지는 지식 분야 등을 공부한다. 919기 회원 중에는 케이든스와 램버스가 마력예술학교에 배정된다. 주피터 또한 마력예술학교 출신이다.

레일포드

레일에 매달린 커다란 황동 구체 모양의 이동 수단이다. 복잡한 프라우드풋 하우스 안을 움직일 때 이용하며, 외부의 지정된 원더철역으로도 이동 가능하다.

워니멀

동물의 특징을 가지고 있지만 분별력과 자각이 있고 지능을 갖춘 존재를 말한다. 언어를 구사하고 창의력을 발휘하며 예술적 표현을 이해하는 등 복잡한 작업을 처리하는 능력이 사람과 같다. 곰의 특징을 가지고 있으면 곰원, 치타의 특징을 가지고 있으면 치타원 등으로 불린다. 인간의 형체와 가까울수록 비쥬류, 동물의 모습에 가까울수록 주류 워니멀로 분류된다. 반면, 지적 능력이 없는 일반적인 동물은 우니멀이라고 한다.

등급별 원드러스 행위 축약사

온스텔드 교수가 집필한 저서로 역대 원더스미스들의 사악한 행위를 정리한 책이다. 모리건의 수업 교재이기도 하다. 이 책에서는 과거의 원더스미스들이 만들었던 '캐스케이드 타워'와 '제미티 놀이공원' 등을 흉물로 규정하고 있다.

원드러스 행위 등급위원회

원더스미스가 원더를 이용해 벌인 행동의 등급을 결정하는 곳이다. 온스털드 교수에 따르면 "과오, 실책, 실패작, 흉물, 파괴" 등으로 등급이 구분된다고 한다. 하지만 온스털드 교수가 밝히지 않은 다른 등급이 더 있는 것으로 보인다.

실황 지도

네버무어 전체를 정밀한 모형으로 축소해 놓은 지도다. 단순하게 인형의 집 같은 걸 줄세워 놓은 게 아닌, 살아 숨 쉬는 삼차원 입체 도시를 표현하고 있다. 심지어 지도 속에서 작은 사람들이 움직이기까지 한다. 네버무어와 시민들의 모습을 100퍼센트에 가깝게 사실 그대로 재현하고 있어 거의 살아 있다고 할 수 있다.

교묘한 길

네버무어에만 있는 부조리한 길이다. 작은 골목이나 보도 중에 사람이 들어가면 어떤 식으로든 변하는 길을 말한다. 반쯤 걸어 들어갔더니 뒤돌아 나온 것도 아닌데 방금 들어왔던 방향이 앞에 보이는 길, 들어갈수록 벽이 점점 다가와서 돌아 나오지 않으면 찌부러지게 되는 길 등 종류가 다양하다.

스텔스

원드러스협회 수사국을 뜻한다. 쉽게 말하면 비밀경찰이다. 말 그대로 비밀스럽게 활동하는 경우가 많아 마주치기 어렵다. 살인 사건이나 원드러스협회와 관련된 사건 등이 발생했을 때 움직인다. 반면, 일반적인 네버무어경찰국을 부르는 속칭은 스팅크다.

데블리시 코트

모리건과 호손과 케이든스가 〈네버무어 판독〉 수업 중에 찾아간 교묘한 길 중 하나다. 골목으로 깊게 들어갈수록 구역질이 점점 심해진다. 구역질을 참고 길 끝으로 가면 뜻밖의 장소로 나가게 된다.

네버무어 바자

네버무어의 유명한 장터 축제로 여름 내내 금요일 밤마다 열린다. 네버무어 바자를 보기 위해 자유주 7포켓 전역에서 사람들이 모여든다. 금요일마다 사람들은 신나는 모험을 떠나듯 네버무어 바자로 향한다.

섬뜩한 시장

일종의 암시장을 말한다. 비밀리에 암거래가 이루어진다고 알려져 있는데, 실재하는 곳인지는 불분명하다. 무기, 우니멀과 워니멀, 사람의 장기, 법으로 금지된 마법 재료 등이 거래된다. 하지만 어린아이를 겁주기 위한 괴담이라는 이야기가 지배적이다. 실재하더라도 아주 오래전의 일일 거라는 게 일반적인 네버무어 사람들의 견해다.

백골(백골단)

원드러스협회 회원을 납치해 비기를 훔쳐서 섬뜩한 시장에 판다는 정체불명의 생명체다. 섬뜩한 시장과 마찬가지로 실재하는, 혹은 실재했던 존재인지는 알 수 없다.

연기와 그림자 사냥단

에즈라 스콜이 만들어 낸, 사냥개와 말을 탄 사람들의 형상을 한 검은 그림자 사냥단이다. 공화국에서부터 모리건을 추적해 온 적이 있어, 모리건에게는 공포의 상징과도 같은 존재다.

가로챈 순간들의 미술관

유리구로 된 장식장이 가득한 미술관이다. 유리구마다 삶의 한 장면을 보여 주는 조각 작품이 들어 있다. 조각품은 실물처럼 보일 만큼 정교하고 섬세하다. 모리건이 고사메르를 타고 온 에즈라 스콜과 다시 만나게 되는 장소이기도 하다. 에즈라 스콜이 고른 장소이기 때문에 보이는 것과는 다른, 수상한 점이 있는 것 같기도 하다.

차례

• 1권 •

1장

천사 이스라펠

1년, 겨울(봄 전야)

모리건 크로우는 이를 덜덜 떨며 꽁꽁 언 손으로 방수포 우산 끝자락을 잡고 브롤리 레일에서 뛰어내렸다. 휘갈기는 바람에 머리카락이 사정없이 엉클어졌다. 모리건은 엉킨 머리를 쓸어내리며 서둘러 후원자를 따라갔다. 후원자는 벌써 몇 미터 저 앞에서 북적북적 떠들썩한 보헤미아 지구Bohemian district 번화가를 쏜살같이 내달리고 있었다.

"기다려요!"

모리건이 큰 소리로 외치며, 새틴 드레스와 호화로운 벨벳 망토를 걸친 여자들을 밀치고 나아갔다. "주피터 아저씨, 천천히 가요."

주피터 노스는 뒤를 돌아보았지만, 걸음을 멈추진 않았다. "천천히 갈 수는 없어, 모그. 그건 내 능력 밖의 일이야. 잘 따라와."

그렇게 말한 주피터는 인력거와 마차와 전동차와 제멋대로 뒤엉켜 걷는 사람들 속으로 뛰어들며 또다시 사라졌다.

모리건이 허둥지둥 주피터의 뒤를 쫓아가는데, 속이 느글거릴 정도로 단내가 나는 자욱한 연기가 얼굴을 훅 덮었다. 사파이어처럼 파란 연기를 모리건의 얼굴에 뿜어낸 여자는 파랗게 물든 손가락 끝에 가느다란 금색 담배를 끼우고 있었다.

"웩, 독해." 모리건은 기침을 하며 손을 휘저어 연기를 날려버렸다. 연기가 앞을 가린 잠깐 사이 주피터의 모습이 보이지 않았다. 하지만 모리건은 이내 밝은 구릿빛 정수리를 찾아내고는 인파를 이리저리 헤치며 재빨리 쫓아갔다.

"아이잖아!" 손가락에 파란 물이 든 여자가 뒤에서 외치는 소리가 들렸다. "자기야, 저기 봐. 보헤미아에 아이라니. 깜짝이야!"

"공연하는 거야, 자기야."

"아하, 그렇겠지. 신기해라!"

모리건은 잠시 멈춰서 주변을 구경하고 싶었다. 네버무어에서 이쪽으로 온 건 처음이었다. 주피터를 놓칠 걱정만 없었다면 넓은 거리에 줄지어 선 극장, 공연장, 음악당과 형형색색이 뒤섞인 환한 불빛과 네온사인을 보고 무척이나 들떴을 것이다. 골목골목마다 제일 좋은 옷을 차려입은 사람들이 마차에서 쏟아져 나와 웅장한 극장 안으로 안내를 받아 들어갔다. 거리의 호객꾼들은 고함을 지르고 노래를 흥얼거리며 시끌벅적한 술집으로 손님을 끌어들였다. 음식점마다 사람이 북적거려 밖으로 밀려 나온 탁자가 인도를 점령했지만, 쌀쌀한 봄의 전야이자 겨울의 마지막 날이었음에도 빈자리를 찾을 수 없었다.

모리건은 마침내 주피터가 멈춰 서서 기다리는 곳에 다다랐다. 그 거리에서 가장 사람들이 바글바글하고 또 가장 아름다운 건물 앞이었다. 하얀 대리석과 금으로 아른아른 빛나는 건물은 대성당 같기도 했고 결혼식 케이크 같기도 했다. 건물 꼭대기에서 환하게 빛을 발하는 간판에는 이렇게 쓰여 있었다.

델포이 음악당 신관 공연 중
지지 그랜드
그리고
거터본 파이브

"우리… 여기 들어가요?" 모리건이 숨을 헐떡이며 말했다. 옆구리가 결리고 아팠다.

"어디, 여기?" 주피터가 벌레를 보는 듯한 표정으로 델포이 신관을 힐끗 보며 말했다. "맙소사, 아니야. 여긴 죽어도 안 가."

어깨 너머로 슬쩍 시선을 던진 주피터는 북적거리는 사람들을 뒤로 한 채 모리건을 데리고 델포이 신관 뒤쪽 골목으로 들어갔다. 길이 비좁았던 탓에 두 사람은 앞뒤로 나란히 서서 정체를 알 수 없는 쓰레기 더미와 벽에서 무너져 내려 바스러진 벽돌 무더기를 넘어가야 했다. 빛도 전혀 들지 않는 골목이었다. 무언가 지독한 냄새가 강하게 코를 찔렀는데, 골목 안으로 깊이 들어갈수록 냄새도 더 짙어졌다. 썩은 달걀이나 죽은 우니멀unnimals에게서 나는 냄새 같았다. 어쩌면 두 냄새가 뒤섞인 것 같기도 했다.

모리건은 코와 입을 막았다. 냄새가 너무 독해서 토하고 싶은 걸 간신히 참아야 했다. 뒤돌아서 왔던 길로 다시 나가고 싶었지만, 뒤에서 단호한 걸음으로 성큼성큼 길을 재촉하는 주피터 때문에 골목길을 따라 앞으로 나아갈 수밖에 없었다.

"잠깐." 골목 끝자락에 거의 다다랐을 때였다. "이건……? 아니야. 잠깐, 이건……?"

뒤돌아보니 주피터가 다른 곳과 조금도 다를 게 없어 보이는 벽면을 유심히 들여다보고 있었다. 벽돌과 벽돌 사이의 충전재를 살살 눌러 보다가, 몸을 숙여 킁킁 냄새를 맡더니, 주저주저하면서 핥기까지 했다.

그 모습을 보던 모리건이 소스라치게 놀라서 말했다. "웩, *하지 말아요. 지금 뭐 하는 거예요?*"

주피터는 대답하지 않았다. 잠시 얼굴을 찡그린 채 벽을 빤히 바라보더니, 고개를 들어 건물 사이로 기다랗게 조각난 하늘을 올려다보았다. 별이 총총하게 빛나고 있었다.

"흠. 그럴 줄 알았어. 너는 느껴지니?"

"뭘 느껴요?"

주피터는 모리건의 손을 잡아 벽에 가져다 댔다.

"눈을 감아 봐."

모리건은 시키는 대로 눈을 감았지만, 우스꽝스러운 기분이었다. 가끔 주피터가 실없이 구는 건지 진지한 건지 구별하기 어려울 때가 있는데, 이 경우에는 다소 바보 같은 장난을 치고 있는 게 아닌지 의심쩍었다. 어쨌든 오늘은 모리건의 생일이었다. 주피터는 깜짝 파티 같은 건 하지 않겠다고 약속했지만, 곤혹스러운 계획을 공들여 세우고 결국에 가서는 한방 가득 모인 사람들이 〈생일 축하〉 노래를 부르고 끝나야 그다운 짓일 터였다. 모리건이 무슨 일을 꾸민 거냐고 추궁하려 할 때―

"어!" 감지하기 힘들 만큼 어렴풋이 손끝을 콕콕 찌르는 느낌이 났다. 희미하게 윙윙거리는 소리도 들렸다. "*와.*"

주피터가 모리건의 손목을 잡고 벽에서 아주 살짝 떼었다. 마치 벽돌에 자성이 있어서 모리건을 끌어당기는 것처럼 저항력이 느껴졌다.

"저게 뭐예요?" 모리건이 물었다.

주피터는 작은 소리로 대답했다. "가벼운 덫 같은 거지."

"따라와."

주피터는 몸을 뒤로 젖히며 한 발로 벽을 딛더니 나머지 발도 내디뎠다. 그런 다음 아무렇지도 않은 듯이 중력의 법칙을 거슬러 하늘 방향으로 벽을 밟고 걸어 올라갔다. 다만 골목 반대쪽 벽에 머리를 부딪치지 않으려고 등을 구부렸을 뿐이었다.

모리건은 잠깐 말없이 주피터를 바라보다가, 가볍게 몸을 털었다. 이제 모리건도 네버무어 사람이었다. 호텔 듀칼리온에 장기 투숙하는 식구이자 원드러스협회의 회원이었다. 조금 이상한 일이 벌어진다고 매번 깜짝깜짝 놀라는 일도 *정말이지* 그만둘 때가 되었다.

모리건은 숨을 깊이 들이쉬고(지독한 악취에 또 구역질이 날 뻔했다) 주피터의 행동을 그대로 따라 했다. 두 발을 다 벽에 올리자 세상이 고꾸라지듯 곤두박질치더니 다시 바로 잡히며 똑바로 일어섰다. 모리건은 땅 위에 선 듯 편안했다. 지독한 냄새는 한순간에 사라지고 상쾌한 밤공기만 남아 있었다. 문득 별이 빛나는 하늘을 마주 보며 벽을 걸어 올라가는 일이 이 세상 무엇보다 당연하게 여겨졌다. 모리건은 웃음이 났다.

수직으로 오르는 골목길을 벗어나자, 세상이 휘청거리며 다시 제자리로 돌아왔다.

두 사람이 서 있는 곳은 모리건이 예상했던 옥상이 아니라 또 다른 골목길이었다. 골목은 시끌시끌하고 북적거렸으며 온통 짙고 탁한 녹색 불빛에 물들어 있었다. 모리건과 주피터는 흥분한 사람들의 행렬 끝으로 가서 섰다. 줄의 맨 앞은 벨벳 로프로 막혀 있었다. 분위기는 금세 전염됐다. 기대감으로 조금 들뜬 모리건은 왜 줄을 섰는지 알고 싶어 까치발을 하고 앞을 내다봤다. 그곳에는 연한 푸른색의 낡은 문에 손으로 아무렇게나 휘갈겨 쓴 간판이 붙어 있었다.

델포이 음악당 구관
무대 출입구
오늘 밤 : 천사 이스라펠

"천사 이스라펠이 누구예요?" 모리건이 물었다.

주피터는 대답하지 않았다. 그는 모리건에게 따라오라는 뜻으로 까딱 고갯짓하고는 곧장 줄 앞으로 어슬렁어슬렁 걸어갔다. 어떤 여자가 지루해 보이는 모습으로 명단에 적힌 이름

을 확인하고 있는 곳이었다. 여자는 두꺼운 부츠부터 목에 건
털 귀마개까지 온통 검은색 차림이었다. (모리건은 마음에 들
었다.)

"줄은 저 뒤예요." 여자가 고개도 들지 않고 말했다. "사진
촬영은 안 돼요. 그리고 공연이 끝날 때까지 사인은 절대 안 해
요."

"그렇게 오래는 못 기다리겠는데요." 주피터가 뻔뻔하게 말
했다. "지금 살짝 들어가면 안 될까요?"

여자는 한숨을 쉬더니 입을 반쯤 벌리고 껌을 씹으며, 무표
정하게 건성으로 주피터를 흘낏 봤다. "이름은요?"

"주피터 노스."

"명단에 없네요."

"아니요. 아니 그러니까, 네. 없어요. 당신이 그 부분을 바로
잡아 주었으면 했죠." 주피터가 생강색 수염 사이로 싱긋 웃었
다. 옷깃에 단 작은 금빛 W 배지를 톡톡 두드리기도 했다.

모리건은 움찔했다. 정예의 원드러스협회 회원이 네버무어
에서 존경받는 위치에 있고, 보통 시민에게는 꿈속에서나 가능
할 특별 대우를 받는 일이 많다는 건 모리건도 알고 있었다. 하
지만 주피터가 이렇게 노골적으로 '배지 특권'을 이용하려는
모습은 지금까지 한 번도 본 적이 없었다. 실은 이런 행동을 자
주 했던 걸까? 모리건은 궁금했다.

여자는 별로 대수롭지 않게 여겼다. 모리건은 당연한 반응이라고 생각했다. 여자는 자그마한 금색 W 배지를 노려보다가, 반짝이로 두껍게 선을 그린 눈을 휙 들어 기대에 찬 주피터의 얼굴을 쳐다보았다. "명단에 이름이 없다니까요."

"그가 나를 만나고 싶어 할 거예요."

여자가 윗입술을 비죽이자, 다이아몬드로 덮인 이가 한가득 드러났다.

"그 말을 어떻게 믿죠?"

주피터가 고개를 옆으로 기울이며 한쪽 눈썹을 치켜올리자, 여자가 기다리기 짜증 난다는 듯이 그 행동을 그대로 따라 했다. 결국 주피터는 한숨을 쉬면서 외투 안에서 작은 금 부스러기가 잔뜩 낀 검은 깃털 하나를 꺼내 손가락으로 한두 차례 빙그르르 돌렸다.

여자의 눈이 살짝 커졌다. 입도 벌어져서, 이 사이에 쐐기처럼 물린 밝은 파란색의 풍선껌 덩어리도 보였다. 여자는 주피터 뒤로 점점 더 길어지는 줄을 불안한 듯 흘겨보더니 빛바랜 푸른 문을 열어 주며 두 사람에게 들어가라는 고갯짓을 했다. "그럼 빨리 들어가요. 5분 있으면 막이 올라요."

두 사람이 들어간 곳은 델포이 구관의 어두운 무대 뒤쪽이었다. 조용한 기대감이 감도는 가운데 검은 옷을 입은 무대 담당자들이 소리 없이 능숙하게 돌아다녔다.

"그 깃털은 뭐였어요?" 모리건이 소곤소곤 물었다.

"배지보다는 더 설득력 있는 물건 같구나." 주피터가 약간 분하다는 듯이 중얼거렸다. 그는 **직원용**이라고 적힌 상자에서 슬쩍 꺼내 온 귀마개 두 개 중 하나를 모리건에게 건넸다. "자, 이걸 써. 그가 곧 노래를 부를 거야."

"누구요? 천사 이스… 뭔가 하는 사람 말이에요?"

"그래, 이스라펠." 주피터는 한 손으로 구릿빛 머리카락을 쓸어 넘겼다. 모리건이 알기로는 주피터가 긴장했다는 신호였다.

"나는 노래를 듣고 싶은데요."

"오, 안 돼. 들으면 안 돼. 내 말 들어." 주피터는 커튼 너머로 비치는 관객들을 바라보았다. 모리건도 주피터를 따라 잠깐 객석을 훔쳐보았다. "그가 부르는 노래는 절대로 한 곡도 들어서는 안 돼, 모그."

"왜 안 돼요?"

"이스라펠이 부르는 노래는 누가 부르는 그 어떤 노래보다도 감미로울 거야. 그래서 그래. 그 노래를 들으면 머릿속에 완전 무결하고 완벽한 평온이 찾아들지. 더는 바랄 게 없는 최고의 평온을 느끼는 거야. 내가 전적으로 온전한 인간이라고, 나무

랄 데 없이 완전한 존재이고 더 바랄 것도 필요한 것도 없이 이미 모든 걸 가진 사람이라고 생각하게 해. 외롭고 슬픈 기억은 아득한 옛일이 되지. 마음은 충만해지고, 이 세상에서 낙담할 일 같은 건 두 번 다시 없으리라 생각하게 되는 거야."

"무시무시하네요." 모리건이 무미건조한 목소리로 말했다.

"무시무시하지." 주피터는 어두운 얼굴로 되뇌었다. "그건 찰나일 뿐이니까. 이스라펠이 끝없이 계속해서 노래를 부를 수는 없거든. 노래를 멈추면, 결국 완전한 행복감도 사라져 버린단다. 우리는 가혹하고 부족하고 돼지우리 같은 현실로 돌아올 수밖에 없어. 그건 정말 견디기 힘들 거야. 공허할 거고, 더는 살아 있다고 느낄 수 없겠지. 마치 공기 방울 안에 갇힌 것 같을 테고, 세상이 불완전한 모습으로 계속 돌아가는 것 같을 거야. 저 밖에 사람들 보이지?" 주피터가 커튼을 아주 살짝 걷으며 말했다. 두 사람은 다시 객석을 들여다보았다.

인산인해를 이룬 사람들은, 비어 있는 관현악단석의 불빛을 받아 드러난 얼굴들은 전부 똑같은 표정을 짓고 있었다. 간절히 열망하면서도 왠지 텅 빈 얼굴이었다. 부족해, *부족해*.

"저들이 여기에 온 건 순수예술을 후원하기 위해서가 아니야." 주피터가 계속해서 말했다. "거장의 공연을 이해해서 여기 모인 게 아니라고." 그는 모리건을 내려다보며 나지막한 목소리로 소곤댔다. "중독자야, 모그. 저기 앉아 있는 사람들 죄다 중독자라고. 마약에 중독된 사람들처럼 취하려고 와 있는 거야."

객석에 앉은 굶주린 얼굴들을 내다보던 모리건의 온몸에 서늘한 기운이 퍼졌다.

여자의 목소리가 허공을 가르며 들이닥쳤다. 관객들은 숨죽였다.

"신사 숙녀 여러분! 오늘 저녁 이곳 델포이 구관에서 위풍당당하고 초월적인 그의 백 번째 무대가… 유일무이하고, 거룩하고, *성스러운*…" 방송 장비를 타고 증폭되었던 여자의 목소리가 극적인 효과를 주듯 속삭이는 소리로 잦아들었다. "천사 이스라펠에게 여러분의 사랑을 보여 주시기 바랍니다."

말이 떨어지기 무섭게 고요하던 객석에서 기쁨에 겨운 박수 소리가 터져 나오고 함성과 휘파람 소리가 날아들었다. 주피터가 팔꿈치로 옆구리를 세게 밀치자 모리건은 얼른 귀마개를 꽉 눌러썼다. 밖에서 들리는 소음이 전부 차단되고 귀에서 뛰는 맥박 소리만 남았다. 모리건도 이곳에 공연을 보러 온 게 아니라는 것쯤은 알았다. 두 사람에게는 그보다 훨씬 더 중요한 일이 있었다. 하지만 그래도… 이건 정말 짜증이 났다.

어둡던 장내가 순수한 금빛으로 물들었다. 환한 불빛에 모리건은 눈을 깜박였다. 사람들의 머리 위 천장 쪽 화려한 중앙 공간에서 환한 조명이 한 남자를 집중적으로 비추었다. 그 모습이 어찌나 이상하고 비현실적으로 아름다운지, 모리건은 숨이 턱 막혔다.

천사 이스라펠은 근육으로 이루어진 듯 강인해 보이는 한 쌍의 날개를 높이 펼친 채 공중에 떠 있었다. 깃털은 밤처럼 까만색이었는데, 결을 따라 무지갯빛으로 변하는 금 조각이 반짝였다. 날개가 튀어나온 어깨뼈가 천천히 규칙적으로 들썩였다. 날개 길이가 못해도 3미터는 되어 보였다. 몸 역시 단단한 근육질이면서 유연했고, 멋진 검은 피부에는 핏줄처럼 가는 금빛 줄무늬가 있었다. 마치 화병처럼 깨졌던 몸을 금으로 수리해 붙인 자국 같았다.

이스라펠은 객석을 내려다보았다. 그 시선은 자애로운 동시에 기묘하게 냉랭했다. 여기저기서 이스라펠을 올려다보던 사람들은 눈물을 흘리거나 몸을 떨거나 서로 와락 붙잡으며 의지했다. 어떤 이들은 실신해서 바닥으로 쓰러졌다. 모리건은 이 모든 게 조금 지나치다고 생각했다. 이스라펠은 아직 노래를 시작하지도 않은 상황이었다.

그때 이스라펠이 노래를 부르기 시작했다.

그러자 객석이 움직임을 멈췄다.

그리고 다시는 움직이지 않을 것처럼 보였다.

깨지지 않을 고요한 평온이 눈 내리듯 내려앉았다.

모리건은 그곳에 계속 있을 수 있었다. 무대 옆에 쪼그려 앉아, 이 이상하고 조용한 장관을 구경하면서 밤을 지새울 수도 있을 것 같았지만… 주피터는 몇 분 지나지 않아 지루해했다. (늘 *이렇다니까*, 모리건은 생각했다.)

어둡고 매캐한 무대 뒤 깊숙한 곳에서 주피터는 이스라펠의 분장실을 발견했다. 두 사람은 그곳에 들어가 기다리기로 했다. 주피터는 육중한 철문을 완전히 닫은 다음에야 귀마개를 벗어도 괜찮다는 신호를 보냈다.

모리건은 코를 찡그린 채 분장실을 두리번거렸다. 사방에 쓰레기가 넘쳐 났다. 빈 깡통과 병이 발 디딜 틈 없이 나뒹굴고 먹다 남은 초콜릿이 든 상자들이 지저분하게 어질러져 있었다. 수십 개의 화병에는 다양한 단계로 시들어 죽어 가는 꽃이 가득했다. 바닥이며 소파, 화장대, 의자를 가리지 않고 옷이 수북이 쌓여 있기도 했다. 빨지 않은 옷에서는 퀴퀴한 냄새가 올라왔다. 천사 이스라펠은 굉장한 게으름뱅이였다.

모리건은 당황스러워서 코웃음이 나올 정도였다. "정말 이 방이 맞아요?"

"음, 유감스럽게도."

주피터는 모리건이 소파에 앉을 수 있도록 우아한 손길로 지저분한 물건들을 쓰레기통에 집어넣다가… 이내 열을 올리며 그 뒤로 40분 동안 쓸고 닦고 정리해서 사람이 있을 만한 방으로 만들어 놓았다. 모리건에게 도와 달라는 부탁 같은 건 하지 않았다. 모리건도 먼저 나서지 않았다. 모리건은 건강과 안전을 위협하는 이 방을 털끝만큼도 건드릴 생각이 없었다.

"모그, 내 말 잘 들어 봐." 주피터가 방을 치우면서 말했다. "지금 어때? 괜찮니? 기분은 좋고? 마음은… 편안하니?"

모리건이 눈살을 찌푸렸다. 마음은 더없이 편안했다. 주피터가 마음이 편안하냐고 묻기 전까지는. 누군가 마음이 편안하냐고 물을 때는, 마음이 편안하지 못할 만한 이유가 있다고 생각해서다. 모리건은 실눈을 뜨며 물었다. "왜요? 무슨 일 있어요?"

"그런 거 아니야!" 주피터는 그렇게 대답했지만, 목소리가 약간 날카롭고 방어적이었다. "아무 일 없어! 단지… 이스라펠 같은 사람을 만날 땐 기분을 잘 유지하는 게 중요해서 그래."

"어째서요?"

"왜냐하면 이스라펠 같은 사람은… 다른 이들의 감정을 빨아들이거든. 마음이, 음, 유난히 슬프거나 화가 날 때 이런 사람을 만나는 건 아주 실례야. 왜냐하면 그 사람을 끔찍한 기분에 빠뜨리고 하루를 완전히 망쳐 버리게 할 테니까 말이야. 그리고 솔직히, 이스라펠의 기분이 안 좋아지면 우리가 곤란해. 이건 진짜 중요한 문제야. 그래서 말인데, 어⋯ 기분이 어때?"

모리건은 엄청나게 큰 미소를 지으며 엄지손가락 두 개를 척 들어 보였다.

"그래." 주피터가 약간 당황스러운 얼굴로 느릿느릿 말했다. "괜찮네. 무표정한 것보다 낫다."

무대 뒤편 방송 장비에서 20분간 휴식 시간이 있을 거라는 목소리가 흘러나오더니, 잠시 후 누군가 분장실 문을 확 열어 젖혔다.

공연의 주인공이 땀에 흠뻑 젖은 채 날개를 등 뒤로 접고 성큼성큼 걸어 들어왔다. 그는 다양한 밝기의 갈색 술병으로 가득 찬 카트로 곧장 걸어가더니 작은 유리잔에 호박색의 무언가를 따라 마셨다. 그리고 한 잔 더 마셨다. 두 번째 잔을 반쯤 비웠을 즈음에야 그는 방에 누군가 있다는 사실을 알아챘다.

이스라펠은 주피터를 빤히 바라보며 마시던 잔을 죽 들이켰다.

"길 잃은 짐승을 주워 왔군, 친구?" 마침내 그가 이렇게 물으며, 고갯짓으로 모리건을 가리켰다. 이스라펠은 말하는 목소리조차 깊고 아름다운 선율 같았다. 그 목소리를 듣고 있자니 마음이 묘하게 찌릿찌릿하며 향수랄까, 그리움이랄까, 동경 같은 것이 목구멍 안쪽에서부터 올라왔다. 모리건은 마른침을 꿀꺽 삼켰다.

주피터가 능청스레 웃었다. "모리건 크로우, 이쪽은 천사 이스라펠이야. 노래로는 견줄 자가 없지."

"만나서 반갑—"

"나야말로 반갑지." 모리건이 인사하려고 하자 이스라펠이 말을 자르더니 자신의 분장실을 가리키며 어정쩡하게 팔을 휘저었다. "오늘 저녁에 손님이 올 줄은 몰랐거든. 있는 게 별로 없지만…" 그는 카트를 가리켰다. "마음껏 먹어."

"우린 먹고 마시려고 온 게 아니야, 친구." 주피터가 말했다. "부탁이 있어. 좀 급한 일이야."

안락의자에 털썩 주저앉은 이스라펠은 다리를 늘어뜨리더니 부아가 난 눈으로 손에 든 유리잔을 뚫어지게 바라보았다. 날개가 저절로 까딱거리며 움직여 커다란 깃털 모양 망토처럼 의자 등받이에 걸쳐졌다. 매끈하게 윤이 흐르는 날개 속 부분에는 보송보송한 솜털이 있었다. 모리건은 날개를 쓰다듬어 보고 싶어서 들썩거리는 손을 간신히 붙들었다. *이상해 보일 거야,* 하고 생각하며 자신을 타일렀다.

"그냥 온 게 아니라는 걸 알았어야 했어." 이스라펠이 시무룩하게 말했다. "내 *오랜 친구*가 자주 오기라도 했다면 모를까. 11년 여름 이후로는 들르지도 않았지. 공연 개막일 밤은 대성황을 이뤘는데, 그때 안 왔다는 사실을 알고는 있지?

"그건 미안해. 내가 보낸 꽃은 받았지?"

41

"아니. 몰라. 아마 받았겠지. 꽃을 하도 많이 받아서." 이스라펠은 심술을 부리며 관심 없다는 듯이 어깨를 으쓱였다.

이스라펠이 일부러 주피터의 속을 긁으려 한다는 걸 알아차린 모리건은 마음이 불편해졌다. 이스라펠을 만난 건 이번이 처음인데도 자꾸 그가 불행해 보인다는 생각이 들어서 참기 힘들었다. 비스킷을 하나 주고 싶다는 묘한 충동을 느꼈다. 아니면 강아지를 안겨 주거나, 뭐 다른 어떤 거라도.

주피터는 외투 주머니에서 너덜너덜해진 두루마리 종이와 펜을 꺼내 말없이 친구에게 내밀었다. 이스라펠은 본체만체했다. 주피터가 말했다. "자네가 내 편지를 받았다는 거 알고 있어."

이스라펠은 손에 쥔 잔을 빙글빙글 돌리기만 할 뿐 아무 말이 없었다.

"해 줄 텐가?" 주피터가 손을 내민 채 짤막하게 물었다.

이스라펠이 관심 없다는 듯이 어깨를 으쓱였다. "내가 왜?"

"그럴듯한 이유는 생각나지 않지만, 어쨌든 자네가 해 줬으면 좋겠어." 주피터가 솔직하게 말했다.

천사 이스라펠은 탐탁지 않은 얼굴로 경계하며 모리건을 유심히 바라봤다. "대단하신 주피터 노스를 후원자로 나서게 만든 이유라면 단 하나겠지." 술을 한 모금 홀짝인 이스라펠이 다시 주피터에게 눈길을 돌렸다. "내 생각이 틀렸다고 말해도 돼."

모리건도 자신의 후원자를 쳐다보았다. 세 사람은 고요한 침묵에 잠겼다. 이스라펠은 이 불편한 정적을 확답으로 받아들이는 것 같았다.

"원더스미스." 이스라펠이 나지막이 숨죽여 말했다. 그는 깊은 한숨을 쉬었다. 한 손으로 피곤한 듯 얼굴을 문지르더니 주피터가 들고 있던 두루마리 종이를 덥석 낚아챘다. 주피터의 손에는 펜만 남았다. "자네는 내가 가장 사랑하는 친구고 내가 아는 사람 중에 제일가는 얼간이야. 그래, 하지. 자네의 그 엉터리 보증 동의서에 서명하고말고. 괜한 짓이지만. 원더스미스라니, 참나. 정말 황당하군."

어색한 기분을 느낀 모리건은 의자에 앉아 꼼지락거렸다. 조금 억울한 마음도 들었다. 분장실이 돼지우리나 다름없는 사람에게 황당하다는 말을 듣다니 분했다. 모리건은 콧방귀를 뀌고 도도한 표정을 지으며 전혀 개의치 않는 것처럼 보이려고 애썼다.

주피터가 얼굴을 찡그렸다. "이지(* Izzy, 모리건을 모그라고 줄여 부르는 것처럼 이스라펠을 줄여 부르는 주피터의 말버릇 – 옮긴이). 내가 얼마나 고마워하는지 모를 거야. 그렇지만 이 일이 극비라는 건 자네도 알겠지. 이 사실을 절대—"

"비밀을 지키는 방법쯤은 나도 알아." 이스라펠은 버럭 쏘아붙이더니, 손을 뒤로 뻗어 몸을 움찔하면서 날개에서 검은 깃털 하나를 뽑았다. 뽑은 깃털을 화장대 위의 잉크병에 찍어 종이 맨 아랫부분에 어지러운 서명을 휘갈긴 이스라펠은 음울한 얼굴로 주피터에게 종이를 돌려주고 깃털은 옆으로 아무렇게나 던져 버렸다. 팔랑거리며 예쁘게 바닥으로 떨어지는 깃털에서 금 부스러기가 빛을 받아 반짝거렸다. 모리건은 깃털을 주워서 보물인 양 집으로 가져가고 싶었지만, 그건 이스라펠의 옷을 도둑질하는 것과 비슷할지도 모르겠다는 생각이 들었다. "나는 자네가 좀 더 빨리 나를 찾아올 줄 알았어. 자네도 카시엘 소식은 들었겠지?"

주피터는 잉크를 빨리 말리려고 입김을 후후 부느라 종이만 보고 있었다. "카시엘이 왜?"

"안 보여."

주피터가 입김 불기를 멈추고 이스라펠을 바라보며 되물었다. "안 보인다니?"

"사라졌어."

주피터가 고개를 가로저었다. "말도 안 돼."

"나도 그렇게 말했지. 그런데 그렇게 됐어."

"하지만 그는… 그건 도저히…" 주피터는 말을 맺지 못했다.

이스라펠의 얼굴이 잔뜩 흐려졌다. 모리건의 눈에는 그가 무언가를 조금 두려워하는 것처럼 보였다. "그런데도 그렇게 됐어." 이스라펠은 그 말을 되뇌었다.

얼마간 침묵이 흘렀다. 주피터는 일어서서 외투를 집어 들며, 모리건에게도 일어서라는 신호를 보냈다. "조사를 해 봐야겠어."

이스라펠은 별로 기대하지 않는 얼굴이었다. "그러겠나?"

"꼭 알아볼게."

<hr />

주피터와 모리건은 골목 벽을 내려와 대낮처럼 요란하게 불을 밝힌 보헤미아 시내 중심가로 들어갔다. 인파를 헤치며 브롤리 레일 승강장이 있는 곳으로 향하는 걸음은 갈 때보다는 훨씬 더 문명인다운 속도였다. 주피터는 한 손으로 모리건의 어깨를 꽉 붙잡고 걸었다. 사람들이 북적거리는 낯선 도시에 왔으니 모리건을 단단히 챙겨야 할 의무가 있다는 사실이 이제 막 기억난 모양이었다.

"카시엘이 누구예요?" 브롤리 레일 승강장에서 열차를 기다리면서 모리건이 물었다.

"이스라펠 무리 가운데 한 명이야."

"요리사 아주머니가 천사 이야기를 많이 해 주셨어요." 모리건은 가족과 함께 살던 크로우 저택 시절이 떠올랐다. "죽음의 천사, 자비의 천사, 망친 저녁 식탁의 천사……."

"그런 거 하고는 좀 달라." 주피터가 말했다.

모리건은 무슨 얘긴지 잘 분간이 가지 않았다. "그들은 진짜 천사가 아니에요?"

"내 생각엔 약간의 상상력이 가미된 게 아닐까 싶은데, 다 고만고만한 천상의 존재지."

"천상의 존재… 그게 무슨 뜻이에요?"

"아, 있잖아. 하늘에 사는 존재. 멋지게 날 수 있는 부류 말이야. 날개가 있고, 그 날개로 하늘을 나는 사람들. 카시엘은 천계의 유력 인사야. 정말로 카시엘이 실종된 거라면… 글쎄, 어쨌든 이스라펠이 뭘 착각한 게 아닌지 미심쩍긴 해. 아니면 상황을 과장하고 있거나. 그 친구가 연극을 좋아하거든. 저기 온다. 뛸 준비 됐지?"

모리건과 주피터는 브롤리 레일이 지나가는 순간을 놓치지 않고 열차 골조에 달린 강철 고리에 우산을 걸었다. 그리고 필사적으로 매달려 미로 같은 네버무어 자치 도시들을 쌩쌩 지나쳤다. 브롤리 레일 케이블은 온 도시를 종잡을 수 없이 내달리며 변두리에서 시내 중심가로, 그리고 다시 뒷골목으로 열십자를 그리다가 건물 지붕과 나무 꼭대기 위로 높이 솟아올랐다. 모리건한테는 쓸데없이 위험해 보이기만 했다. 쌩하고 모든 것을 뛰어넘는 순간, 오로지 우산을 꽉 부여잡는 것 말고는 유혈 낭자한 추락을 방지해 줄 장치가 아무것도 없었다. 하지만 겁이 나는 만큼, 휘몰아치는 바람을 얼굴로 맞으며 수많은 사람과 건물이 휙휙 지나가는 광경을 바라보는 일은 신났다. 사실 모리건이 네버무어에서 가장 좋아하는 것 중 하나였다.

"들어 봐, 너한테 할 이야기가 있어." 목적지에 다다라 레버를 당겨 고리를 풀고 달리는 브롤리 레일에서 뛰어내려 승강장을 밟았을 때, 주피터가 말했다. "내가 솔직히 말하지 못한 부분이 있는데, 그게… 그게 네 생일에 관한 일이야."

모리건이 눈을 가늘게 뜨며 싸늘하게 답했다. "아하."

주피터는 난처한 표정으로 한쪽 입가를 깨물었다. "화내지 말고. 그냥… 그러니까, 그게 오늘이라는 게 프랭크 귀에 들어갔고, 그 흡혈난쟁이가 어떤 사람인지 너도 알잖아. 핑계만 있으면 파티를 여는걸."

"주피터 아저씨……."

"그리고… 그리고 듀칼리온 식구들 모두 너를 사랑해!" 주피터는 평소보다 훨씬 더 높고 가는 목소리를 뽑아내며 모리건을 구슬렸다. "그들이 그토록 *아끼는* 모리건 크로우가 생일이라 축하해 준다는데, 내가 그걸 못 하게 말릴 수는 없잖아?"

"주피터 아저씨!"

"알아, 알아." 주피터가 항복하는 자세로 두 손을 들었다. "너는 떠들썩한 거 싫다고 했잖아. 걱정 안 해도 돼. 알겠지? 프랭크가 조촐히 하겠다고 약속했거든. 직원들하고 너, 나, 그리고 잭만 참석할 거야. 네가 촛불을 후 불어서 끈 다음 우리가 〈생일 축하〉 노래를 부르고…" 모리건이 신음을 흘렸다. 그 장면을 생각하는 것만으로도 어색하고 쑥스러워서 붉은 홍조가 목을 타고 귀 위쪽까지 올라왔다. "다 같이 케이크를 먹으면, 파티 끝. 앞으로 1년 동안은 끝이야."

모리건은 눈을 부릅뜨고 주피터를 노려보았다. "조촐하게 요? 약속하는 거예요?"

"맹세할게." 주피터가 한 손을 왼쪽 가슴에 올리며 엄숙하게 말했다. "프랭크에게 단단히 일러뒀어. 자제하고, 좀 더 자제하고, 절제된 자신의 작품이 서글퍼 보일 때까지 더 자제하고, 거기서 열 배는 더 자제하라고 말이야."

"그랬겠죠. 그런데 그 말을 듣긴 하던가요?"

모리건의 후원자는 비웃음을 흘리며 몹시 마음이 상한 것 같은 표정을 지었다. "잘 들어. 내가 시원시원하고 느긋하고 여유도 넘치는 뭐 그런 사람인 건 나도 알아." 모리건은 동의할 수 없다는 듯이 조용하게 눈썹을 치켜올렸다. "하지만 우리 직원들이 나를 얼마나 존경하는지 너도 알게 될 거란다. 프랭크도 누가 대표인지 알고 있어, 모그. 자기가 받는 수표에 서명하는 사람이 누군지 정도는 알지. 내 말 믿어도 돼. 내가 자제하라고 하면, 프랭크는 당연히—"

주피터가 갑자기 말을 멈추고 벌어진 입을 다물지 못한 건, 두 사람이 모퉁이를 돌아 험딩어가로수길로 들어섰을 때였다. 험딩어가로수길은 호텔 듀칼리온의 거대하고 화려한 정면 외관이 우뚝 솟아 있는 거리였다. 듀칼리온은 모리건이 후원자인 주피터와 함께 생활하는 곳이었는데… 최고의 파티 기획자인 흡혈난쟁이 프랭크가 오늘을 위해 어떤 치장을 해 두었는지 한 눈에 들어왔다.

플라밍고를 떠올리게 하는 분홍색 꼬마전구 수백만 개가 걸려 있는 듀칼리온은 저 먼 우주 밖에서도 보일 것처럼 환하게 빛나며 밤을 물리치고 있었다.

"─당연히 전력투구를 하나 봐요?" 말문이 막힌 주피터 대신 모리건이 말을 끝맺었다.

호텔 입구 계단 위에 모여 있는 사람들은 직원만이 아니었다. 듀칼리온에 묵고 있는 투숙객까지 한 명도 빠짐없이 나와 있는 듯했다. 심지어 비번인 교대 근무자 몇 명도 눈에 띄었다. 신난 사람들은 기대감으로 반짝이는 얼굴을 한 채 분홍색 아이싱을 입힌 화려한 9단짜리 생일 케이크 곁에 둘러서 있었다. 모리건은 그 케이크가 마치 왕족의 결혼식 케이크 같다고 생각했다. 분수대 옆에 자리 잡고 있던 브라스 밴드는 프랭크의 신호에 맞춰 모리건과 주피터가 도착하자마자 활기찬 축하 행진곡을 연주하기 시작했다. 이 모든 광경의 대미를 장식한 건 호텔 옥상 끝에서 끝을 가로지르는 거대한 대형 간판이었다. 간판에는 번쩍번쩍 발광하는 글씨가 어마어마하게 커다랗게 적혀 있었다.

모리건은 열두 살

"생일 축하해!" 떼 지어 서 있던 직원과 투숙객이 소리쳤다.

프랭크가 주피터의 조카인 잭에게 손가락을 뻗었다. 잭이 폭죽 다발에 불을 붙이자 불꽃이 쌩하고 휘파람을 불며 하늘 높이 날아올랐다가 혜성처럼 긴 꼬리를 그리며 쏟아져 내렸다.

유명한 소프라노이자 숲교감자회가 수여한 데임 작위를 지닌 챈더 칼리 여사는 당장 무대에 올려도 손색이 없을 수준의 〈생일 축하〉 노래를 불렀다(노래를 시작하자마자 울새 세 마리, 오소리 한 마리, 한 가족으로 보이는 다람쥐 몇 마리가 도취된 듯 다가와 여사의 발에 열렬한 숭배를 보냈다).

듀칼리온의 수송 관리인이자 운전기사인 찰리는 조랑말 한 마리를 손질해서 고삐를 채워 놓고, 생일 파티의 주인공을 안으로 인도할 준비를 하고 있었다.

총괄 관리자 케저리와 객실관리 직원 마사는 선물을 한 아름 들고 환한 얼굴로 벙글벙글 웃었다.

그리고 거대한 성묘이자 듀칼리온의 시설관리 책임자인 피네스트라는 북새통을 틈타 케이크의 분홍색 아이싱으로 범벅이 된 커다란 앞발을 조심조심 닦았다.

주피터가 불안해하며 모리건을 곁눈질했다. "내가, 음… 내가 우리 옥상 행사 총괄 책임자하고 조용히 얘기 좀 나눌까?"

모리건은 고개를 흔들었다. 웃지 않으려고 애를 쓰는 데도 잘되지 않아 입꼬리가 씰룩거렸다. 가슴 한복판에 햇살이 비추는 것처럼 따뜻하고 은은한 빛이 스며드는 느낌이었다. 고양이 한 마리가 가슴속에서 몸을 동그랗게 말고 엎드려 만족스럽게 가르랑거리는 것 같기도 했다. 생일 파티는 태어나서 처음이었다.

프랭크는 훌륭했다. 정말이었다.

———◆———

그날 밤늦게, 달콤한 생일 케이크에 몽롱하게 취한 데다 백 명은 족히 되는 파티 참석자들에게 끝이 안 보이는 축하 인사를 받느라 지칠 대로 지친 모리건은 기어서 침대 속으로 들어갔다. 침대는 푹신한 담요로 만든 고치 모양 둥지로 변해 있었다(모리건이 얼마나 힘든 하루를 보냈는지 아는 게 분명했다). 모리건은 베개에 머리가 닿자마자 곯아떨어졌다.

그리고 나서, 눈만 감았다 뜬 것 같은 기분으로 잠에서 깨어났다.

잠에서 깨어나니, 침대 위가 아니었다.

잠에서 깨어나니, 침대 위가 아니었고, 혼자도 아니었다.

2장

형제자매

2년, 봄

별이 총총 보일 만큼 맑게 갠 하늘 아래 어깨를 나란히 한 원드러스협회 새내기 회원 아홉 명은 잠결에 흐트러진 모습으로 추위에 떨며 문밖에 서 있었다.

한밤중에 잠옷만 걸친 채 쌀쌀한 네버무어의 길거리에서 눈을 떴다는 사실에 불안을 느낄 만도 했지만, 모리건은 두 가지 점 때문에 그런 걱정을 날려 버렸다.

우선, 원협의 출입문들이 계절과 어울리지 않게 엄청나게 큰 꽃이 새겨진 환영 장식으로 바뀌어 있었다. 무지갯빛의 꽃무늬 태피스트리에는 장미와 모란, 데이지, 수국, 그리고 구불구불 감기는 포도 덩굴로 가슴을 두근거리게 하는 글자가 그려져 있었다.

들어오세요, 함께합시다.

다음으로, 바로 오른쪽 옆에 서 있는 남자아이였다. 홀쭉한 팔다리와 곱슬머리, 잠자리에 먹은 초콜릿 탓에 한쪽 입꼬리가 얼룩덜룩한 그 아이는 세상 둘도 없는 모리건의 단짝 친구였다. 호손 스위프트는 눈을 비비다가 모리건을 보고 게슴츠레하게 씩 웃었다.

"와." 호손은 여느 때처럼 태연했다. 목을 빼 들고 양옆으로 늘어선 나머지 일곱 명을 살펴보기도 했다. 다른 아이들도 잠옷 차림으로 덜덜 떨고 있었는데, 정도는 조금씩 달랐지만 다들 놀라고 짜증도 난 것처럼 보였다. "이것도 원협이 하는 괴상한 일이겠지?"

"그렇겠지."

"진짜 멋진 꿈을 꾸고 있었는데." 호손이 목이 잠긴 소리로 말했다. "용을 타고 밀림 위를 날아가다가 수풀 속으로 굴러떨어졌거든… 그런데 어떤 원숭이 무리가 나를 입양한 거야. 그리고 나를 자기네 왕으로 만들었어."

모리건이 코웃음을 웃었다. "대충 맞는 얘기네."

내 친구가 여기 있어, 모리건은 즐거웠다. 모든 게 잘될 것 같았다.

"우리가 뭘 해야 하지?" 모리건의 왼쪽에 서 있던 여자아이가 물었다. 건장하고 각진 어깨에 발그레한 얼굴을 한 여자아이는 모리건보다 머리 하나는 더 커 보였는데, 헝클어진 빨간 머리칼을 어깨 아래로 풀어헤치고 하일랜드 지역의 억양이 강한 말투로 물었다. 모리건은 그 아이를 타데 매클라우드라고 기억했다. 증명 평가전 때 성인 트롤과 싸워 이긴 아이였다.

모리건은 타데의 질문에 답을 해 줄 수 없었다. 아는 게 없기도 했지만, 실은 타데가 윙 원로가 앉아 있던 의자를 잡아채 트롤의 무릎뼈로 날리던 장면이 소름 끼치는 *타격 소리와* 함께 머릿속에 재생되고 있었기 때문이었다. 무시무시했지만, 객관적으로 보면 매우 재치 있는 공격이었다.

호손이 입이 찢어지게 하품을 하면서 말했다. "그냥 추측인데, 다 같이 들어가서 함께해야 하는 것 같아."

그때 문이 *끼이이이익* 큰 소리로 삐거덕거리며 천천히 열리기 시작했다. 환영의 꽃 글씨와 높은 벽돌담 뒤로 원협의 교정이 완만한 경사를 그리며 펼쳐졌고, 그 끝에 프라우드풋 하우스가 서 있었다. 창마다 켜진 불이 마치 그쪽으로 오라는 표지등 같았다.

원드러스협회 919기 신입생이 되기를 희망했던 수백 명의 지원자 가운데 선택받은 아홉 명의 합격자가 문안으로 들어가자 공기가 바뀌었다.

이곳에 들어오면서 모리건이 '원협 날씨' 현상 때문에 놀라지 않은 건 처음이었다. 문밖의 올드타운 거리는 서늘하고 상쾌한 밤이었다. 원협이라는 기후구 안쪽은, 모든 게 조금 *더* 그런 곳답게 잔디에 두꺼운 서리가 내려앉아 있었다. 대기에서는 눈 냄새가 났다. 맑고 상쾌했지만 살을 엘 듯이 추웠다. 입김이 뭉게뭉게 피어올랐다. 모리건과 아이들은 몸이 덜덜 떨려, 저마다 팔을 문지르고 깡충깡충 제자리 뛰기를 하면서 온기를 찾았다. 뒤에서 끼익 문이 닫히더니, 정적이 내려앉았다.

물론 아이들은 원협에 처음 온 게 아니었다. 지난해 첫 번째 시험이었던 책 평가전이 바로 프라우드풋 하우스 안에서 열렸다. 모리건은 줄줄이 늘어선 책상이 빼곡하게 들어찬 어마어마하게 큰 방에서 수백 명의 아이와 함께 앉아 있던 그때를 기억했다. 빈 종이로 된 작은 책이 질문을 던졌고, 정직하게 답을 쓰지 않으면 불길이 솟아올랐다. 모리건과 같은 방에 있던 아이들 중 거의 절반이 자신의 답이 연기로 사라지는 모습을 지켜보다가 그 자리에서 실격 처리되었다.

다시 찾은 원협은 그때와 달라 보였는데, 한밤중이라서 그런 것만은 아니었다. 진입로 옆으로는 여전히 발가벗은 채 까만 줄기와 가지를 드러낸 나무가 줄지어 있었다. 화석이 되어 버린, 이제는 멸종한 불꽃나무였다. 하지만 오늘 밤에는, 그 나뭇가지 위에 너무 커 버린 새처럼 수백 명의 원드러스협회 회원이 올라앉아 이제 갓 들어온 새내기를 말없이 내려다보고 있었다. 지난 할로우마스의 검은 퍼레이드 때처럼, 모두 검은 예복 망토를 걸치고 손에 든 촛불 하나로 얼굴을 비추고 있었다.

분위기가 섬뜩할 만도 했지만, 모리건은 무섭지 않았다. 어쨌든 이미 협회에 들어왔으니까. 힘든 과정도 다 지나갔고.

낯모르는 검은 망토들이 나무 위에서 내려다보는 모습에 위로 비슷한 무언가를 받는 느낌이 들었다. 검은 망토들에게서는 적의가 느껴지지 않았다. 다만… 묵묵했다.

919기 회원들이 직감적으로 비스듬한 진입로를 따라 그 끝에 서 있는 빨간 벽돌의 거대한 프라우드풋 하우스로 걸어가기 시작하자, 검은 망토의 회원들은 중얼거리며 조용히 구호를 읊

조리기 시작했다. 모리건도 아는 내용이었다. 며칠 전 호텔 듀 칼리온으로 상아색 봉투 하나가 배달됐는데, 그 안에는 외운 다음 태워 버리라는 안내문과 함께 작고 꼼꼼한 필체로 이런 구호가 적혀 있었다.

형제자매여, 평생의 신의로,
언제나 하나로 맺어져, 칼처럼 진실하여라.
아홉은 타에 우선하고, 피보다 진하며,
불과 물로써 영원히 맺어졌나니.
형제자매여, 충직하고 참되어라.
언제나 함께할, 소수의 정예여.

그것은 맹세였다. 새로운 협회 회원 한 명 한 명이 자신의 동기들, 여덟 명의 새로운 형제자매와 해야 하는 약속이었다. 협회에 들어가면 수준 높은 교육을 받고 수많은 기회를 얻을 수 있지만, 다른 무엇보다 그토록 열망했던 참된 가족을 만들 수 있다는 사실 또한 모리건은 잘 알고 있었다.

구호는 919기가 긴 진입로를 따라 걷는 내내 이어졌고, 협회 회원들도 그 길을 함께했다. 나무에서 뛰어내린 이들은 새내기 회원들 뒤로 의장대처럼 따라붙어 원협 서약서를 거듭 되풀이해서 암송했다.

919기가 진입로를 걸어 들어갈수록 환영식은 점점 더 탄력이 붙었다. 웬 악단이 오른쪽 나무에서 우르르 뛰어내리더니 행진곡풍의 곡을 연주하기 시작했다. 십 대로 보이는 아이 두 명은 길 양쪽에 서서 919기가 지나가는 위로 마술처럼 부옇고 영롱한 무지개를 만들어 냈다. 마침내 프라우드풋 하우스에 다다르자, 거대한 코끼리 한 마리가 마을 입구의 나팔수처럼 우렁차게 도착을 알렸다.

그리고 넓은 대리석 계단에 서서 919기를 기다리는 아홉 명의 사람이 있었다. 거기에는 밝은 생강색 머리를 한 남자도 있었다. 그들은 각자의 지원자가 걸어오는 모습을 기쁘고 뿌듯한 얼굴로 지켜보았다.

모리건이 계단을 뛰어 오르는 모습을 바라보는 주피터의 얼굴이 햇살처럼 환하게 빛났다. 그는 무언가 말을 하려다 말았다. 파란 눈이 보일 듯 말 듯 촉촉해졌다. 모리건은 주피터가 보여 준 뜻밖의 감정 표현에 놀라는 동시에 감동했다. 모리건은 그의 팔에 주먹을 뻗는 것으로 고마운 마음을 대신했다.

"처량하게." 모리건이 나지막이 말했다. 주피터는 웃음을 터뜨리며 눈을 문질렀다.

주피터 옆에는 호손의 후원자인 젊은 낸시 도슨이 자신의 지원자를 내려다보며 얼굴에 보조개가 파이도록 싱긋 웃고 있었다. "사고뭉치는 별일 없었고?"

"그럼요, 코치님." 호손도 씩 웃으며 대답했다.

조금 더 나이 들어 보이는 다른 후원자 한 명이 낸시 옆에 서 있다가 그들을 보고는 조용히 하라며 못마땅하다는 듯이 얼굴을 찡그렸다.

"이런, 당신 목소리가 더 커요, 헤스터." 낸시가 사람 좋아 보이는 목소리로 말하고는, 고개를 돌려 호손과 모리건에게 장난스러운 표정을 지어 보였다.

후원자들이 서 있는 줄 저 아래쪽으로, 다시는 보고 싶지 않았던 바즈 찰턴이 있었다. 바즈 찰턴은 지난 1년 내내 모리건을 평가전에서 탈락시키고 네버무어에서 쫓아내기 위해 안간힘을 쓴 것도 모자라 자기 지원자들에게 속임수까지 쓰게 했다.

바즈의 지원자인 최면술사 케이든스 블랙번은 팔짱을 낀 채 서 있었다. 길게 땋은 검은 머리를 어깨 뒤로 넘겨 버린 케이든스는 이 기이한 상황에서도 어찌나 느긋한 얼굴인지, 거의 따분해 보일 지경이었다. 모리건은 그런 케이든스의 모습이 인상적이면서도 짜증이 났다.

주피터가 몸을 숙이더니 모리건의 귀에 대고 말했다. "주변을 둘러봐, 모그. 이게 바로 네가 열심히 노력해서 이룬 거야. 마음껏 즐겨."

이들 뒤로 원협 회원들이 무리를 이루며 가까이 모여들었다. 그들은 이제 구호를 멈추고 즐겁게 담소를 나누거나 새내기 회원들을 향해 미소를 지으며 축하 행사를 즐기고 있었다.

그때 갑자기 섬뜩한 울음소리가 하늘을 찌를 듯이 진동했다. 모두 위를 올려다보았다. 한 쌍의 용과 기수들이 프라우드풋 하우스 위를 날며 아홉 아이의 이름을 불과 연기로 하늘에 수 놓았다.

아칸

아나

케이든스

프랜시스

호손

램버스

마히르

모리건

타데

정확히 1년 전, 이른바 저주라는 것을 벗어나 비밀의 도시 네버무어로 몸을 피했던 날부터 모리건은 많은 이상한 일을 겪었다. 용이 불로 이름을 새기는 광경을 보는 것도 앞서 겪었던 수많은 이상한 일의 연장에 불과했지만, 지금껏 겪은 그 어떤 이상한 일보다 기분 좋은 경험이란 걸 인정해야 했다. 다른

919기 회원들도 기쁨의 탄성을 지르는 걸 보니 깜짝 놀란 건 모리건만이 아닌 듯했다. 사실, 호손(어쨌든 걸음마를 떼면서부터 용을 탔던)만이 동요 없이 태연하게 서 있었다.

마지막으로 새겨졌던 이름이 가느다란 연기로 공중에 흩어지자 기수들은 용을 몰고 프라우드풋 하우스에서 멀리 날아갔고, 후원자들은 아이들을 데리고 건물 안으로 들어갔다. 뒤에 남은 원협 회원들은 흡사 유명 인사를 대하듯이 환호를 지르고 박수를 보내며 건물로 들어가는 새내기들에게 손을 흔들었다. 모리건은 호손을 보며 웃음을 터뜨렸다. 호손은 환호하는 회원들에게 열렬히 손을 흔들며 답하다가 낸시에게 끌려 들어오고 있었다. 호손이 들어오자 곧바로 거대한 정문이 획 닫히며 바깥에서 들리던 온갖 소리가 사라졌다.

밝게 불을 밝힌 드넓은 프라우드풋 하우스 입구 로비에 갑작스럽게 내려앉은 정적을 깨며, 뒤쪽에서 노쇠한 목소리가 들렸다.

"환영합니다, 919기 여러분. 앞으로 펼쳐질 인생의 첫날이 시작되었군요."

그곳에는 존경받는 원협의 최고원로위원 세 명이 서 있었다. 연약해 보이지만 절대로 외모에 속으면 안 된다는 걸 알려 준 그레고리아 퀸 원로, 이곳저곳에 문신을 새기고 회색 턱수염을 기른 심각한 얼굴의 헬릭스 윙 원로, 그리고 큰 몸집의 말하는 황소인 앨리어스 사가 원로였다.

프라우드풋 하우스 밖에서 받았던 환영 인사에 비하면, 입회식 자체는 간단하고 따분했다. 원로들은 몇 마디 환영 인사를 했다. 후원자들은 검은 망토를 가져와 각자의 지원자에게 둘러 준 다음, 깃 부분에 작은 금빛 W 배지를 달아 주었다.

919기 회원들은 외워 온 서약문을 암송하며, 평생 서로에게 신의를 다할 것을 약속했다. 아이들은 크고 또랑또랑한 목소리로 서약문을 읊었다. 누구도 틀리거나 실수하지 않았다. 이 순간이 입회식에서 가장 중요한 시간이라는 걸 모리건은 알고 있었다.

그리고 입회식은 끝났다. 그게 다였다.

거의.

"후원자 여러분." 입회식이 끝나자 퀸 원로가 말했다. "괜찮다면 잠깐 남아 주시기 바랍니다. 중요한 문제가 있어서 다 같이 의논을 해야 합니다. 신입 회원 여러분은 프라우드풋 하우스 밖 계단에서 각자의 후원자가 나올 때까지 기다리길 바랍니다."

모리건은 입회식이 끝나면 으레 이런 순서가 있는 건지 궁금했다. 후원자 몇몇이 의아해하는 눈빛을 주고받는 것으로 보아 그건 아닌 것 같았다. 동기들을 따라 밖으로 나가면서 주피터와 눈을 마주치려고 애썼지만, 주피터는 모리건을 바라보지 않았다. 긴장한 것처럼 턱이 굳어 있었다.

프라우드풋 하우스 밖의 마당은 텅 비어 있었다. 쌀쌀하고 조용했다. 단 한 사람도 눈에 띄지 않았다. 불과 몇 분 전까지 시끌벅적하게 환영 인사를 건네던 인파가 모여 있었다는 사실이 마치 거짓말인 것처럼 말끔히 사라지고 누구도 남아 있지 않았다.

적막감이 흘러들었다. 모리건과 호손을 뺀 나머지 아이들은 서로 잘 알지 못했다. 아이들이 서먹한 듯 흘끔흘끔 곁눈질을 주고받는데, 아나 칼로가 어색하게 킥킥 웃었다. 통통하고 예쁘게 생긴 금발 곱슬머리의 아나 칼로를 모리건은 생생히 기억했다. 아나는 증명 평가전 때 후원자의 배를 칼로 가르고 맹장을 제거한 다음 꿰맸는데… 이 모든 과정을 눈을 가린 채로 해냈다.

예상대로 제일 먼저 입을 연 사람은 호손이었다.

호손은 흥미진진하다는 얼굴로 아칸 테이트를 보며 말했다. "증명 평가전 때 네가 한 거 말이야. 관중석을 돌면서 사람들 주머니를 털어 갔는데 우린 네가 그저 바이올린을 켜는 줄만 알았잖아."

"어… 어?" 귀엽고 천사 같은 외모의 아칸은 더없이 순수해 보여 도둑질에 그런 재능이 있다고는 믿기지 않았다. 아칸은 머뭇거리며 호손을 바라보았다. "미안해. 내가 너희 것도 뭘 훔

쳤니? 나중에 돌려받았어? 전부 다 돌려주려고 노력했는데. 그 땐 그냥, 내 후원자가 그렇게 하면—"

"진짜 멋졌어." 호손이 말을 싹둑 자르더니 눈을 동그랗게 뜨고 감탄했다. "정말 *완전히 멋졌어.* 우리 뽕 갔잖아. 그렇지, 모리건?"

모리건은 싱긋 웃었다. 호손은 증명 평가전 때 아칸이 자신의 주머니에서 장갑을 슬쩍 빼 간 것을 나중에 알고 정말 즐거워했다. 모리건도 인상 깊게 보긴 했지만, 호손은 아칸의 비기를 보며 그야말로 *황홀해했다.*

"정말 놀라웠어." 모리건도 고개를 끄덕였다. "그걸 어떻게 배웠어?"

아칸은 귀 끝까지 빨갛게 달아오른 얼굴로 모리건을 보며 수줍게 미소 지었다. "아! 음, 고마워. 난 그냥… 가져오는 건데." 아칸은 별로 대단한 일이 아니라는 듯 어깨를 살짝 으쓱였다.

"멋져." 호손이 다시 말했다. "혹시 나도 조금 배울 수 있을까, 아칸?"

아칸은 호손이 내민 손을 잡고 악수하며 말했다. "그냥 아크라고 불러. 우리 할머니 말고는 다들 그렇게—"

그때 쾅 소리가 나면서 프라우드풋 하우스의 문이 벌컥 열리더니, 바즈 찰턴이 바람을 날리며 대리석 계단으로 걸어 나와 자신의 지원자를 손짓으로 불렀다.

"너, 이름이 뭐더라? 블링크웰? 가자. 우린 갈 거야."

케이든스 블랙번이 깜짝 놀란 얼굴로 물었다. "뭐, 뭐라고요? 왜요?"

"내가 지금 질문해도 된다고 했니?" 바즈 찰턴이 특유의 비아냥거리는 말투로 비난하듯이 말했다. "내가 *말했지*, 우리는 *간다고.*"

하지만 케이든스는 움직이지 않았다. 바즈의 뒤를 이어 다른 후원자들도 황급히 건물을 빠져나왔다. 겁에 질린 사람도 있었고 화가 난 사람도 있었다. 모두의 시선은 한결같이 모리건을 향했다.

모리건은 두려움이 물결처럼 온몸으로 퍼지는 느낌이었다. 마치 연못이 된 자신에게 누군가 아주 크고 아주 무거운 돌을 던진 것 같았다. 그 순간, 모리건은 원로들이 후원자들에게 남으라고 했던 이유를 정확히 알아챘다. 남은 사람들이 정확히 무엇을, 아니 정확히 누구에 대해 의논했는지 알 것 같았다.

프라우드풋 하우스에 들어가기 전 낸시에게 조용히 하라고 했던 나이 든 여자 헤스터가 곧바로 모리건을 향해 성큼성큼 걸어왔다. 헤스터의 창백한 얼굴은 매섭고 심각하게 굳어 있으며, 희끗희끗한 적갈색 머리카락은 꽉 잡아당겨 뒤로 묶은 채였다. 헤스터는 화가 나고 혼란스러운 얼굴로 몇 초 동안 모리건을 빤히 내려다보았다.

"그걸 어떻게 알죠? 누가 그러던가요?" 헤스터가 어깨 너머로 주피터를 향해 소리를 빽 내질렀다.

"누가 말해 준 게 아니에요." 다른 후원자들 뒤에서 느긋한 걸음으로 프라우드풋 하우스를 빠져나온 주피터는 태연하게 기둥에 기대어 서더니 모리건을 가리키며 말했다. "나는 보여요. 더없이 뚜렷하게."

"*보인다니* 무슨 말이죠? 나는 아무것도 안 보이는데." 헤스터가 모리건의 턱을 우악스럽게 움켜잡더니 이리저리 돌리며 눈을 뚫어지게 들여다보았다.

주피터의 태도가 순식간에 돌변했다. 그는 앞으로 뛰어나오며 "이봐!" 하고 소리쳤다. 하지만 주피터가 끼어들 필요도 없이 모리건이 자신도 모르게 여자의 손을 탁 쳐 냈다. 깜짝 놀란 헤스터가 불에 데기라도 한 것처럼 뒤로 몸을 젖혔다. 모리건은 지나친 행동이었나 싶어 주피터를 흘낏 봤지만, 주피터는 잘했다는 듯이 고개를 끄덕였다.

아나의 후원자인 수마티 미슈라라는 젊은 여자가 피곤한 한숨을 내쉬었다. "노스가 어떤 비기를 지녔는지 *알잖아요*, 헤스터. 주피터는 위트니스예요. 있는 걸 그대로 본다고요."

"거짓말일 수도 있잖아요." 헤스터가 말했다.

주피터는 그런 말을 듣고도 아무렇지 않아 보였다. 하지만 모리건은 울컥 화가 났다.

낸시 도슨도 발끈했다. "바보처럼 굴지 말아요, 헤스터. 노스 대장은 거짓말을 하지 않아요. 주피터가 모리건이 원더스미스라고 하면—"

낸시가 그 말을 내뱉자마자, 주변의 공기가 순식간에 어디론가 빨려 들어간 듯했다. *원더스미스*. 마치 징을 친 것처럼 단어가 울려 대며 빨간 벽돌 건물에 메아리쳤다.

"—그럼 모리건은… 원더스미스예요."

낸시가 말을 마쳤다.

원더스미스. 원더스미스. 원더스미스.

후원자들이 일제히 몸을 움찔했다. 아이들은 벼락 맞은 것처럼 놀라며 휘둥그레진 눈으로 모리건을 휙 돌아봤다. 케이든스는 가느다랗게 실눈을 떴다. 모리건은 익숙한 기분이 들었다. 해안가에 서서 가장 애틋한 꿈이 바다 저 멀리 떠내려가는 걸 어쩌지 못하고 지켜보기만 해야 하는 외롭고 막막한 느낌이었다.

형제자매가 될 아이들이었다. 평생 신의를 지키기로 한. 하지만 단 한마디 때문에, 아이들은 모리건을 마치 원수처럼 바라보았다.

"난, 나는…" 모리건은 목이 콱 메었다. 해명하거나 안심시키고 싶었지만, 사실… 할 말이 없었다. 자신이 원더스미스라는 건 몇 주 전에 알게 되었다. 모리건을 제외하고 현재 유일하게 살아 있는 원더스미스인 에즈라 스콜, 유사 이래 가장 사악한 자라는 그가 폭탄을 터뜨리듯 알려 준 사실이었다.

그 뒤 주피터는 모리건이 정신적인 충격에서 벗어날 수 있도록 원더스미스가 어떤 존재인지 최선을 다해 설명하려고 노력했다. 하지만 모리건은 여전히 원더스미스가 된다는 게 어떤 의미인지 짐작도 가지 않았고, 그 때문에 겁이 났다.

주피터는 '원더스미스'가 반드시 나쁜 건 아니라고 했다. 그 단어가 항상 악을 뜻하는 건 아니라는 말이었다. 원더스미스가 존경받고 칭송되던 때도 있었다고 했다. 원더스미스는 그들이 지닌 신비한 힘으로 사람들을 보호하고 소원을 들어주곤 했다는 것이다.

그러나 모리건은 네버무어에서 그 말에 수긍하는 사람을 단 한 명도 알지 못했다. 무시무시한 에즈라 스콜을 직접 만나 보기도 했던 모리건은 원더스미스가 선할 때도 *있었다*는 말을 믿기 힘들었다.

에즈라 스콜은 악귀처럼 눈이 불타는 사냥꾼과 말, 사냥개의 군단인 연기와 그림자 사냥단을 지휘했다. 연기와 그림자 사냥단은 모리건을 붙잡아 가기 위해 무자비한 습격을 감행했다. 모리건은 에즈라 스콜이 손목을 한 번 휘둘러 강철을 휘어 버리고, 속삭임으로 불을 일으키고, 손가락을 튕겨 가족이 사는 집을 무너뜨렸다가 순식간에 다시 세우는 모습을 목격했다. 온

화하고 평범한 겉모습 뒤에 감추어진 음침한 진짜 얼굴을 보았다. 어둡고 텅 빈 눈, 검게 변한 입, 날카롭게 드러낸 이를.

무엇보다 끔찍한 건, 네버무어의 가장 무서운 적인 에즈라 스콜이 모리건을 제자로 삼으려 했다는 것이었다. 스콜은 괴물 군대를 만들어 네버무어를 정복하려 했다. 자신에게 맞섰던 용감한 사람들을 학살하고 자유주에서 영원히 추방당했다. 주피터가 아무리 안심시키려 해도, 바로 그 원더스미스가 모리건의 내면에서 자신과 같은 무언가를 보았다는 사실을 지울 수는 없었다.

모리건 자신도 공포를 떨쳐 버리기가 힘든데, 어떻게 동기들에게 두려워하지 않아도 된다는 말을 할 수 있을까?

이번에도 아무렇지 않은 건 호손뿐이었다. 호손은 모리건이 원더스미스라는 사실을 이미 알고 있었다. 모리건이 처음 이 사실을 알려 주었을 때, 호손의 유일한 걱정은 모리건도 에즈라 스콜처럼 자유주에서 추방되는 건 아닐까 하는 것이었다. 호손은 절친한 친구가 위험한 존재일 수도 있다는 생각을 *단 1초도* 하지 않았다. 모리건은 호손이 지닌 확신을 눈곱만큼이라도 가질 수 있으면 좋겠다고 생각했다. 모리건은 천근만근 가슴을 짓누르는 걱정 속에서도, 이상하리만치 흔들림 없는 이 아이가 자신과 친구가 되어 주었다는 것에 마음 한구석에서 다시 한번 작은 안도감을 느꼈다.

"그리고 주피터가 위험하지 않다고 하면, 모리건은 위험하지 않은 거예요." 낸시가 분명한 목소리로 무거운 침묵을 깨뜨렸다. 낸시는 모리건을 보며 슬며시 격려가 담긴 미소를 지어 주었다. 모리건은 그 미소에 조금 용기가 났지만 차마 마주 웃기는 힘들었다.

프라우드풋 하우스에서 모습을 드러낸 퀸 원로는 윙 원로, 사가 원로와 함께 체념한 얼굴로 조용히 상황을 지켜보았다.

도수 높은 안경을 쓰고 머리에 파란색 나비 리본을 맨 아주 젊은 후원자 한 명이 마히르 이브라힘 옆에 섰다. 그리고 누구를 보호할 힘이라곤 없을 것 같은 떨리는 손으로 마히르의 어깨를 감싸 자기 쪽으로 끌어당기더니 목을 가다듬었다. "죄송하지만, 퀸 원로님. 이 작은 여자아이가 어떻게 원더스미스일 수 있죠? 이제 원더스미스는 없어요. 아니 있다 해도 단 한 명이에요. 추방당한 에즈라 스콜이요. 다들 알잖아요."

"틀렸어, 멀라이언." 퀸 원로가 말했다. "한 명이었지. 이젠 두 명인 것 같군."

"그게 뭘 *의미*하는지 걱정되는 사람 없어요?" 헤스터가 따지듯이 물었다. "노스, 원더스미스에게 어떤 능력이 있는지는 모두 다 알아요. 에즈라 스콜이 보여 줬잖아요."

주피터가 입을 오므리며 콧날을 쥐어짰다. 모리건은 그가 인내심을 끌어모으는 중이라는 걸 알 수 있었다. "스콜이 원더스미스였기 *때문에* 그런 짓을 한 건 아니에요, 헤스터. 그는 우연히도 원더스미스인 사이코패스였던 거예요. 불운한 조합이지만… 그런 거예요."

"그걸 노스가 어떻게 알죠? 안 그래요?" 바즈 찰턴이 원로들에게 호소했다. "원더스미스의 능력은 온 세상이 다 알아요. 원더를 마음대로 움직이잖아요. 저 금수같이 새카만 눈을 좀 봐요. 누가 봐도 악당이라고요. 저 애가 원더를 써서 *우리를* 통제하기라도 하면 어떻게 막을 건데요?" 바즈 찰턴은 증오심을 숨김없이 드러내며 모리건을 바라보았다. 모리건은 이를 꽉 깨물었다. 모리건이 느끼는 감정 역시 그와 한 치도 다르지 않았다.

"아니면 우리를 파멸시킬 수도 있고." 헤스터가 말을 보탰다.

"이런, 제발." 부아가 치미는 듯 주피터가 생강색 머리를 헝클이며 소리쳤다. "아직 *어린아이*예요!"

헤스터는 코웃음을 쳤다. "지금은 그렇죠."

"그런데 저 아이가 왜 협회에 들어와야 하나요?" 멀라이언이 가늘게 떨리는 목소리로 소심하게 물었다. 얼굴에서 핏기가 싹 사라진 멀라이언은 우유보다 더 하얘 보였다. 모리건이 마치 악랄한 원더스미스처럼 자신의 지원자를 확 채 가기라도 할까 봐 걱정됐는지 작고 가느다란 손가락으로 마히르의 어깨를 꽉 움켜쥐고 있었다. 마히르는 차갑게 굳은 얼굴로 미간을 잔뜩 찡그리고 있어 눈썹이 일자로 보일 지경이었다. 마히르의 키는 자신의 후원자만큼 컸는데, 모리건은 두 사람이 함께 서 있는 걸 보며 늑대를 보호하려 애쓰는 생쥐의 모습을 떠올렸다. "어째서 위험하게 저 아이를… 다른 아이들과 같… 같이 두는 거죠?"

모리건은 점점 얼굴이 뜨거워졌다. 사람들은 모리건이 전염병이라도 되는 듯 말하고 있었다.

너무나도 익숙한 감정이 올라오기 시작했다.

태어나서부터 11년 동안 줄곧 모리건은 자신이 저주받은 아이라고 믿었다. 가족과 마을을 비롯해 모리건이 나고 자란 윈터시 공화국 어디에서든 나쁜 일이 벌어졌다 하면 무조건 모리건의 탓이었다. 지난해가 저물 즈음에서야 모리건은 그게 사실이 아니라는 걸 알게 됐다. 저주받은 아이였을 때의 기분을 아직도 생생히 기억하고 있는 모리건은 결코 그런 경험을 다시 하고 싶지 않았다. 당장 긴 진입로를 뛰어 내려가 꽃으로 뒤덮인 문을 빠져나가고 싶은 충동이 솟구쳤다. 그때 주피터의 따뜻하고 듬직한 손이 어깨에 내려앉았다.

"아, 자네는 저 아이를 이곳이 아닌 *다른 어디*로 보내는 게 낫겠다는 건가?" 사가 원로가 날카롭게 물으며 발을 쿵 굴렀다. "저 아이를 혼자 두라고? 뭘 하는지 아무도 모르게 말인가?"

헤스터가 끈질기게 주장했다. "네. 확신하건대, 여기 모인 다른 후원자와 지원자들도 모두 같은 생각일 겁니다."

"그렇다면 그 사람들은 떠나도 좋네." 퀸 원로가 서늘하고 침착한 목소리로 말했다. 헤스터와 다른 후원자들은 충격을 받은 얼굴이었다. 퀸 원로는 고개를 가볍게 끄덕였다. "원한다면 그래도 좋아. 어쨌든 이게 평범한 상황은 아니지. 나도 이 문제의 심각성을 알고 있고, 자네들의 우려도 이해하네. 하지만 나와 우리 원로들은 아주 오랜 시간 이 문제를 논의했고, 919기에서 크로우 양을 제명하는 일은 없을 걸세. 이게 우리가 내린 최종 결론이야."

바즈 찰턴이 들리지 않게 씩씩거리며 고개를 저었다. "믿을 수가 없군."

"믿게." 퀸 원로가 쏘아붙이자, 바즈 찰턴은 망토의 옷깃 속으로 몸을 움츠렸다.

헤스터는 퀸 원로가 그저 엄포를 놓는다고 생각했는지 이를 악물고 말했다. "외람된 말씀이지만, 설마 협회가 재능 있는 신입 회원 *여덟* 명을 잃으면서까지 위험한 존재 하나를 들이고 싶어 하는 건 아니겠지요. 원로님도 이 뛰어난 여덟 아이가 문밖으로 걸어 나가는 모습을 보고 나면 분명 마음이 바뀌실 겁니다. 가자, 프랜시스." 헤스터는 나무가 줄지어 선 진입로를 향해 계단을 내려가기 시작했다.

프랜시스가 조용히 애원하는 목소리로 말했다. "헤스터 고모, 저는 여기 있고 싶어요. 제발요. 아버지도 제가 여기 남아 있길—"

"오빠는 네가 목숨을 걸면서 남아 있길 바라진 않으실 거다!" 헤스터가 뒤로 홱 돌아서더니 프랜시스의 얼굴을 들여다보며 말했다. "그게 어디든 *절대* 네가 그, 그 원더스미스 가까이 있는 걸 반기지 않으실 거야."

퀸 원로가 목을 가다듬었다. "후원자 여러분, 이건 여러분이 대신 결정할 수 있는 문제가 아닙니다. 신입 회원 여러분, 여러분 중 누구라도 원드러스협회 919기에서 나가고 싶은 사람이 있다면 지금 앞으로 나와 배지를 돌려줘도 좋습니다. 여러분이 내린 선택에는 어떤 처분이나 후환도 없을 겁니다. 우리는 여러분이 잘되길 바라고, 각자의 길로 빠르게 나아가길 바랄 겁니다."

퀸 원로는 손을 내밀었다. 조용한 계단 위에는 아침 일찍 일어난 새들의 지저귀는 소리만이 저 멀리 어딘가에서 들려올 뿐이었다. 공기도 얼어붙은 듯, 후원자와 지원자들이 내뱉는 서릿발 같은 숨결로 뿌옇게 흐려졌다. 사실 모리건 말고는 거의 숨도 쉬지 못하는 것 같았다.

아나가 떨리는 손가락을 슬그머니 배지로 가져가며 입술을 깨물었다. 프랜시스는 죄지은 사람처럼 고모를 쳐다보았으나, 케이든스는 바즈 찰턴이 서 있는 쪽으로 눈길도 주지 않았다. 케이든스는 눈 한 번 깜박이지 않았다.

배지를 돌려주는 사람은 아무도 없었다. 그건 생각만으로도 정신 나간 짓이었다. 어쨌든 지난해에 치러진 평가전을 통과해 이 자리까지 온 아이들이었다. 그 작은 금빛 W 배지를, 배지가 약속하는 그 모든 것을 어느 누가 포기하려고 할까? 상상도 할 수 없는 일이었다.

"자, 그럼." 퀸 원로가 손을 내리며 말했다. "확신이 선 것이 겠지요. 하지만 확실히 해 둡시다. 신입 회원 여러분, *그리고 후원자 여러분*." 퀸 원로는 분해 죽겠다는 얼굴로 서 있는 헤스터와 바즈 찰턴을 꿰뚫듯이 바라보았다. "크로우 양이 지닌 흔치 않은…" 퀸 원로가 머뭇거리며 갑자기 말을 끊었다. *비기*라는 표현을 써야 할지 고민하는 듯했다. "상황은, 최고원로위원회가 협회 전체에 공개해도 좋다고 판단하기 전까지는 절대 기밀로 유지될 겁니다. 그렇지 않으면 원협 외부로까지 알려질 위험이 있으니까요. 사실을 알리면 대규모의 혼란만 초래하게 되겠지요. 그 말인즉, 주임 교사들Scholar Mistresses이나 919기 차장conductor처럼 불가피한 극소수를 제외하면, 이곳에 원더스미스가 있다는 사실은 지금 이 자리에 모인 여러분만 아는 비밀로 남아야 한다는 뜻입니다. 교수진에게는 크로우 양의 비기 문제를 묻거나 논하지 않도록 지시할 것이고, 과한 호기심을 보이는 학생에 대해서는 주임 교사들이 적절하다고 생각하는 방식으로 대처할 겁니다."

퀸 원로는 아홉 아이를 향해 돌아섰다. 자랑스러운 승리의 밤이 끔찍한 소식으로 망가진 탓인지 아이들은 조금 위축되어 보였다.

퀸 원로는 강철처럼 단단한 목소리로 말했다. "이제 여러분은 하나입니다. 서로가 서로에게 의무를 지고, 서로가 서로를 책임져야 합니다. 따라서 만일 누군가, *그게 누구든* 우리의 신뢰를 깼다는 사실이 밝혀지면…" 퀸 원로는 엄숙한 얼굴로 말을 멈추었다. 아이들과 하나하나 눈을 맞추던 퀸 원로는 마지막으로 모리건을 마주 보았다. "…그땐 여러분 아홉 명 전원이 원협에서 제명당할 겁니다. 영원히."

3장

문신이 아닌 것과 문이 아닌 것

다음 날 아침 눈을 뜬 모리건은 한밤중에 원협에 다녀왔던 일을 놀랍고 이상한 악몽이었다고 거의 믿어 버릴 뻔했다. 금빛 문신이 없었다면 말이다.

"문신이 아니라니까." 주피터가 몇 번이고 같은 소리를 하며 주스를 두 잔 따르는 동안, 모리건은 구운 크럼핏(* crumpet, 이스트로 발효하여 작은 구멍이 난 납작한 빵으로 잉글랜드 전통 팬케이크 – 옮긴이) 접시에 꿀을 이리저리 흘리다가 탁탁 내리치고 계핏가루를 뿌렸다(모리건이 불에 너무 바싹 갖다 댄 곳은 조금 탔지만, 그런대로 먹을 만했다). 전날 밤 입회식을 다녀온 뒤 두 사람 다 늦잠을 자는 바람에 식당에서 아침을 먹지 못했기 때문에 주피터는 서재로 먹을 것을 가져다 달라고 부탁했다. 책상을 끼고 마주 앉은 두 사람 사이에는 더할 나위 없이 아침 식사다운 것(훈제 송어와 스크램블드에그)부터 염치없이 자리를 차지한 것(주피터가 식탐을 부린 토마토 수프와 아티초크 속대)까지 갖가지 음식이 다양하게 차려져 있었다. "내가 정말로 너한테 문신을 하게 내버려 둘 것 같니?"

모리건은 크럼핏을 큼지막하게 베어 먹으며 일부러 대답을 피했다. 사실 모리건은 주피터가 뭘 허락하고 허락하지 않을지 감도 오지 않았다.

주피터는 뾰로통한 침묵이 무슨 뜻인지 알아들었다. 그는 어이없어하는 얼굴이었다. "모그! 말도 안 되잖아. 문신을 하면 *아파*. 그게 아프니?"

모리건은 빵을 삼키고 고개를 저으며 "아니요"라고 말한 뒤, 오른손 집게손가락에 묻은 꿀을 핥은 다음 지문 위에 새롭게 생긴 문양을 살펴보았다. 원협 배지보다 훨씬 작긴 하지만 같은 글씨체로 금빛 W 문양이 새겨져 있었다. 살짝 볼록하게 돋아난 문양은 빛을 받아 희미하게 빛났다. "하나도 아프지 않아요. 단지 그냥… 약간… 이게 있다는 느낌이 들어요."

표식에 대해서는 달리 어떻게 설명할 방법이 없었는데, 아침에 깬 것도 그 희한한 느낌 때문이었다. 화끈거리거나 따끔거리거나 가렵지도 않아서 뭐라고 딱 꼬집어 말할 만한 감각 같은 건 없었다. 밖에서 어떤 힘을 가해 만든 흉터나 상처도 아니었다. 굳이 말하자면 피부 안쪽에서 밖으로 찍어 낸 모양에 더 가까웠다. 문양을 눈으로 보기 전부터, 그러니까 아직 잠에서 깨기 전부터 모리건은 손가락 끝에 문양이 있다는 걸 그냥 알았다. "괴상하지 않아요?"

주피터는 자신의 집게손가락을 살펴보며 약간 놀란 표정을 짓고 있었다. 그도 모리건처럼 아주, 아주, 아주 오래전 원협 입회식에 다녀온 다음 날 아침에 그 표식이 나타났다고 했다. 주피터는 표식을 자세히 바라보는 게 매우 오랜만인 듯했다. "음. 그런 것 같아. 그래도 쓸모가 있지."

"어디에요?"

"어디에든."

주피터는 어깨를 한 번 으쓱이고는, 다시 아침 식사에 정신을 쏟더니 신중하게 다음에 먹을 음식을 골랐다.

"예를 들면요?"

"어떤 곳에 들어갈 수 있게 되고, 다른 협회 회원들이 너를 알아볼 수 있게 해 주고."

"그런 건 W 배지만 있으면 되는 거잖아요."

"아니." 주피터가 마침내 반쯤 탄 토스트 한 쪽을 먹기로 하고 잼을 집어 들며 말했다. "그거하고는 달라."

모리건이 눈을 가느다랗게 뜨며 물었다. "어떻게요?"

주피터는 이번에도 찔끔찔끔 정보를 흘리며 짜증을 유발하는 주피터표 특수 고문 기술을 쓰고 있었다. 모리건에게 정말 알려 주고 싶지 않거나, 머릿속에서 그보다 훨씬 더 중요한 생각이 꼬리에 꼬리를 물고 지나갈 때면 늘 이런 식이었다. 둘 중 어느 쪽에 가까운지 행동을 보고는 전혀 알 수 없었다.

"배지는 비원Unwun들 보라고 하는 거야."

"비원이요?"

"음음." 주피터는 입에 든 토스트를 씹어 삼키면서, 셔츠 앞쪽에 떨어진 토스트 부스러기를 털어 냈다. "다른 사람들 있잖아. 협회에 들어오지 않은 비회원들. 배지는 원협 구성원 이외의 사람들이 우리를 판단하는 수단이야. 인장은 좀 달라." 주피터가 손가락을 들어 꿈틀거리자, 손끝에 새겨진 W 표식이 벽난로 불빛을 받아 거의 타오르는 것처럼 보였다. "인장은 우리를 위한 거지."

모리건은 문득 떠오른 생각에 갑자기 약이 올랐다. "왜 전에는 그걸 나한테 한 번도 안 보여 준 거예요?"

"그게 아니야, 모그. 나한테 인장이 있어야 다른 사람의 인장도 보여. 말했듯이, 이건 우리를 위한 거야. 이게 있기 때문에 서로를 알아보는 거란다. 말하자면… 가족의 표식 같은 거지. 이제 너도 어딜 가나 회원들이 있으면 알아볼 수 있을 거야. 두고 봐."

가족의 표식. 그 말이 모리건의 마음을 다정하게 끌어당겼다. 모리건은 자신이 가진 물건 중에서 금빛 W 배지를 무엇보다 소중히 여겼는데(우산보다는 아니지만)… 그래 봤자 그냥 물건이었다. 쉽게 망가질 수도 있고 잃어버릴 수도 있는 물건. 하지만 인장은 느낌이 달랐다. 자신과 하나였다. 그리고 자신보다 더 큰 중요한 무언가와 하나라는 증표였다. 그건 곧 가족이었다.

형제자매여, 평생의 신의로.

하지만 정말 그런 형제자매가 생긴 걸까? 모리건은 그렇다고 생각했다. 그러나 *원더스미스*라는 한마디가 나오자마자 환상은 산산이 부서져 모래알처럼 흩어졌다.

주피터가 정신 차리라는 듯이 버터 접시를 나이프로 두드렸다. "어이, 너도 협회에 들어갈 자격은 누구 못지않게 있어, 모그." 주피터는 모리건의 마음을 다 안다는 것처럼 말하더니, 책상 위로 몸을 숙이고 목소리를 낮추었다. "자격이라면 제일 많지. 증명 평가전이 끝날 때 순위표 1위 자리에 누구 이름이 올라갔는지 잊지 마." 주피터는 뜸을 들이다가 덧붙였다. "너잖아. 설마 진짜 잊지는 않았겠지만."

모리건은 잊지 않았다. 하지만 순위표에서 누가 몇 등이었는지 그게 지금 중요한가? 동기들이 자신을 믿지 못하는 판국에, 작년에 있었던 일이 뭐가 그리 중요할까? 동기들이 자신을 두*려워*하는데?

"시간이 필요해." 이번에도 주피터는 모리건의 생각을 정확히 꿰뚫고 있는 것 같았다. 불공평하지만 위트니스만의 장점이었다. 주피터는 모리건이 가늠할 수도 없는 방식으로 세상을 바라보았다. 모리건이 드러내 놓지 못한 감정과 말 못 할 진실을 마음대로 읽을 수 있었다. 마치 찡그린 얼굴을 본 것처럼 명료하게 읽어 냈다. 모리건에게는 편하면서도 몹시 약 오르는 일이었다. "아이들의 생각도 바뀔 거야. 다만 너에 대해 알아야겠지. 그럼 끝이야. 그땐 내가 아는 매력쟁이 모리건 크로우를 모두 알아보게 될 거야."

모리건이 그 매력쟁이 모리건 크로우는 누구냐고, 자기하고 바꾸면 안 되겠냐고 물으려고 하는데, 문을 두드리는 소리가 났다. 노구 정정한 케저리 번스가 하얗게 센 머리를 서재 안으로 쏙 들이밀었다. "전갈이 돌아왔습니다. 보낸 곳이 천―"

"고마워요, 케지." 주피터가 말을 자르며 자리에서 벌떡 일어나 종이를 건네받았다. 케저리는 모리건에게 눈을 찡긋하고는 뚜벅뚜벅 구둣발 소리를 내며 뒤돌아서서 문을 닫고 나갔다.

종이는 은색 밀랍으로 봉해져 있었다. 주피터는 반대편으로 걸어가 벽난로 선반에 기대어 서서는 몸을 수그리고 난로 불빛에 비추어 편지를 읽었다. 조용히 시간이 흐르는 동안 모리건은 벽난로를 물끄러미 들여다보았다.

아저씨 말이 맞아. 모리건은 이제 원드러스협회의 정식 회원이었다. 여러 평가전을 치르면서 다른 동기들 못지않게 치열하게 경쟁했다.

마지막 평가전은 아니잖아. 난 아무것도 안 했어. 머릿속에서 작은 목소리가 들려왔다. 그건 사실이었다. 네 번째 시험이자 마지막 관문으로 지원자가 자신만의 특별한 "비기"를 선보여야 했던 증명 평가전에서, 모리건은 아무것도 하지 않고 트롤경기장 한가운데 가만히 서 있었다. 모리건이 혼란에 빠져 있는 사이, 주피터는 위트니스의 특별한 재능을 발휘해 1년 내내 혼자만 알고 있던 진실을 원로들 앞에 드러냈다. 원로들에게 줄곧 감춰 왔던, 당사자에게조차 알려 주지 않았던, 모리건이 바로 원더스미스라는 진실을. 헤아릴 수 없는 방식으로 세상에 힘을 불어넣는 원더라는 신비로운 마법의 에너지원이 마치 불을 향해 달려드는 나방 떼처럼 끊임없이 모리건 주위로 모여들고, 모리건이 아직 존재하지도 않는 힘을 발휘하기를 끈질기게 기다리고 있다는 사실을.

원로들이 그 즉시 모리건을 원드러스협회에 합격시키자 다른 지원자와 후원자들은 격분하여 항의를 쏟아부었다. 경이에

사로잡힌 원로들이 조용히 지켜보는 가운데, 트롤경기장에 멍청히 서 있기만 한 비기보다 못한 증명 평가전 무대를 보여 준 지원자는 *아무도* 없었다.

모리건은 목청을 가다듬으며 똑바로 앉았다. 목소리만큼은 단호했다. "그래서 언제부터 시작인데요?"

"으응?"

"원협에 가는 거요. 언제 다시 가면 돼요? 수업은 언제부터 시작이에요?"

"아." 주피터는 여전히 손에 든 편지를 내려다보며 미간을 찌푸린 채 말했다. "잘 모르겠는데. 곧 하겠지."

들떴던 마음이 시들해졌다. 정말 모른다고? 원드러스협회라서 이런 일정조차 알쏭달쏭한 건지, 아니면 주피터 노스라서 대답이 모호한 건지, 모리건은 궁금했다. 슬그머니 걱정되기 시작했다.

모리건이 물었다. "월요일이에요?"

"음, 그래. 어쩌면."

"알아볼 수… 있어요?" 모리건은 초조한 마음이 목소리에 실려 나오지 않도록 애썼다.

"으응?"

모리건은 한숨을 쉬었다. "그러니까, 언제부터―"

"난 가 봐야겠다, 모그." 주피터가 말을 툭 끊더니, 들고 있던 편지를 바지 주머니에 쑤셔 넣고는 안락의자 등받이에 걸쳐 놓았던 외투를 와락 잡아챘다. "미안. 중요한 볼일이야. 아침 마저 먹어. 나중에 보자."

주피터가 나가면서 문을 획 닫았다. 모리건은 닫힌 문을 향해 토스트 한 조각을 내던졌다.

———◆———

밤사이에 새로 생긴 게 인장 말고 하나 더 있었다.

"저기엔 손잡이도 없어. 그러니까 저게 진짜 문은 아닌 거지?" 그날 오후 느지막이, 마사가 모리건과 나란히 침대에 앉아 맞은편 벽에 새로 생긴 반질반질하고 화려한 검은 나무문을 뚫어지게 바라보며 말했다.

모리건이 대답했다. "내 생각도 그래요."

모리건의 방이 커지기도 하고 작아지기도 하면서 수시로 변하는 건 드문 일이 아니었다. 하룻밤 사이에도 새롭게 뭔가 나타났다가 다음 날이면 사라지곤 했다. 다른 침실에 비해 변덕도 심해 변화가 잦은 편이었다. 그래도 지금까지 문을 한 개 더 만든 적은 없었다.

문이 한 개 더 생겼다고 해서 딱히 문제가 되는 건 아니었지만, 모리건은 두 가지가 신경 쓰였다. 하나는 문이 벽난로 바로 옆에 생기는 바람에 방의 대칭이 깨졌다는 점이었다(아주 사소한 문제였지만, 깜짝 놀랄 만큼 거슬렸다). 그리고 또 하나는 문을 열 수가 없어서, 문이 아무 기능도 못 한다는 점이었다. 모리건은 *너무나도* 실용적인 것을 추구하는 성격이라 방 안에 순수한 장식용 문을 둔다는 건 생각해 본 적도 없었다. 그런데도… 자신이 좋아하지 않는 무언가로 변하는 건 평소의 방답지 않았다.

모리건은 미간을 찡그렸다. 단단히 화가 났나? 아니면 어디 아픈가? 사람으로 따지면 코감기 같은 것일 수도 있었다. 저 문은 눈물 콧물 범벅의 재채기 같은, 이 방만의 감기 증상인지도 몰랐다.

"하긴 이 방은 더 괴상한 짓도 했었잖아. 그렇지?" 마사가 별일 아니라는 듯이 어깨를 으쓱이며, 구석에 놓인 문어 모양 안락의자를 슬쩍 바라보았다. 의자는 흉계라도 꾸미는 것처럼 촉수를 휙 움직였다. 그 모습에 마사는 몸서리를 쳤다. "제발 저것 좀 치웠으면 좋겠어. 악몽처럼 끔찍한데, 진짜 악몽이면 먼지라도 안 쌓이잖아."

———◆———

주피터는 모리건이 잠자리에 들 때까지도 돌아오지 않았다.

탐험가연맹에서 기별이 온 건 일요일 아침이었는데, 주피터가 수행 중인 "영토 간 업무가 부득이하게 지연되고" 있음을 알리는 내용이었다. 달랑 몇 줄에, 아무런 알맹이도 없고, 지극히 전형적인, 보내나 마나 한 통지서라고 생각하면서도 모리건은 이 일이 사라진 천사와 관계가 있을 거라는 확신이 강하게 들었다. 서운하고 실망스러웠지만, 놀랄 일은 아니었다. 널리 존경받는 유명한 인물을 후원자로 둔 덕에 감수해야 할 일이었다. 탐험가연맹, 원드러스협회, 네버무어호텔경영자연합, 네버무어교통국 등 그를 필요로 하는 모든 조직 및 사람들과 후원자의 시간과 관심을 나누어 써야 했다.

탐험가연맹에서 통지가 온 다음, 주피터는 직접 쓴 글을 모리건 앞으로 보내왔다.

모그,

수업 첫날 전까지 돌아가기 힘들겠다. 정말 미안해.

중요한 걸 깜박 잊었구나. **어떤 경우에도** 혼자서 원협을 나가 밖을 돌아다니면 안 된다. 허투루 하는 말이 아니야. 믿는다. 행운을 빌어! 너는 잘할 거야.

명심해. 그곳이 네 자리야.

-JN

그날 오후까지 모리건은 첫 수업은 언제 시작하는지, 또 어디로 가야 하는지 몰라 조바심을 내며 안절부절못했다. 첫 수업을 놓쳐 동기들이 싫어할 빌미를 더 보태고 싶지 않았다. 케저리에게 부탁해서 호손네 집으로 사람까지 보냈지만, 호손은 보냈던 쪽지 뒷면에 *몰라*라고만 적어 다시 돌려보냈다. 모리건은 짜증이 나서 눈알만 또르르 굴렸다. 낸시 코치에게 물어볼 *생각*은 했을까. 왠지 호손이라면 그런 생각은 떠올리지도 않았을 것 같았다.

이제 남은 사람은 딱 한 명이었다. 모리건은 혹시 도움을 받을 수 있을까 싶어 그 사람을 찾아갔다.

"얘야, *라라라 라!* 너무 초조해하지 마." 챈더 칼리 여사는 그날 저녁 음악 살롱에서 열리는 작은 음악회를 준비하느라, 발성 연습을 하면서 흠잡을 데 없이 완벽한 의상을 고르는 중이었다. 무도회장만큼 넓은 의상실 바닥에는 보석 빛깔의 실크 드레스, 새틴 드레스, 스팽글 드레스가 여기저기 흩어져 있었다. 챈더 여사가 입어 보고 벗어 던진 옷들이었는데, 한 번에 두 가지를 신경 쓰느라 정신이 없었던 소프라노 가수가 남긴 슬픈 부상병들 같았다. "나라면 그런 걱정은 안 할 거야, 모리건 양. 안 하고말고. 원드러스협회가 어떤 곳인지 알잖니." 챈더 여사는 집게손가락을 세우고 음모를 꾸미듯 모리건을 향해 꼼지락거렸다. 챈더 여사의 W 인장이 빛을 받아 희미하게 반짝였다. 주피터를 제외하면, 호텔 듀칼리온에 거주하는 협회 회원은 챈더 여사가 유일했다. 잭은 주피터와 같은 위트니스였지만, 원협에 지원조차 하지 않았다. 대신 값비싼 기숙학교인 그레이스마크 청년수재학교에 다니면서, 학교 관현악단에 들어가 첼로를 연주했다. 매일 최고급 정장모를 쓰고 나비넥타이를 맨 차림으로 등교했고, 주말이 되어도 집에는 좀처럼 들르지 않았다.

"아뇨, 전 몰라요." 모리건은 은근슬쩍 불만을 드러냈다. 모리건은 협회가 어떤 곳인지 몰랐다. 네버무어 사람들과 달리, 모리건이 자란 곳은 자유주가 아니었다. 1년 전만 해도 네버무어를 쥐락펴락하는 그 유명한 원드러스협회라는 걸 들어 본 적도 없었다.

"그렇긴 해도―*레―미―파―솔―라―시!*" 챈더 여사가 목청을 틔우는 동시에 이쪽저쪽으로 몸을 돌리며 금박 테두리의 거울에 비친 자기 모습을 점검했다. 화려한 목소리가 천장 높이 울려 퍼지자 모리건은 충족감에 전율이 오르고 양팔에 소름이 돋았다. 작은 생쥐 한 마리가 마룻장 틈 사이로 고개를 삐죽 내밀어 사랑에 빠진 눈빛으로 바라보았고, 챈더 여사는 휘이 하며 손을 내저어 쫓아냈다. "협회는 요구가 많아. 간섭도 심하고. 개인의 시간이나 사생활 따위는 전혀 고려해 주지 않는단다." 챈더 여사는 고개를 돌려 날카로운 표정으로 모리건을 빤히 바라보았다. "한마디로, 천사 아가씨. 협회가 너를 부를 일이 있으면 넌 그렇다는 걸 알게 되어 있어. 그 사람들이 당사자한테 직행할 테니까. *미-미-미-미-미!*"

"여사님 말이에요?"(* 챈더 여사가 발성 연습으로 노래하는 음계의 '미'를, 모리건이 '나'를 뜻하는 'me'로 알아듣고 되물은 것 - 옮긴이)

챈더 여사가 잠시 어리둥절한 얼굴을 하더니 웃음을 터뜨렸다. "아니, 모리건 크로우. *너* 말이야. 협회는 네가 필요할 때 너를 데려갈 거야. 절대 두려워하지 말렴, 귀여운 모리건. 너도 모르는 사이에 원협이라는 구불구불한 미로에 깊숙이 들어가 있을 테니. 그땐 나가고 싶어서 안달이 날걸. 정말이라니까. 나는 의무적으로 참석해야 하는 행사나 특별한 경우가 아니면 가지 않으려고 애쓴단다."

"어째서요?"

"오, 알잖니." 챈더 여사는 경쾌하게 말하면서, 옷걸이에 걸린 드레스를 다시 한 아름이 되도록 모아 온 뒤 긴 의자에 팽개치듯 내던졌다. "그 성지 안에 너무 자주 얼굴을 내보이기 시작하면, 사람들은 나를 붙잡아 두고 허황한 업적을 쌓는 데 끌어들일 수 있다고 생각할 거야. 내가 내 시간을 쓸 일이 뭐가 있겠냐는 듯이 말이야." 챈더 여사가 시간을 써야 할 일이라면 모리건도 정확히 일곱 가지를 알았다. 하나는 매주 일요일 밤에 호텔 듀칼리온 음악 살롱에서 많은 인파가 몰리는 소문난 콘서

트를 여는 일이었고, 나머지 여섯 개는 잘생기고 매력적인 구
혼자 여섯 명과 남은 일주일의 저녁 시간을 함께 보내는 것이
었다. 주피터가 금요일 친구라고 몰래 이름 붙인 남자는 모리
건의 생일 파티에도 참석해 분홍색과 자주색 장미로 만든 커다
란 꽃다발을 선물하기도 했다(보나 마나 챈더 여사에게 점수를 따
려는 행동이었지만, 모리건은 그래도 고마웠다). "그리고 사실 머가
트로이드하고 마주치기도 싫고."

"머가트로이드가 누구예요?" 모리건이 물었다.

"머가트로이드라고 있어. 디어본하고 머가트로이드. 학생주
임 교사야. 무시무시한 꼬투리 속의 진저리 나는 콩 두 알이지.
글쎄, 어쩌면 싸잡아 말한다고 할 수도 있지… 가여운 디어본
은 그래도 나은 편이니까. 머가트로이드를 피해야 해. 피할 수
있으면." 챈더 여사는 몸서리를 치며 말하다가 뒤쪽 거울에 비
친 모리건을 불쌍하다는 듯이 바라보았다.

"이렇게 말해서 정말 안 됐지만, 아가. 그런데 아마 그러긴
힘들 거야."

───◆───

챈더 여사의 말이 옳았다. 협회에서 모리건을 부를 때가 되
자, 모리건도 그렇다는 걸 알 수 있었다.

월요일의 이른 아침이었다. 편히 받아들일 수 있는 시간보다 훨씬, *훨씬 더* 이른 시간이었다. 모리건은 문을 세 번 두드리는 소리에 눈을 떴다.

소리가 난 곳은 침실 문이 아니었다.

새로 나타난 문이었다. 진짜 문이 아닌, *수수께끼 같은 문.*

열리지 않는 그 문이었다.

4장

홈트레인

모리건은 침대에서 일어나 앉아 문을 빤히 바라보았다. 방은 조용하고 심장만 쿵쾅거렸다. 1분이나 2분 정도 흘렀을까, 방금 들은 소리는 착각이었다고 결론을 내리려는 순간이었다.

똑, 똑, 똑.

모리건은 숨을 죽였다. 노크 소리를 무시하고 싶었다. 이불을 푹 뒤집어쓰고 베개 밑에 머리를 파묻은 채 밖에 있는 게 누구든, 아니 무엇이든, 가 버릴 때까지 그렇게 있고 싶었다.

하지만 원드러스협회 회원은 이러면 안 돼. 모리건은 마음을 단단히 다잡았다.

결심을 굳힌 모리건은 이불을 차 내고 쿵쿵 발소리를 내며 문으로 걸어갔다. 문밖에 서 있는 사람(이든 무엇이든)이 요란하게 쿵쾅대는 발소리를 듣고 자신을 훨씬 더 크고 무서운 사람으로 생각하기를 바랐다. 모리건은 몸을 바짝 붙이고 숨을 새근거리며 문에 귀를 대어 보려다가… 멈추었다. 그전까지 보이지 않았던 무언가가 눈에 들어왔다. 작은 금빛 동그라미가 검은 문 한복판에 나타났다. 손톱만 한 크기의 동그라미였다.

동그라미에서 빛이 나기 시작했다. 황금색 빛이 조명등처럼 퍼지며 동그라미를 이룬 금속에서 뿜어져 나왔다. 처음에는 은은하던 빛이 조금 더 밝아지더니, 마지막에는 중심부까지 스며들면서 자그마한 금속 W 문자에 환하게 불이 들어왔다.

아하. 모리건은 오른손 집게손가락 끝에 새겨진 W 인장으로 빛이 들어온 동그라미를 눌렀다. 손에 닿은 감촉이 따뜻했다.

문이 휙 열렸다. 어찌나 쉽고 빠르게 열리던지, 모리건은 누가 덮칠 것만 같아 헛숨을 내쉬며 얼른 뒤로 물러섰다.

문 앞에는 아무도 없었다.

모리건은 밝게 불이 켜진 작은 공간을 들여다보며 눈을 깜박였다. 그곳은 통로 같기도 하고, 다용도실 같기도 하고, 사람이 들어갈 수 있는 크기의 옷장 같기도 했다. 검은 목판을 덧댄 벽

앞의 옷을 걸 수 있는 공간과 유리로 된 장식장은 모두 텅텅 비어 있었다.

원래 여기 있던 곳인가? 모리건은 의아했다. 듀칼리온에 이런 곳이 있었나? 아니면 수수께끼의 문 때문에 듀칼리온이 아닌 전혀 다른 곳으로 나오게 된 걸까?

맞은편에는 방금 들어왔던 문과 똑같이 생긴 두 번째 문이 있었다. 모리건은 그쪽으로 뛰어가 금빛 동그라미를 눌렀지만, 아무것도 움직이지 않았다. 맥이 탁 풀리는 것과 동시에 동그라미가 차갑고 불도 들어오지 않았다는 사실을 깨달았다.

"이번에는 또 뭐지?" 모리건은 나지막이 중얼거리며 빈방 쪽으로 돌아서서 유심히 둘러보았다.

답이 눈에 들어왔다. 방은 텅 비어 있지 않았다. 첫 번째 문 뒤에 한 사람이 입을 수 있는 옷가지가 걸려 있었다. 부츠와 양말, 바지, 허리띠, 셔츠, 스웨터, 외투 등이었다. 회색인 셔츠를 제외하고 전부 검은색이었다. 모두 깔끔한 새 옷이었고 다림질을 한 듯 매끈한 데다가… 모리건에게 딱 맞는 치수였다.

"아하!"

모리건은 순식간에 준비를 마쳤다. 셔츠 단추를 잠그고 부츠 끈을 묶고 잠옷을 바닥에 던져 놓자마자 W 문자가 새겨진 두 번째 문의 동그라미에 불빛이 번지기 시작했다. 모리건은 씩 웃으며 손을 뻗어 동그란 테두리를 두른 W를 눌렀다.

문이 밖으로 확 젖혀지며 작은 원더철역이 나타났다. 말끔하게 정돈된 곳이었다. 연기가 조금 어려 있고 방치되었던 것 같은 기운이 살짝 돌았지만, 대체로 깔끔했고 장식이라고는 천장에 매달린 반들반들한 황동 시계와 승강장 끝에 놓인 나무 벤치가 전부였다. 모리건은 심장이 튀어나올 듯 두근대는 것을 느끼며 문턱을 넘어섰다. 공기가 바뀌더니 냉랭한 한기가 모리건을 에워쌌다. 어슴푸레하게 엔진오일 냄새 같은 게 났다.

이것은 모리건이 품었던 의문에 대한 답이었다. 모리건이 있는 곳은 이제 호텔 듀칼리온이 아니었다. 듀칼리온이 아무리 변화무쌍하게 문어 모양 안락의자와 흔들거리는 해먹과 갈고리발톱이 자라나는 욕조를 수없이 만들어 낸다 해도, 지하 공간과 텅 빈 열차 승강장이 모리건의 5층 침실 옆에 붙어 있을 리 *없었다*.

그런데… *아주* 텅 빈 건 아니었다.

머리를 굵직하게 땋은 여자아이가 어깨를 구부린 자세로 승강장 가장자리에 다리를 걸친 채 혼자 앉아 있었다. 모리건이 들어왔던 문이 뒤에서 요란하게 철컥 소리를 내며 닫히자, 앉아 있던 여자아이가 고개를 돌렸다.

"안녕."

모리건은 약간 껄끄러운 기분으로 인사를 건넸다.

"왜 이제 와." 케이든스 블랙번의 눈은 쏘아보는 듯했지만,

조금 전 모리건은 케이든스의 얼굴에서 걱정스러운 기색이 사라지고 안도감이 도는 걸 목격했다. 어쨌든 동기 한 명이 나타나서 혼자가 아니라는 걸 알게 되어 마음이 놓인 것 같았다.

"여기서 오래 있었니, 케이든스?"

이번에도 케이든스는 모리건이 자신을 기억하자 놀라는 얼굴이었다. 증명 평가전을 마쳤을 때 케이든스는 자신을 기억하는 사람은 모리건밖에 없다고 말했다. 그건 최면술사의 안 좋은 점이었다.

하지만 모리건은 케이든스를 기억하는 데 아무런 문제가 없었다. 오히려 잊는 게 힘들었다. 추격 평가전에서 정말 가고 싶었던 원로들과의 비밀 만찬 자리를 케이든스에게 강탈당했던 일은 잊을 수 없었다. 케이든스가 등을 떠밀어 연못에 빠졌던 할로우마스 밤의 기억도 생생했다. 또 놀랍게도, 아니 *당황스럽게도* 네버무어에서 쫓겨날 뻔한 순간에 케이든스는 잊기 힘든 구원의 손길을 내밀었다. 케이든스에 대해 몹시 복잡하고 미묘한 감정이 드는 것도 무리가 아니었다.

"별로, 들어오니까 문이 닫혀 버려서." 케이든스가 말했다.

뒤를 돌아보니 모리건이 들어왔던 문의 금빛 동그라미에 빛이 꺼져 있었다. 그럼 이제 돌아가는 길은 막혔다는 뜻인가? 그렇게 생각하자 약간 불안해졌다. 모리건은 손가락으로 동그라미를 눌러 보았다.

문은 꿈쩍도 하지 않았다. 동그라미는 차갑고 어두웠다.

"내 건 저거야." 케이든스가 짙은 초록색 문을 가리키며 말했다. 검은 문에서 하나, 둘, 셋, 네 번째 문이었다. 모리건이 들어온 문 말고도 여덟 개가 더 있었다. 여덟 개 모두 모양과 색이 달랐는데, 각각 서로 다른 집으로 연결된 듯했다. "밤사이에 저게 우리 집 거실에 나타났어. 엄마는 탐탁지 않아 하셨어. 스팅크를 부르려는 걸 말리느라 혼났다니까."

"내 문은 내가 자는 방에 바로 나타났어."

케이든스는 관심 없다는 듯이 툴툴거렸다. 말없이 시간만 흘렀다.

승강장은 매우 작았다. 보통의 원더철이 정차하기에는 짧아 보였다. 그렇지만 승강장에 매달린 간판에는 **919역**이라고 적혀 있었다.

"여긴… 잠깐. 설마. 우리만 쓰는 역이 생기는 거야?" 모리건은 믿기지 않아 입을 다물지 못했다. "우리 전용 원더철역이라니."

"그래 보이네." 케이든스도 퉁명스러운 원래 목소리에 약간 놀란 기색을 감추지 못하고 말했다. 주피터가 원드러스협회 회원은 원더철에 지정석을 받을 수 있다는 농담을 한 적은 있지만, 전용 원더철역이라니. 역이 아무리 작아도 지정석 같은 건 비교도 안 될 만큼 멋진 일이었다. 케이든스가 자리에서 일어나 검은 바지에 묻은 먼지를 털어 내더니, 탐색하는 눈빛으로 모리건을 빤히 바라보았다. "그러니까… 정말이야? 네가 진짜 원더스미스라고?"

모리건은 고개를 끄덕였다.

케이든스는 도저히 믿지 못하겠다는 얼굴이었다. "어떻게 알았는데?"

"그냥." 모리건은 케이든스에게 있는 그대로 다 말하고 싶지 않았다. 에즈라 스콜에게 직접 들었다는 사실도, 네버무어가 가장 혐오하는 자와 실제로 대화를 나누었다는 사실도 입 밖으로 꺼내기 싫었다. "주피터 아저씨한테 보이니까."

케이든스가 의심스럽다는 듯이 한쪽 눈썹을 치켜세웠다. 모리건은 그런 케이든스를 경계하는 눈빛으로 지켜보았다. 속내를 감춘 케이든스의 얼굴에는 짜증이 배어 있어 금방이라도 가시 돋친 말을 내뱉을 것 같았다. 하지만 케이든스는 속을 알 수 없는 아이였다. "속내를 감춘 짜증 난 얼굴"도 케이든스가 평소에 늘 짓던 표정과 크게 다를 바 없었다. 그건 안쓰러운 일이기도 했다.

"그럼 너도 나처럼 위험한 존재네. 한 기수에 두 명이라니, 용감한 사람들이야."

케이든스의 웃음에 쓸쓸한 기색이 엿보였다.

"너한테도 보증 동의서를 받아오라고 했어?"

"그래." 보증 동의서는 모리건이 협회에 들어가기 위해 꼭 필요한 엄격한 전제 조건이었다. 정직하고 영향력 있는 네버무어의 시민 아홉 명이 모리건의 신용을 보증한다고 합의해 주고, 또… 뭐, 사실 모리건은 서명인들이 그 외에 무엇을 더 하기로 했는지 잘 몰랐다. 원드러스협회에는 모리건이 제대로 이해하지 못하는 이상한 전통이 그것 말고도 많았지만, 중요한 건 주피터가 입회식 전에 천사 이스라펠을 설득해 보증 동의서에 마지막 서명을 받지 못했다면 모리건은 현재 919기 신입 회원이 될 수 없었을 거라는 사실이었다.

케이든스가 말했다. "나도 그랬어. 세 명한테 서명을 받아 오라더라. 너는?"

"아홉."

케이든스가 나직한 휘파람 소리를 길게 뽑아냈다.

그러고는 둘 다 잠시 조용한 틈에 갑자기 문 세 개가 한꺼번에 벌컥 열렸다. 아나 칼로와 프랜시스 피츠윌리엄, 그리고 마히르 이브라힘이 똑같이 멍하면서도 호기심 가득한 표정으로 익숙하지 않은 옷의 매무새를 바로잡으며 들어왔다. 잠깐 사이에 그 자리에는 타데와 아칸, 램버스가 합류했고―

"이 **부츠** 진짜 좋은데?" 호손이 시선을 집중시키며 승강장으로 쿵쿵 걸어 들어왔다. 호손은 모리건을 향해 씩 웃고는, 두 손을 엉덩이에 올리고 가슴을 활짝 젖혔다. "이 옷은 또 얼마나 멋져? 네가 왜 검은 옷을 좋아하는지 알겠어. 꼭 **슈퍼히어로**가 된 것 같아. 그렇지 않아?"

"그다지." 모리건은 솔직히 말했다.

"망토가 없어서 그래! 맞지? 망토도 달라고 부탁해 볼까?"

"하지 말자."

"이건 원더철역이야? 그런 것 같은데." 호손이 공원에서 다람쥐를 발견한 강아지처럼 사방으로 시선을 날리며 말했다. "좀 더럽지 않아? 뭐 상관없지. 먼지가 면역력에 좋다고 엄마가 그러셨거든. 여기가 어디지? 919역? 처음 들어보는, 어! 우아! 설마. 모리건, 이 역이 혹시—"

"맞아. 우리—" 모리건이 호손의 말을 끝까지 듣지 않고 대답했다.

"우리 **역**이라고?"

"그래!"

"설마!"

모리건은 싱긋 웃었다. 919역 승강장을 보며 끝없이 열광하는 호손보다 오히려 자신이 더 기뻤다. 덕분에 말없이 불신의 눈빛을 던지던 동기들이 시선을 돌렸기 때문이었다. 아나는 좁은 공간에서 모리건과 되도록 멀찍이 거리를 두려고 벽에 딱 달라붙어 있었다. 처음 만났을 때 괴롭힘당하던 아나를 모리건이 나서서 변호해 주었던 걸 생각하면, 사실 이런 행동은 약간 모욕적으로 느껴졌다. 그래도 모리건은 아나한테 저주를 걸거나 마법을 부린다는 오해를 받지 않기 위해 겉으로는 아무런 내색도 하지 않으려고 노력했다.

호손은 펄쩍 뛰어올라 머리 위에 매달린 승강장 표지판을 손으로 쳤다. 표지판이 요란하게 삐걱대며 흔들렸다. "너희는 언제쯤 열차가 들어올—"

"지금." 승강장 구석에서 감정이 실리지 않은 목소리가 들렸다. 아이들이 일제히 고개를 돌렸다. 램버스가 책상다리를 하고 등을 꼿꼿이 편 채 바닥에 앉아 컴컴한 터널 입구를 들여다보고 있었다. 램버스는 심각해 보이는 얼굴의 자그마한 여자아이였는데, 얼굴은 황갈색이고 검은 머리카락은 비단결처럼 매끄러웠다.

아이들은 서로 시선을 교환하며 램버스가 더 자세히 말할 때까지 기다렸다.

모리건은 목을 가다듬었다. "미안한데, 뭐가……."

램버스가 동기들을 돌아보며 기다리면 된다는 듯이 손가락 하나를 세워 들었다. 몇 초 지나지 않아 발밑에서 우르르 진동이 울리기 시작했다. 터널 안 어디선가 기적이 울리더니 호손의 질문에 대한 대답이 칙칙폭폭 소리를 내며 시야로 들어왔다.

호손이 말했다. "귀신 나올 거 같아."

"그런 걸 오싹하다고 하는 거야." 타데가 그렇게 말하며 곁눈질로 램버스를 살펴보았다. 램버스는 마치 왕좌에 앉은 여왕처럼 위풍당당하면서도 고요한 모습으로 원더철역 바닥에 앉아 있었다.

도착한 열차는, 엄밀히 말하면 열차가 아니라 객차 한 칸이었다. 몸통을 떼어 놓고 온 머리 같기도 했다. 조금 찌그러지고 낡았지만 반 크레드짜리 황동 동전처럼 반짝반짝 빛나는 열차는 하얀 증기를 경쾌하게 빠끔거리며 속도를 늦추더니 완전히 멈추어 섰다. 옆면에는 커다란 검은색 글씨로 W라고 새겨져 있었고 그 밑에 '919'라는 숫자가 적혀 있었는데, 숫자는 새로 칠한 듯했다.

열차가 다시 기적을 울리자 문이 열리며 젊은 여자가 꾸깃꾸깃한 종이 한 장을 들고 승강장에 내렸다.

여자는 키가 크고 다리도 망아지처럼 길었다. 보통 키가 큰 사람들은 다른 이들이 위협감을 느끼지 않도록 몸을 구부정하게 움츠리는 버릇이 있는데, 여자의 자세는 전혀 달랐다. 모리건은 여자가 발레리나처럼 서 있다고 생각했다. 활짝 편 어깨며 가지런히 모은 발뒤꿈치에서 살짝 양쪽으로 벌어지는 발끝이 딱 그랬다.

"램버스 아마라, 단기 예지자short-range oracle." 여자가 들고 있던 종이를 한 번씩 들여다보며 큰 소리로 불렀다. "케이든스 블랙번, 최면술사. 모리건 크로우, 원더스미스. 프랜시스 피츠윌

103

리엄, 요리 예술가gastronomist. 마히르 이브라힘, 다중언어 구술자linguist. 아나 칼로, 힐러healer. 타데 매클라우드, 파이터fighter. 호손 스위프트, 용의 기수. 아칸 테이트, 소매치기pick pocket."

여자는 자신에게 시선이 쏠린 아홉 아이를 즐거운 얼굴로 둘러보았다. 원더스미스라는 단어를 말할 때 흠칫 놀라거나 얼굴을 찡그리지도 않았다. 눈도 깜박이지 않았다. 모리건은 벌써 여자가 마음에 들었다. "다양도 하네. 다 왔니?"

919기 아이들이 서로를 두리번거리다가 어물쩍 고개를 끄덕였다.

"그럼 다들 타자."

여자는 아이들에게 손짓하며 활짝 웃더니, 객차 문안으로 사라졌다. 호손이 신나서 제일 먼저 따라 들어가자, 모리건과 다른 아이들도 호손 뒤로 줄을 서서 들어갔다.

"우와." 아이들이 객차에 다 타기도 전에 호손이 말했다.

"근사하다." 마히르가 숨죽여 말했다.

"멋져." 타데도 말했다.

조용하네, 모리건은 생각했다.

객차 안은 마치 누군가 낡은 원더철을 가져와서 내부 시설을 전부 철거한 다음 길고 아늑한 응접실로 꾸며 놓은 모습이었다. 길고 말랑말랑한 쿠션과 푹신푹신한 안락의자들, 여러 종류의 커피 탁자와 전등, 낡고 해진 소파 등이 구색을 갖춰 자리 잡고 있었다. 작은 장작 화로가 구리 주전자와 함께 구석에 놓여 있고, 불쏘시개가 가득 들어 있는 상자와 코바늘로 뜬 무지갯빛 담요들도 있었다. 하나뿐인 나무 책상은 스티커로 온통 빨갛게 덮인 채 객차 정면에 떡 하니 놓여 있었다. 벽에는 **최선을 다해라, 할 수 있다, 협동 정신에는 '나'가 없다** 같은 정신을 고취하는 문구가 적힌 포스터가 도배되어 있고, 코르크 게시판에는 공지 사항과 그림 카드 같은 것이 압정에 꽂혀 있었다. 갑갑하지만 아늑했고, 정신없지만 깔끔했다. 놀라운 일이었다.

 "내 솜씨란다. 어떠니?" 젊은 여자는 사랑하는 사람에게 고르고 또 고른 크리스마스 선물을 내미는 표정으로 숨죽인 채 아이들의 얼굴을 살폈다. 발꿈치를 쿵쿵 땅에 찧기까지 했다. "여기가 원래 어땠는지 너희가 봤어야 했는데. 없는 게 *훨씬* 많았단다. 이 차를 마지막으로 썼던 아이들이 안 됐지. 네모난 책상 아홉 개에 딱딱한 의자 아홉 개가 다였거든. 소파도 없었어! 빈 백 의자도 없고! 난로도 없어서 겨울에는 *꽁꽁* 얼어붙을 정도였어. 정말이야. 비스킷 그릇 하나 없었다니까! 믿어지니?" 여자는 빨간 책상 위에 놓인 커다란 북극곰 모양 도자기 그릇을 손가락으로 가리켰다. "이 자리에서 약속하는데, 난 저 그릇을 언제나 비스킷으로 가득 채워 놓겠어. 아무거나 가져다 놓겠다는 게 아니야. 제대로 만든 초콜릿 비스킷을 가져올 거야. 분홍색 아이싱을 입힌 도넛이랑 커스터드 크림을 얹은 비스킷도. 나에 대해 이것만은 알아 둬야 할 거야. 난 비스킷을 고르는 기준이 아주 높다는 거 말이야."

여자는 그릇을 가져와서 아이들에게 돌리며, 조용조용 한 명씩 과자를 먹는 모습에 미소 지었다. 자신이 아이들의 가장 기본적인 욕구를 충족시킬 수 있다는 게 감격스러운 표정이었다.

"앉아, 앉아." 아이들이 이것저것 뒤섞인 가구들 틈에 각자 자리를 잡고 앉았다. 모리건은 바닥에 깔린 큼직한 방석을 골랐고, 호손은 그 옆의 방석에 앉았다. 여자는 화려한 벨벳 안락의자에 편한 자세로 자리를 잡았다. 헐렁하게 큰 분홍색 스웨터와 초록색 체크무늬 레깅스 차림에 노란색 운동화를 신은 여자를 보니 크레용 상자가 녹아내린 모습이 연상됐다. 장례식장에 가서 문상객이라고 해도 믿어 줄 것만 같은 919기의 검은 옷차림과는 극명한 대조를 이루었다. 곱슬하고 부스스한 까만 머리를 금색 스카프로 동그랗게 뒤통수에 올려 묶은 여자가 말했다.

"나는 치어리 차장이라고 해. 마리나 치어리. 너희들의 차장이란다." 모리건은 차장이 뭔지 혼자만 모르는 건가 싶어 다른 아이들을 곁눈질로 살펴보았다. 호손이 모리건을 마주 보며 자기도 모른다는 듯이 어깨를 으쓱였다. "조금 웃기지, 치어리 차장이라니(* Cheery가 지닌 의미 탓에 치어리 차장은 곧 '쾌활한 차장'이라는 뜻이 됨. - 옮긴이). 하지만 내 이름에 부끄럽지 않도록 최선을 다

하겠다고 약속할게. 원래는 치어리 차장이라는 호칭으로 불러야 하지만, 내 생각에는 그게 더 웃긴 것 같아. 그러니까, 그냥 치어리 씨라고 부르기로 하자. 괜찮지?"

919기 아이들은 비스킷을 입에 가득 물고 고개를 끄덕였다.

치어리 씨는 뿌듯하고 기운 넘치는 표정으로, 세상에서 가장 중요한 아홉 인물이 자기 앞에 있는 것처럼 아이들을 바라보았다. 생기가 흐르는 다정한 눈빛이었다. 치어리 씨의 피부는 따뜻한 느낌이 나는 짙은 갈색이었다. 모리건은 이토록 기분 좋게 미소 짓는 사람을 지금껏 본 적이 없었다. 단 한 번도.

치어리 씨가 두 팔을 양옆으로 활짝 펼치며 말했다. "홈트레인Hometrain에 온 걸 환영한다. 앞으로 중등부 5년 동안 이 작고 편안한 객차가 너희의 이동 수단이 될 거고, 너희의 쉼터이자 기지가 될 거야. 수업이 있는 날은 한 사람도 빠짐없이 이곳에서 하루를 시작하고 마치게 돼. 월요일부터 금요일까지 매일 아침 내가 919역에서 너희를 태웠다가, 일과를 마치면 다시 역으로 데려다줄 거야. 아주 간단해. 이걸 홈트레인이라고 한단다. 객차가 있는 이유가 바로 그거야. 알겠니? 너희를 집으로 데려다주는 거. 하지만 너희가 이곳을 그렇게 생각하면 좋겠다는 게 내 바람이기도 해." 치어리 씨는 진지한 얼굴로 아이들을 바라보았다. "또 하나의 집이라고 말이야. 너희가 안전하고 행복하다고 느낄 수 있는 곳이 되면 좋겠어. 자기편을 만날 수 있고, 어떤 질문도 바보 같다고 여겨지지 않고, 아무도 너희를 재단하지 않는 그런 곳. 자, 여기까지 잘 생각해 보면서, 질문 있는 사람?"

프랜시스가 손을 번쩍 들었다. "차장님의 비기는 뭔가요?"

치어리 씨가 빙긋 웃으며 말했다. "물어봐 줘서 고마워, 프랜시스. 나는 줄타기 곡예사야. 일반예술학교School of Mundane Arts 를 졸업했고, 그 사실에 자부심이 있어."

그럼 그렇지, 모리건은 생각했다. 춤을 추는 사람은 아니지만 꽤 비슷했다. 자세가 저렇게나 훌륭할 만했다.

마히르가 질문했다. "일반예술학교는 뭐예요?"

"아! 정말 훌륭한 질문이야." 치어리 씨가 의자에서 벌떡 일어나더니 객차를 가로질러 커다란 흑백 포스터가 걸린 곳으로 걸어갔다. 포스터에는 과녁처럼 생긴 동심원 세 개가 그려져 있었다. 맨 바깥쪽 원은 회색, 중간 원은 하얀색, 그리고 가운데 원은 검은색이었다. "윈드러스협회는 전문 기술이 크게 두 가지 분야로 나뉘어 있어. 하나는 일반 부문이고 다른 하나는 마력 부문이야." 치어리 씨가 바깥쪽의 회색 원을 가리켰다. "이 큰 원은 일반 부문을 나타내는 거야. 너희도 대부분 여기에 포함돼. 윈드러스협회에서 제일 큰 부분이고, 대중과 대면하는 예술이나 행위, 각종 서비스와 맞물려 있어. 일반 부문을 구성하는 비기들은 대개 의약 과목과 스포츠, 공연, 창작, 공학, 그리고 정치 과목을 기초로 수련해. 원드러스협회가 핵심 업무를 지속하는 데 필수적인 대중의 지지와 재정 지원을 끌어오는 제일선의 공격수라고 할 수 있단다.”

모리건은 그 말에 미간을 찌푸렸다. 원드러스협회의 핵심 업무라는 게 정확히 뭐야? 그런 이야기를 해 주는 사람이 없었던 것도 사실이지만… 모리건 자신도 물어볼 생각조차 안 했다는 게 조금 당황스러웠다.

치어리 씨는 미리 외워 온 말을 죽 나열하듯이 설명을 이어 갔다. “일반 학교는 주로 대중을 사로잡아 돈을 가져오지. 생각해 보렴. 너희가 제일 좋아하는 음악가가 누구인지, 또 운동선수는 누구인지 말이야. 너희가 아는 최고의 곡예사, 뉴스에 나오는 가장 똑똑한 정치인, 이 도시에서 제일 뛰어난 건축가와 공학 기술자가 누구인지 떠올려 봐. 아마 원드러스협회 출신일 거고, 그건 그 사람들 대부분이 일반예술학교를 졸업했다는 뜻이야. 우린 여론이 원드러스협회 편에 서 있도록 세상에 나가서 놀라운 일을 한단다.” 치어리 씨가 싱긋 웃었다. “원협 안에서 우리가 외치는 신조는 ‘우리 *없이* 한번 *해 봐*’야.”

치어리 씨가 중간에 놓인 하얀 원을 가리켰다. “여기는 마력 부문을 의미해. 회원 수로는 일반 부문의 3분의 1이 될까 말까 하지만 중요성은 우열을 가릴 수 없어. *어떤* 사람들은 힘으로 치면 이쪽이 두 배는 더 셀 거라고도 하지. 대중과의 비대면 예술이나 행위, 서비스에 관여하고, 이쪽 비기를 지닌 회원은 주로 마법과 초자연현상, 비밀리에 전해지는 지식 분야를 수련한단다. 너희가 아는 마녀나 예지자, 영매, 마법사 같은 사람들이 여기에 속해. 우리를 해하려는 세력으로부터 협회와 도시와 자유주를 지키는 제일선의 수비수지. 그들이 외치는 신조는 '우리가 없었으면 너희는 전부 좀비 신세가 됐을 거야'란다."

"검은색 원은 뭐예요?" 케이든스가 과녁 정중앙을 가리키며 물었다.

"아…" 치어리 씨가 포스터를 들여다보며 생각해 본 적 없다는 듯이 어깨를 으쓱였다. "이건 그저 전체적으로 협회를 나타내는 거야."

"우리가 어떤 학교에 속하게 되는지 언제 알려 주나요?" 빈백 의자에 최대한 곧은 자세로 앉아 있던 타데가 물었다. 손가락 관절을 꺾는 타데를 보니 우리를 해하려는 세력으로부터 자유주를 지키고 싶은 마음이 간절한 것 같았다.

치어리 씨가 말했다. "외투 단추를 풀고 셔츠 소매를 당겨봐."

아이들은 시키는 대로 했다. 그제야 모리건은 대부분이 회색 셔츠를 입었고… 두 명만 흰색 셔츠를 입었다는 사실을 알아챘다.

"자, 그래 그렇게. 그러니까 나하고 같은 회색 소매는 아나,

아칸, 마히르, 호손, 모리건, 타데, 프랜시스구나. 그리고 흰 소매인 마력 학교 학생은 램버스와 어… 음…" 치어리 씨가 들고 있던 서류를 내려다보며 손가락으로 명단을 따라 짚어 갔다. "케이든스! 맞아. 어쩐지. 케이든스는 최면술사지. 그래서—"

"케이든스가 누구예요?" 프랜시스가 물었다.

치어리 씨는 험악한 눈길로 노려보며 앉아 있는 케이든스 쪽으로 고갯짓을 했다. 모리건을 제외한 아이들 모두가 놀란 표정으로 케이든스를 돌아봤다. 그 자리에 케이든스가 앉아 있다는 걸 그제야 처음 알았다는 얼굴들이었다(아이들은 케이든스가 그 자리에 앉아 있었다는 걸 그제야 처음으로 알았다가 다시 잊었다).

치어리 씨가 뭔가를 짤막하게 적어 내리며 말했다. "흠. 그래, 이 문제는 뭔가 조치를 취해야겠구나. 어쨌든 케이든스는 최면술사고 램버스는 레이더지. 아주 독특한 예지자야. 장기적인 미래보다 단기적인 예고를 하니까. 둘 다 마력 예술 쪽에서도 희귀한 비기야. 운 좋게도 너희 둘이 919기에 함께 들어왔구나, 얘들아."

케이든스는 이 말에 기분이 조금 누그러진 것 같았다. 램버스는 벽에 붙은 포스터들을 보고 잘 들리지 않는 소리로 뭔가 중얼거렸는데, 대화에는 조금도 관심이 없어 보였다. 마치 재미난 이야기라도 들은 것처럼 얼핏 웃었다가 눈살을 찌푸렸고 또 금세 눈을 반짝였다. 모리건은 그 아이를 유심히 지켜보았다. 램버스가 레이더라면, 다른 아이들과 전혀 다른 주파수를 잡아낼 게 분명했다.

나머지 아이들은 모리건을 슬쩍슬쩍 곁눈질하거나 아예 대놓고 빤히 바라보았다. 모리건은 아이들이 무슨 생각으로 그러는지 알았다. 자신도 똑같은 생각을 하고 있었으니까.

어째서 모리건은 일반예술학교이고, 케이든스와 램버스는 마력 학교일까? *원더스미스*라는 게 어떤 점에서 그렇게 일반적인 거지?

"잘 타요? 줄 말이에요." 타데가 손가락에 묻은 초콜릿을 핥으며 생뚱맞은 질문을 던졌다.

모리건이 듣기에 그 질문은 예의라곤 없는 데다가… 생각도 없어 보였다. *보나 마나* 치어리 씨의 실력이 그만큼 되니까 원드러스협회에 들어왔을 텐데. *자신*이 마력예술학교School of Arcane Arts 소속이 아니라는 사실에 짜증이 나서 아무 질문이나 한 건 아닐까 하는 생각마저 들었다. "중요성은 우열을 가릴 수 없고, 힘은 두 배 더 세다"는 말이 거슬렸을 것 같기도 했다.

치어리 씨가 어깨를 으쓱이며 대답했다. "꽤 잘하지, 그럼. 그런데 이쪽 일은 처음이라, 어쨌든 당분간 차장으로는 형편없을지도 몰라. 내가 감을 익힐 동안 너그럽게 봐 주렴. 알겠지?"

이 말과 함께 치어리 씨가 모리건을 똑바로 바라보고 웃는 바람에 모리건도 같이 웃지 않을 수 없었다. 모리건은 이미 치어리 씨가 좋았다. 좀 더 용기가 생긴 모리건이 손을 들고 물었다. "치어리 씨, 차장이 정확히 뭔가요?"

"아, 맞다." 치어리 씨가 자기 이마를 가볍게 탁 치며, 소리 내어 웃었다. "제일 중요한 부분을 깜박했지? 원드러스협회에 새로 입회한 기수마다 차장이 있어. 차장은 중등부를 마칠 때까지 그 기수와 함께 지낸단다. 내가 하는 일은 너희가 가야 할 곳으로 데려다주는 거야. 내 말은 실제로 매일 일상에서 그런 일을 한다는 뜻이야. 난 너희를 원협으로 태우고 갔다가 다시 태워 올 거야. 이 홈트레인의 차장으로서 말이야."

"하지만 넓은 의미에서 보면, 너희가 중등부를 마칠 때까지 *가야* 할 곳으로 잘 갈 수 있게 하기 위해 함께하는 거야. 일종의… 안내 같은 거겠지. 너희가 원협의 교육 체계 안에서 각자의 길을 찾아갈 수 있도록 도우려고 내가 있는 거야. 수업을 들으면서 어떤 특별한 용품이든 장비든 뭔가 필요한 게 있으면, 내가 구해 줄 거야. 이번 주에 벌써 사무국에 어마어마하게 주문을 넣어 놨어." 치어리 씨가 머릿속에 든 리스트를 손가락으로 꼽으며 말했다. "권투 글러브, 방화 갑옷, 부엌칼 한 세트, 감각 차단 탱크… 너희 참 이채롭다. 그렇지 않니?"

아이들 사이로 웃음소리가 잔잔히 퍼져 나갔다. 모리건도 호손을 바라보며 씩 웃었다. 이건 진짜였다. *진짜*로 일어나고 있었다. 나머지 삶의 첫날. 모리건은 얼른 시작하고 싶어 안달이

날 지경이었다.

"나는 너희와 협력해야 해." 치어리 씨가 설명을 이어 갔다. "너희의 후원자와 주임 교사들과도. 그래서 원드러스협회 회원으로서 너희의 잠재력을 극대화해 줄 수업 일정을 짤 수 있도록 말이야. 자유주의 시민이자 전인격을 갖춘 인간으로서도 마찬가지야. 비기를 완벽히 단련하는 일도 중요하지만, 너희가 세상에 선보일 다른 여러 재능도 가다듬어야 하니까. 건강한 마음과 용감한 정신도 너희가 다듬어야 할 재능 중 하나란다. 아니, 특히 *더 중요한* 재능이라고 해야겠구나. 그리고 나는 무엇보다도 우리 모두 친구가 될 수 있으면 좋겠어. 그게 가장 현명한 선택일 것 같아. 너흰 앞으로 나하고 5년 동안 같이 지내야 하니까." 치어리 씨가 말을 마치며 활짝 웃었다.

만일 다른 누군가가 그토록 상기된 표정으로 "건강한 마음"과 "용감한 정신"을 설교했다면 모리건은 먹은 것이 올라오는 소리를 냈을지도 모른다. 하지만 치어리 씨에게는 얌전히 앉아서 말 한마디 한마디에 유심히 귀 기울이고 싶게 만드는 뭔가가 있었다.

차장은 박수를 두 번 치며 말했다. "자 그럼, 목적지로 출발할 시간이야. 오늘은 예비 교육일이고, 이제부터 너희가 체험할 VIP용 견학 코스에는 팍시무스 럭이 함께할 거야. 너흰 정말 행운아들이야!"

"**설마요!**" 호손이 갑자기 인생 최고의 날을 맞은 것처럼 얼굴에 화색을 띄우며 말했다. "팍시무스 럭이라고요? 진짜로요?"

치어리 씨가 싱긋 웃었다. "진짜로."

"진짜, 팍시무스 럭 본인이요? 플러키?" 마히르가 확인하듯 물었다. "유명한 마술의 대가이자 보이지 않는 장난꾸러기이자 자경단원이며 길거리 예술가인 그 사람 말이에요?"

"그래, 바로 그 사람."

마히르와 호손이 기적이라도 만난 것 같은 얼굴로 서로를 바라보며 활짝 웃었다.

모리건은 팍시무스 럭이 누군지 몰랐지만 *네버무어에 있는 그런 거겠지*, 하고 생각했다.

"그 사람 정체는 비밀 아니에요?" 케이든스가 말했다.

"맞아. 뭐 근데 네 생각만큼 까다로운 사람은 아니야. 팍스는 매년 신입생들에게 원협을 견학시켜 준단다. 그 일을 수십 년째 하고 있어." 차장은 자리에서 벌떡 일어나 객차 앞쪽으로 가더니 기어와 버튼 몇 개를 연달아 조작했다. 엔진이 튕기는 소리가 나면서 시동이 걸렸다. "잠시만 기다려. 그 사람은 새로운 기수가 들어오면 첫날에는 늘 어마어마한 장난을 치거든. 작년에는 프라우드풋 하우스 정문에서 털북숭이 매머드 떼가 우르르 몰려나왔다가 숲속으로 유령처럼 사라지게 했지 뭐니. 그냥 마술일 뿐이지만, 솔직히 멋졌어."

"우와." 아칸이 감탄했다.

"자, 어서 가지 않으면 너희 생애 최고의 날에 지각하고 말 거야. 더 물어볼 거 있니?" 치어리 씨가 뒤를 돌아보며 어깨 너머로 물었다.

호손이 손을 번쩍 들었다.

"차장님, 망토는 없나요?"

5장

디어본과 머가트로이드

"프라우드풋역은 네버무어에서 가장 오래된 원더철역이란다. 대부분 사람은 이 역이 바로 이곳 원협 교정 안에, 푸념하는 숲Whinging Woods 한가운데 있다는 사실을 알지도 못하지." 치어리 씨가 설명했다.

홈트레인 919호선이 원더철 터널을 벗어나 밝은 빛이 윙윙거리는 부산스러운 역사로 들어섰다. 모리건이 지금껏 보았던 그 어느 원더철역보다 멋진 곳이었다. 여섯 개의 승강장은 모두 그림 같은 빨간 벽돌 보행교로 연결되어 있었다. 보행교는 프라우드풋 하우스 외벽을 타고 오르는 포도나무 덩굴을 연상케 하는 담쟁이덩굴로 덮여 있었다. 반질반질 윤이 나는 나무 벤치와 유리로 벽을 세운 작은 대기실들도 보였다. 역은 울창한 푸른 숲에 둘러싸여 있었는데, 나무들이 역을 보호하듯이 굽어져서 하늘을 가리며 천연의 원형 차양을 만들어 냈다. 아직 이른 시간이라 하늘은 여명이 가시지 않은 차가운 푸른색을 띠었지만, 빠끔 고개를 내민 햇살이 나뭇잎 사이를 비집고 내려와 바닥에 아롱다롱 일렁였다. 승강장에 매달린 가스등은 이제 막 하나둘 꺼지기 시작했다.

이른 시간인데도 홈트레인 세 대(옆구리에 918, 917, 916이라고 숫자가 칠해진)와 원래의 모습을 제대로 갖춘 증기기관차, 작은 황동 열차의 객차들이 이미 승강장 여기저기에 정차해 있었다.

치어리 씨는 여러 연령대의 사람들이 바글거리는 1번 승강장에 객차를 세우고 919기 아이들을 내려 주었다. 승강장 벽면에는 온갖 동호회와 동아리, 악단, 협회 안의 또 다른 협회 등의 가입 신청서가 빼곡하게 붙어 있었다. 모리건이 볼 때 월요일과 화요일, 수요일, 목요일 저녁을 비롯해 일요일까지 온종일 모임을 한다는 **야심만만한 청춘을 위한 목표 설정 및 성취 동호회**는 그다지 좋아 보이지 않았다. 반면 모임도 없고 절대

118

로 어떤 회합도 갖지 않겠다고 약속하는 **철저한 익명의 내성적인 사람들**에는 가입해도 괜찮을 것 같았다.

역에는 술렁거리는 흥분감이 감돌았다. 사람들이 모여서 소곤거리며 이야기를 주고받았다. 그 사이에서 새어 나오는 소리가 귀로 흘러들었다.

"… 누가 알겠어, 원로님들이 아무 말 않고 있으니……."

"… 또 장난치는 거 아니야?"

"… 이런 적은 처음이라니까……."

치어리 씨가 미간을 찌푸린 채 다소 당황스러운 표정으로 사람들을 바라보았다.

"무슨 일 있어요, 차장님?" 모리건이 물었다.

"그런 건 아니고, 방학이 끝나고 첫날은 대체로 평소보다 좀 더 들썩이는 분위기가 나곤 해. 그리고 팍시무스 럭은 보통 여기서 기다리다가―"

"어때, 마리나?" 젊은 남자 한 명이 917호선 홈트레인 문밖으로 몸을 내밀며 치어리 씨를 불렀다. 그는 승강장으로 뛰어내리더니 919기 아이들이 있는 쪽으로 살살 달려왔다. "네가 차장이 됐다는 소식은 들었어. 축하해."

"고마워, 토비. 무슨 일이지? 플러키는 어디 있어?" 치어리 씨는 건성으로 인사를 받았다.

토비의 표정이 굳었다. "아무도 몰라. 밤사이에 사라졌어."

치어리 씨가 얼굴을 일그러뜨렸다. "그럴 리가 없잖아." 모리건는 불쑥 주피터가 봄의 전야에 친구 이스라펠과 거의 같은 대화를 나누었던 기억이 떠올랐다. 카시엘이라는 천사가 사라졌을 때였다. "플러키가 예비 교육일 전날 밤에 사라질 리 없어. 25년 동안 한 번도 빠진 적이 없었는걸."

또 실종 사건이었다.

뭔지 모를 희미한 두려움이 뱀처럼 오장육부를 휘감아 오기 시작했다. 모리건에겐 익숙한 느낌이었다. 무엇인가, 혹은 어딘가 끔찍이도 잘못된 느낌, 그게 자기 탓인 것만 같은 느낌.

그만 좀 해. 모리건은 스스로 다그치면서, 끔찍한 생각을 떨쳐 내려는 듯 고개를 흔들었다. *이 일은 나하고 아무 상관없어. 나는. 저주받은. 아이가. 아니야.*

모리건은 주피터에게 쪽지라도 보내고 싶었다.

치어리 씨가 털썩 주저앉더니 암담한 눈으로 역을 둘러보았다. "그럼 견학 안내는 누가 맡지?"

"그게…" 토비는 정말 끔찍한 소식이 있다는 표정으로 입을 열었다.

———◆———

치어리 씨는 919기를 이끌고 역을 벗어나더니 손가락으로 나무에 가려진 넓은 길을 가리켰다. 곧게 뻗은 길 끝에 프라우드풋 하우스가 위엄을 풍기며 서 있었다. "길을 벗어나면 안돼. 알겠니? 그리고 무슨 일이 있어도 푸념하는 숲으로 들어가지 말고."

프랜시스가 긴장한 얼굴로 낮은 덤불을 들여다보며 물었다. "저기는 위험한가요, 차장님?"

"아니, 좀 성가셔서 그래." 치어리 차장은 나무가 엿들을세라 몸을 살짝 숙이며 대답했다. "한번 넋두리를 시작하면 입을 다물 생각을 안 하니까, 받아 주는 티를 내선 안 돼. 자, 모두 잘 들어. 오늘은 음, 주임 교사 한 분이 원협 안내를 맡아 주실 것 같아. 디어본 선생님이나 머가트로이드 선생님이 프라우드풋 하우스 앞 계단에서 너희를 기다리고 계실 거야. 그러니까…" 치어리 씨는 말을 잇다 말고 무겁게 한숨을 뱉었다. "그저… 평소처럼 행동하면 돼. 돌출 행동은 하지 말고, 끝날 때까지 문제 일으키지 말고. 알겠지?"

상상을 자극하는 말을 마지막으로 치어리 차장은 손을 흔들며 919기를 배웅했고, 아이들은 다소 무거워진 마음으로 프라우드풋 하우스를 향한 짧은 길을 걸어가기 시작했다.

왼쪽 멀리 어딘가에서 나무들이 화를 내며 낮게 투덜거리는 소리("…이렇게 이른 아침에 저 촌스럽고 투박한 신발을 신고 어슬렁어슬렁 지나가다니, 싹수가 없어…")가 들리는 듯했지만, 모리건은 치어리 차장의 충고대로 아무것도 들리지 않는 체했다. 모리건과 호손은 다른 아이들 뒤쪽으로 처져 조용히 이야기를 나누었다.

"*믿을 수가 없어.* 팍시무스 럭을 만나기 직전이었는데, 사라져 버리다니! 재수도 더럽게 없지. 그게 아니면… 아!" 호손은 투덜거리다가 불현듯 어떤 생각이 스쳐 지나간 것처럼 외쳤다. "오오오, 잠깐. 이것도 혹시 장난 아니야?"

"그럴지도. 좀 이해가 안 가는 장난이지만." 모리건은 반신반의했다.

"낸시 코치님한테 주임 교사에 대해 전부 들었거든. 코치님이 그러는데 머가트로이드는 정말 무시무시하대."

(오른쪽에서 나뭇잎이 바스락바스락 애처롭게 투덜대는 소리가 들렸다. 나무가 뻐거덕거리며 웅얼웅얼 말하는 소리였다. "으윽, 가지가 오늘은 계속 쑤시네…….")

"챈더 여사도 같은 말을 했어. 그런 비슷한." 모리건은 푸념하는 숲이 투덜거리는 소리를 피하려고 좀 더 목소리를 높여 대답했다.

"낸시 코치님 말씀이 만일 내가 사고라도 치는 날엔―"

모리건이 코웃음을 쳤다. "*만일?*"

"―차라리 디어본한테 들키래. 머가트로이드 말고. 머가트로이드한테는, 할 수 있는 한 눈에 띄지 않는 게 최고랬어. 내가 코치님께 그랬지. 코치님, 첫째, 제가 사고를 칠 거라고 미리 단정하시는 게 기분 나쁘고요." 호손이 또 콧방귀를 뀌는 모리건을 곁눈으로 힐끔 보며 씩 웃었다. "그리고 둘째, 두 사람한테 걸리지만 않으면 되는 거네요?"

하늘이 환하게 밝아 올 때쯤 원드러스협회의 새내기들은 숲속 오솔길을 벗어났다. 아이들이 서리 덮인 언덕길을 올라 프라우드풋 하우스로 향하는 동안, 지평선을 일자로 물들였던 엷은 금빛은 분홍빛으로 변해 거대한 꽃처럼 하늘 위로 피어올라 빨간 벽돌을 밝게 비추었다.

한 여자가 프라우드풋 하우스의 계단 위에서 아이들을 반겨주기 위해 기다리고 있었다. 아니, 정확히 말하면 *반기지 않는* 모습이, 가까이 다가갈수록 모리건의 눈에 들어왔다. 반기지 않는 정도가 아니라… *냉기를 뿜으며 말없이 아이들을 빤히 바라보고 있었다.*

여자는 조각상처럼 아무 움직임도 없었다. 원드러스협회 회원이 주로 입는 검은 옷차림이었는데, 망토 속으로 회색 셔츠의 앞부분을 단정히 밀어 넣은 모습이었다. 금빛이다 못해 거의 은발로 보이는 머리카락을 정수리 위로 틀어 올리는 바람에 젊고 매끈한 얼굴로 미루어 짐작할 수 있는 나이보다 훨씬 더 노숙해 보였다. 티 하나 없이 달처럼 창백한 피부를 보면 자기관리가 철저하고 아마도 바깥출입은 거의 하지 않는 사람 같았다. 눈동자는 얼음처럼 연한 파란색이었고, 광대뼈는 칼날처럼 매서웠다. 이런 특징이 잘 어우러지면 아름다운 외모로 보일 수도 있을 텐데, 여자는 마치 인간의 모습을 한 빙하 같았으며 차갑고 딱딱한 철옹성 같았다. 여자는 프라우드풋 하우스 계단 꼭대기에 서서 아이들을 내려다보았다. 마치 지나가는 벌레를 우아한 검은 신발로 밟아 으깨 버릴 궁리를 하는 것처럼.

머가트로이드일 거야, 모리건은 낸시가 들려주었던 충고를 떠올리고는 몸을 뒤로 움츠리며 눈에 띄지 않으려고 애썼다.

"안녕하세요, 919기 여러분." 여자가 말했다. 그 목소리를 듣자 모리건은 유리판이 떠올랐다. 표면은 흠 하나 없이 매끈하지만, 그 끝에 날카로운 모서리를 감춘 느낌이었다. "둘시네아 디어본입니다."

모리건은 흠칫 놀라 새어 나오려던 소리를 삼켰다.

"나는 일반예술학교의 주임 교사입니다." 디어본이 계속해서 말했다. "그런데 이 직책에 따라붙는 무한한 책무와 업무량에도 불구하고, 어느 무책임한 어릿광대의 때아닌 잠적 덕분에, 왜인지 모르겠지만 원로들께서 나를 오늘 여러분의 견학 안내자로 지목하셨습니다. 오늘 일정을 즐기기 힘든 건 나보다 여러분이 더할 테니, 그것으로 위로 삼도록 하죠."

"나를 디어본 선생님이라 불러도 되고, 주임 선생이라고 불러도 좋습니다. 디어본 부인이나 디어본 양이나 디어본 교수,

또는 어머님이나 어머니, 엄마, 기타 여기서 파생된 호칭은 안 됩니다. 나는 여러분의 부모가 아닙니다. 여러분을 돌봐 주는 보모가 아니에요. 어린애들 문제를 살펴 줄 시간은 없어요. 그런 문제가 생기거든 여러분 기수의 차장에게 이야기하거나, 그 문제가 더 기어 나올 수 없게 마음속 깊숙이 쑤셔 넣어 성가시지 않도록 해야 할 겁니다. 내 말을 확실하게 이해했나요?"

919기 아이들은 조용히 한 몸처럼 고개를 끄덕였다. 치어리 차장에게 유쾌하고 따뜻한 환영 인사를 받고 홈트레인의 아늑함을 즐기고 난 뒤에 디어본 선생을 만난 기분은 마치 얼음물을 통째로 뒤집어쓴 것 같았다. 모리건은 도대체 어떤 가여운 학생이 뭘 착각했기에 어쩌다가 이 북극의 빙판 같은 여자를 엄마라고 불렀을까, 너무나도 궁금했다.

"여러분이 다른 무엇보다 더 분명히 기억해 두어야 할 점은 이겁니다. '나는. 중요하지. 않다.' 매년 반복되는 일이죠. 매년 새로운 기수가 회원으로 들어옵니다. 자유주에서 원드러스 중의 원드러스인 개인들이 면면히 이어 온 기나긴 줄 맨 뒤에 새로 아홉 명이 합류하는 거예요. 그 아홉 명은 평생 특별한 존재로 살았던 시간을 짐짝처럼 이고 옵니다. 평범하기 그지없는 자신의 가족과 학교와 공동체라는 우물 안에서 누구보다 재능 있고 똑똑했던, 가장 사랑받고 추앙받던 기억을 고스란히 가져온단 말입니다."

모리건은 조소를 참느라 애썼다. 디어본의 주장에 완전히, 격하게, 진심으로, 그러나 물론 말없이, 이의를 품으면서.

"그렇게 이곳 문 앞에 도착해서까지, 똑같은 대우를 받을 것으로 기대하죠. 응석을 받아 주고 상냥하게 얼러 줄 거로 생각하는 거예요. 칭찬해 주고 사랑해 줄 거라고. 원협 교정을 누비는 저 바쁘고 귀한 어른들이 가던 길을 멈추고 자신들한테 찬사를 보내리라 기대합니다. '와! 새로 들어온 우리의 놀라운 새내기잖아! 다들 정말 감탄스럽지 않아?'라고 외칠 거라고요." 디어본은 말을 멈추고 아이들의 얼굴을 하나하나 바라보면서 얄밉도록 상냥한 미소를 지었는데, 그 미소는 곧 비웃음으로 틀어졌다. "자, 그건 잊어도 됩니다. 명심해요. **여러분은. 중요하지. 않아요.** 이 신성한 공간에서는 그렇습니다. 여러분의 손을 잡아 주는 사람도, 여러분의 코를 닦아 주는 사람도 없을 겁니다. 원협 안에서는 모든 사람이 할 일이 있어요. 중등부, 고등부 할 것 없이, 졸업생도, 교사도, 후원자도, 원로와 교장까지도 모두 다. 여러분도 마찬가지겠죠. 여러분이 할 일은 자신보다 더 나은 사람에게 존경심을 표하고, 지시받은 일을 따르고, 끊임없이 실력을 쌓아, 언젠가 여러분에게 기량을 발휘하라는 요청이 떨어질 날을 위해 준비하는 겁니다. 운이 좋으면 그런 날이 오겠죠. 알아들었나요?"

알아듣지 못했다. "기량을 발휘하라"는 게 무슨 뜻인지 모리건은 확실히 이해가 안 갔다. 하지만 당장은 설명을 부탁하는 것보다 피라냐가 우글거리는 수조에 손을 담가 살을 뜯기는 편이 나아 보였기 때문에, 다른 아이들을 따라 "네, 선생님"이라고 웅얼거렸다.

"박력이 넘치는군." 디어본은 그 말을 끝으로 뒤돌아서더니, 아이들이 당연히 따라오리라고 생각하는 것처럼 프라우드풋 하우스 정문을 향해 곧장 걸어갔다. "우리 학사 일정은 역년에 따라 두 학기 제도를 운용하고 있으며 첫 학기는 봄에, 두 번째 학기는 가을에 시작합니다. 여름방학 기간에 여러분은 반드시……."

아이들이 무리 지어 계단을 오르는 동안 설명은 웅얼웅얼 계속됐다. 호손은 모리건에게 바싹 다가서서 귀에 대고 말했다. "다정한 연설이야. 마음이 온통 따뜻하고 막 정감이 느껴져."

919기 아이들의 첫 번째 수업은 밝고 우아한 프라우드풋 하우스 다섯 개 층 아래 깊숙한 곳을 둘러보는 것이었다. 원협의 진짜 통로는 어둡고 미로처럼 복잡한 데다 끝도 보이지 않았다.

"지하에는 아홉 개 층이 있습니다." 디어본은 현관 입구에서 아이들을 데리고 목소리가 울리는 긴 복도를 따라 내려갔다.

사무적이고 날카로운 목소리와 반짝거리는 검은 정장 구두가 나무 바닥에 또각거리는 소리가 귀청을 때렸다. 모리건과 호손은 물론 나머지 아이들도 디어본을 따라가느라 평소보다 두 배는 빠르게 걸어야 했다.

"지하 1층에는 주로 학교 직원과 협회를 방문하는 성인 회원을 위한 식사와 수면, 오락 시설이 갖추어져 있습니다. 여러분은 출입 금지예요. 지하 2층에는 중고등부 회원과 사무국 직원이 이용할 수 있는 식당이 있고, 고등부 회원이 묵는 기숙사가 있습니다. 고등부는 원할 경우 교내에서 생활할 수 있습니다."

지하 2층을 정신없이 둘러보면서 모리건의 머릿속에 원협에서 보낼 일상이 스쳐 지나갔다. 학생 식당은 북적거리는 원형 공간이었는데, 아늑하고 사람 사는 냄새가 났다. 식탁과 의자는 모양이 제각각이었다. 한쪽 끝에는 카페에 어울릴 법한 작은 철제 탁자들을 밀쳐놓고 공간을 만들어 둔 곳이 있었다. 탁자 옆에는 깨지고 페인트가 묻은 목판과 어울리지 않는 도구가 같이 엉켜 있었다. 맞은편 끝에는 해진 안락의자들이 거대한 난로 둘레에 여기저기 흩어져 있었다.

식탁 몇 곳에 고등부 회원들이 앉아 아침을 먹으면서 조간신문을 읽거나, 찻주전자를 사이에 두고 대화를 나누었다. 모리건은 훅 풍기는 베이컨 냄새를 맡은 호손을 억지로 붙잡아 둬야 했다.

"나는 아직 아침도 안 먹었단 말이야! *상상이 가?*" 호손은 분하다는 듯이 모리건에게 투덜댔다. "그 이상한 문으로 들어오는 바람에 아침 먹을 생각은 하지도 못했잖아. 안 그래?"

"음." 모리건은 그 말이 귀에 들어오지 않았다. 고등부 회원들이 수군수군 떠드는 이야기를 잘 들어 보면 급박하게 돌아가는 상황을 감지할 수 있을 것 같았다. 혹시 팍시무스 럭이 사라진 일을 논하고 있는 건 아닌지 궁금했다. 디어본은 아이들을 이끌고 식당을 지나쳐, 커다란 황동 구체들이 레일에 매달려 길게 늘어선 곳으로 갔다. 빙글 돌아서서 아이들을 마주 본 디어본은 따분해하는 목소리로 거의 기계처럼 말했다.

"우리의 내부 레일포드railpod는 네트워크를 이용하여 지하 전층을 전 방향으로 이동합니다. 레일포드를 타면 승인받은 곳에 한하여 원협 안 어디든 갈 수 있고, 교정 외부의 지정된 원더철 역까지도 이동이 가능합니다. 중등부 회원들은 교외로 이동할 때 주임 교사나 후원자에게 분명한 승인을 받아야만 합니다. 여러분은 인장을 통해 승인된 출입 구역을 알 수 있습니다. 레일포드 한 대당 탑승 정원은 열두 명으로 엄격히 규제합니다.

지하 3층, 4층, 5층에는 일반예술학교의 교육 시설물이 있습니다. 지하 6층, 7층, 8층은 마력예술학교 교육에 전용됩니다. 지하 9층은 전교생 출입 금지 구역입니다.

일반 학교 주임 교사로서 내가 담당하게 될 일곱 명은 지하 5

층 밑으로 내려갈 필요가 전혀 없으므로, 출입 승인도 지하 5층까지만 날 겁니다. 블랙번 양과 아마라 양, 두 사람은 마력예술학교에서 수업을 받겠죠. 마력 학교 주임 교사인 머가트로이드 선생은 오늘 오전 늦게 두 사람을 인계받으러 올 겁니다."

동그란 황동 레일포드 한 대에 아이들을 모두 태운 디어본은 자신의 W 인장을 벽 위에서 빛나는 W 문양에 대고 누른 다음 기어를 연달아 당겼다. 모리건은 그 순서를 기억해 두려고 했지만, 워낙 복잡해서 외울 수가 없었다. 레일포드는 속이 울렁거리고 귀가 먹먹해질 정도로 빠르게 몇 층을 내려갔다. 그러다가 디어본을 제외한 모두를 놀라게 하며 앞쪽으로 확 쏠렸다가, 다시 왼쪽으로, 뒤로, 그리고 다시 왼쪽으로 확확 방향을 틀더니… 위로, 위로, 위로 휘청휘청 올라갔다. 문 위에서는 빛이 갈피를 잡기 힘든 그림을 그리며 계속 번쩍거렸다.

마침내 레일포드가 갑작스레 멈추고 919기 아홉 아이는 모두 벽으로 나동그라졌다. 키가 큰 디어본은 천장에 달린 동그란 가죽 손잡이를 잡고 있었던 덕에 균형을 잃지 않았다. 손잡이에 손이 닿는 아이가 한 명도 없었지만, 걱정하는 기색은 전혀 보이지 않았다.

"지하 3층, 일반예술학교입니다." 레일포드의 문이 열리자 아무도 없는 기다란 복도가 나타났다. 디어본은 아이들을 이끌고 반질거리는 나무 바닥 복도를 따라 걸어갔다. 모리건은 머리가 핑핑 돌고 속이 메슥거렸지만 열심히 뒤따라갔다.

디어본은 설명을 이어 나갔다. "이 층에서는 소위 실용 분과 Practicalities만 전적으로 다룹니다. 의학, 지도학, 기상학, 천문학, 요리 미학, 공학, 우니멀 농학 등등. 일상과 관련되며 현실과 뗄 수 없는 이 분야는 세상을 유지하는 데 가장 필수적인 기술입니다. 지하 3층에는 또한 실험실과 천문대, 지도실, 1호부터 9호까지의 강당, 동물 관련 시설, 실험용 주방, 그리고 물론 병원도 있습니다."

주임 교사는 아이들을 데리고 컴컴한 강당으로 들어갔다. 그곳에서는 브램블 박사라고 불리는 교수가 일곱 포켓 각지에서 방문한 회원들에게 '현대 우니멀 학자의 윤리적 책무'라는 주제로 강의를 하고 있었다. 강단에 오른 교수 옆에는 언뜻 때가 탄 하얀색 누더기를 산더미처럼 담아 놓은 듯 보이는 바구니가 있었는데, 다시 보니 누더기가 아니라—

"성묘야!" 모리건이 팔꿈치로 호손의 옆구리를 찌르며 말했다. 말이 떨어지기 무섭게 디어본이 고개를 돌려 모리건을 노려보았다. 모리건은 입을 꾹 다물고 주임 교사가 눈길을 돌릴 때까지 저 아래 강단만 뚫어지게 내려다봤다.

"학자들이 그 종에게 가장 이익이 되는 행동을 하는 것만으로는 충분치 않아요." 브램블 박사가 강연을 듣는 청중에게 말하고 있었다. 박사는 손을 뻗어 바구니에 담긴 생물의 턱 밑을 다정하게 긁어 주었다. "반드시 *개체*를 고려해야 하죠."

"핀보다 작아." 호손이 입을 벌리지 않은 채 조그맣게 웅얼거렸다.

"아기 같아. 와, *저거 봐!*" 모리건이 대답하는 순간 고양이가 청중을 향해 송곳니를 드러내 보였다. 그 모습이 맹수 같기도 했고 사랑스러워 보이기도 했다.

하지만 디어본은 쌩하니 아이들을 몰고 나와 다음 층으로 내려갔다.

지하 4층으로 내려간 디어본은 설명을 계속했다. "인문학을 비롯한 철학과 외교학, 언어학, 역사학, 문학, 음악, 예술과 무대 분과를 공부하는 곳입니다."

디어본은 지하 4층에서 교실과 촬영소, 미술관, 음악실, 극장 등 수십여 곳을 들른 다음 지하 5층으로 내려갔다. 그곳에는 디어본이 체능 분과Extremities라고 말했던, 일반예술학교의 세 번째와 네 번째 분과를 위한 시설이 있었다.

이전 층까지는 박물관이나 대학교처럼 복도도 널찍하고 천장도 높고 마룻바닥도 반질반질 윤이 흐르는 격식을 갖춘 모양새로 차분한 분위기를 연출했다면, 지하 5층은 종잡을 수 없으며 약간 무질서하고 어지러운 분위기로 무슨 일이든 일어날 것 같은 기운을 풍겼다.

디어본은 한 동 전체가 첩보 기술을 익히는 데 전용되는 부

속 건물(아이들은 5분 동안 "죽은 것처럼 꾸미는 법"이라는 연수를
참관했다)과 무술 도장(첫날 아침부터 회원 몇 명은 벌써 이곳에서
뼈가 부러졌다)도 보여 주었다. 호손이 가장 환호했던 건 어마어
마하게 큰 동굴 모양의 용 훈련소와 경기장으로, 앞으로 많은
시간을 보내게 될 곳이었다.

모리건이 지하 5층을 보면서 호텔 듀칼리온과 조금 닮았다
고 생각하고 있을 때, 고학년으로 보이는 한 남학생이 통로 맞
은편에서 아이들이 있는 쪽으로 달려왔다.

"주임 선생님!" 남학생은 다급하게 소리치며 디어본과 아이
들을 향해 왔다. 길게 땋은 머리가 뒤로 나풀거렸고 초롱초롱한
눈은 잔뜩 흥분해 있었다. "주임 선생님, 제 말 좀 들어주세요."

"지금은 안 돼, 휘태커."

"*제발요*, 디어본 선생님." 남학생은 몸을 숙이고 손을 허리
에 얹은 채 숨을 고르려고 노력했다. "부탁이에요. 머가트로이
드 선생님께 말씀 좀 해 주세요. 저희 동기들이 지난번 〈시민의
권리〉 시험을 망치는 바람에 머가트로이드 선생님이 내일 제
머리를 밀어 버린다고 하셨거든요. 그게 제 잘못도 아닌데, 선
생님이―"

"내가 관여할 문제가 아니야."

"하지만 선생님이―" 남학생이 징징거리며 말했다. "선생님
이 오늘 밤에 면도기를 날카롭게 갈아 올 거라고 하셨단 말이

에요."

"그랬겠지."

"*제발요*, 선생님이 말씀 좀 해 주시거나―"

"어림없는 소리를 하는구나. 그런 말은 절대로 해 줄 수 없어." 디어본은 꾸짖는 목소리로 낮게 말하고는, 눈을 감고 옆으로 목을 홱 젖혔다. 무언가 부서지는 소리에 모리건은 움찔 놀랐다. 남학생도 주춤 물러서며 숨을 훅 들이쉬었다. "넌 흰 소매란다, 휘태커. 마력예술학교 학생이지. 네 주임 교사는 내가 아니라는 걸 꼭 말로 해 줘야겠니? 자기 학생을 자기 방식대로 훈육하는 건 머가트로이드 선생이 알아서 할 일이야. 상황을 더 악화시키지 말고 어서 수업에 들어가거라. 네 주임 교사가 금방 여기 올 거야."

남학생은 안색이 좋지 않은 디어본에게서 뒷걸음질을 치다가 뒤를 돌아 왔던 길로 달려갔다. 모리건은 남학생이 돌아가는 모습을 지켜보며 마른침을 삼켰다. 악명 높은 머가트로이드가 *정말* 저 남자아이의 머리를 밀어 버릴까? 그런 일이 용납될까? 동기들을 쓱 훑어보자, 다들 모리건처럼 뒤숭숭해 보이는 얼굴이었다.

지쳐 보이기도 했다. 새벽에 눈을 떠서 미로 같은 지하 교정을 수백 킬로미터는 걸은 기분인데, 온종일 먹은 거라고는 비스킷 두 조각밖에 없으니 모리건은 그 자리에 쓰러져서 다시는 일어나지 못할 수도 있겠다고 생각했다. 견학이 언제 끝날지 (아니면 적어도 언제쯤 뭔가를 먹을 수 있을지) 물어볼 수밖에 *없다*고 마음을 굳힌 바로 그때, 디어본이 아이들을 데리고 레일포드가 늘어서 있는 곳으로 돌아갔다.

"블랙번, 그리고 아마라." 디어본이 부르자 케이든스는 눈도 끔쩍하지 않고 디어본을 똑같이 마주 보았지만, 램버스는 찡그린 얼굴로 천장만 올려다보았다. 자기 이름을 불렀다는 걸 아는지도 확실치 않아 보였다. "마력 학교 주임 교사인 머가트로이드 선생님이 곧 도착해서 너희 둘을 지하 6층부터 지하 8층까지 견학시켜 주실 거다."

모리건은 케이든스와 램버스가 자신을 비롯한 다른 회원에게는 금지된 원협의 일부를 보게 되리라는 생각에 질투도 났지만… 자신이 속한 회색 소매 동기들의 견학 일정이 거의 다 끝났다는 뜻이기를 간절히 바라는 마음이 더 컸다.

"머가트로이드 선생님이 도착하면 다른 회원들은 내려왔던 길로 알아서들 올라가서 프라우드풋 하우스 정면 계단으로 나가면 됩니다. 여러분의 차장이 기다리고 있다가 각자 집으로 데려다줄 겁니다. 여기에서 1층으로 어떻게든 올라갈 수 있을 거라고 믿어요."

그럴 *리가*, 모리건은 호손을 돌아보았다. 호손도 모리건만큼 놀란 얼굴이었다. 아까 내려올 때 디어본이 했던 그 복잡한 기어 조작을 다 외웠어야 했던 건가?

"다른 애들은 벌써 집에 가는데 어째서 우리만 남아 있어야 하나요?" 케이든스가 물었다.

"이런, *불쌍해 죽겠네.*" 타데가 지긋지긋하다는 듯이 눈알을 굴리며 톡 쏘아붙였다. "진짜 힘들 거야. 그 잘난 재주 덕에 우리한테는 금지된 곳을 세 층이나 더 봐야 한다니. 너무 불쌍해서 가슴이 막 *저미는* 걸—"

"아, 이런." 램버스는 아직도 천장을 올려다보며 중얼거리고 있었다. 역에서 그랬던 것처럼 손가락 하나를 펴든 모습이었다. 그게 조용히 하라는 뜻인지, 바람이 부는 방향을 알아보는 중인지 잘 구별되지 않았다. "그 여자가 와."

"누가 *제발* 저것 좀 못하게 할 수 없어? 쟤 때문에 오싹하다고." 마히르가 투덜거렸다.

"조용히." 디어본의 목소리는 전과 다름없이 매서웠는데, 모리건은 갑자기 긴장감을 느꼈다. 디어본은 동요하고 있는 것처럼 초조하게 왼쪽 소맷동을 끌어당기고 있었다. 지독하기로 유명한 머가트로이드가 너무 무서워서 저러나 싶을 정도였다. 그렇게 생각해도 마음은 전혀 편해지지 않았다.

디어본은 계속해서 말했다. "기다리는 동안 자질구레한 문제를 검토해 보죠. 여러분에게는 복장을 바르게 하고, 수업에 필요한 준비 사항을 확실히 챙길 책임이 있습니다." 디어본은 이

부분에서 하던 말을 멈추더니 순간적으로 눈을 감고 목을 옆으로 우두둑 꺾었다. 모리건은 흠칫 놀랐다. "필요한 게 있으면, 그게 기구에 바를 윤활유든, 수술복이든, 칼이든" 디어본은 눈을 동그랗게 뜨고 아칸과 아나, 타데를 빤히 바라보았다. "홈트레인 차장에게 준비해 달라고 부탁하든지, 아니면 직접 정식으로 서면 요청서를 작성해서 보내야만 해요. 요청서 양식은… 양식은 사무국에서 제공해 줄 겁니다."

디어본은 다시 말을 멈추고 이상한 행동을 했다. 밝은 빛을 만난 듯이 눈을 질끈 감고 등을 확 구부리더니 어깨를 뒤로 천천히 돌리면서 물속의 장어처럼 목을 비틀었다. 디어본의 척추가 위에서부터 우두둑 부러지는 소리를 내더니 쉴 새 없이 연달아 펑펑 터지는 소리가 들렸다. 모리건은 몸을 움츠렸다. 온몸에 소름이 끼쳤다.

모리건은 다른 아이들을 흘깃거렸다. 아이들 모두 모리건과 똑같은 얼굴이었다. 낯빛이 눈에 띄게 공포로 물들고 있었다. 주임 교사에게 무슨 *문제*라도 있는 걸까?

"그렇게 하지 못한 학생은… 결과적으로… 수업에 들어가지 못할 겁니다." 디어본은 계속 말을 이어 나갔는데, 여전히 눈을 꼭 감은 채였다. 턱이 기이하고 부자연스러운 각도로 목에서 돌출되어 있었다. "그건 전적으로" 목구멍 안쪽에서는 이상하게 꾸르륵 울리는 소리가 들렸다. 지독한 소리에 무서워진 모리건은 뒤로 움찔 물러섰다. "전적으로 자신이 자초한 일이고, 눈을 씻고 찾아봐도… 이 교정 안에서는 누구 하나… 여러분의 처지를… 안 됐다… 여길 사람이 없을 겁니다." 유리처럼 매끄러운 목소리는 어느새 사라지고 없었다. 무시무시하고 거칠게 쉰 소리는 높낮이 없이 단조롭고 끔찍했다. 뭔가… *잘못된* 소리처럼 들렸다. "그렇죠, 머가트로이드 선생님?"

디어본이 눈을 떴다.

모리건은 놀라서 숨도 제대로 쉴 수 없었다. 어리둥절한 표정의 아이들은 마력 학교 주임 교사인 머가트로이드가 오는 줄 알고 다른 방향으로 고개를 돌렸다. 그 장면을 본 사람은 모리건뿐이었다.

디어본은… 다른 모습이었다. 어느 한 곳이 확 변한 건 아니었다. 어깨선이 조금 더 둥글게 밑으로 떨어졌고, 볼이 더 홀쭉하게 꺼졌다. 담청색 눈은 활기 없이 탁하고 연한 잿빛으로 색이 빠져 생기 없는 겨울 하늘 같은 빛깔을 띠며 원래보다 훨씬 더 움푹 들어가 있었다. 정수리에 틀어 올렸던 머리카락도 더는 빛나는 은빛 금발이 아니라 색이 쏙 빠진 *백발*이었다. 갈라진 자줏빛 입술에 걸린 기분 나쁘고 음흉한 미소 사이로 뾰족뾰족하고 누런 이가 엿보였다.

모리건은 동그랗게 뜬 눈을 새로 나타난 얼굴에 못 박은 채 앞에서 펼쳐지는 섬뜩한 변화를 지켜보았다. 혼란스럽게 퍼져 나가던 공포가 걷히며 상황이 이해됐다.

"정확히 그대로요, 디어본 선생." 여자는 거칠게 쉰 목소리로 자신이 던졌던 물음에 대답했다.

*이 사람*이 바로 머가트로이드였다.

일반 학교 학생들은 그 길로 슬금슬금 자리를 빠져나갔다. 그날 처음으로 모리건은 자신이 회색 소매라는 사실이 참으로 기뻤다.

6장

과오, 실책, 실패작, 흉물, 그리고 파괴

"용타기를 **매일 아침** 해!" 다음 날 호손이 공중에 주먹질하며 소리쳤다. "**야호!**"

홈트레인이 프라우드풋역에 들어가고 있었지만, 치어리 차장은 먼저 들어온 열차 두 대가 학생들을 다 내려 주고 자리를 뜬 뒤에야 하차 지점에 차를 세우고 919호선의 문을 열 수 있었다.

"신난 모습을 보니 나도 기쁘구나." 치어리 차장이 호손에게 말했다. 919기 아이들은 원협으로 오는 객차 안에서 시간표를 돌려 보며, 그 주에 듣게 될 흥미로운 교육 연수회나 강연, 수업 일정들을 신나게 서로 비교했다. 모리건은 특히 목요일 아침 수업을 기다렸는데, 이날 수업에는 죽은 *자와 대화하는 법*이라는 호기심을 자극하는 제목이 붙어 있었다. "그래도 경기장에서 너무 무리하지는 마. 점심시간 다음에 세 시간짜리 용의 언어 수업 있는 거 알지? 이 수업을 들으려면 쌩쌩해야 할 거야. 용 언어가 꽤 까다롭거든." 치어리 차장이 손가락으로 호손의 시간표를 톡톡 두드렸다.

호손이 높이 쳐들었던 주먹을 툭 떨어뜨렸다. 그리고 코를 찡그리며 시간표를 내려다보았다. "왜 용의 말을 배워야 해요?"

치어리 차장이 호손을 보며 눈을 크게 떴다. "*그래, 알아.* 네 버무어 주니어리그에서 가장 촉망받는 용의 기수가, 매일 자기 목숨을 움켜쥐는 고대의 파충류와 소통하려고 애쓴다? 정말 말도 안 되는 생각이야." 치어리 차장이 콧방귀를 뀌었다. "호손, 용과 대화할 수 있다면 도움이 될 것 같지 않니?"

"하지만… 전 용과 대화하고 있어요. 용을 탄 게 세 살 때부터인걸요. 못 믿으시겠다면 용에게 명령해서, 나한테 오게—"

"아, 네가 할 수 있다는 건 나도 알아. 나도 네가 평가전을 치르는 모습을 봤거든. 하지만 그동안 네가 배운 건 용이 *너를* 이해하도록 만드는 법이었잖니. 생각을 바꿔서 네가 용을 이해하

141

려고 해 본 적 있니?"

호손은 치어리 씨의 머리에 뿔이라도 난 것처럼 쳐다보았다.

"용의 말은 놀라운 언어야. 나도 중등부 때 조금 배웠어. 그리고 봐, 마히르도 너하고 같이 그 수업을 들을 거야. 재미있을 거라고!"

호손이 마히르의 어깨 너머로 시간표를 들여다보았다.

"마히르는 한 시간밖에 안 듣잖아요!" 호손이 불만스럽게 말했다.

"그게… 그래야 너한테 더 좋을 것 같아서, 그래서 그랬어. 우리 마히르 이브라힘은 이미 용의 언어를 조금 알고 있으니까. 마히르, 그렇지?"

"*흐차트 슈카-레브H'chath shka-lev.*" 마히르가 진지하게 고개를 숙이며 말했다.

"*마차르 로크 다츠바-레브Machar lo'k dachva-lev.*" 마히르의 말을 듣고 감명 깊은 얼굴이 된 치어리 차장도 답례로 고개를 숙이며 대답했다.

"그게 무슨 뜻이에요?" 호손이 툴툴거리며 두 사람을 미심쩍게 바라보았다. 질투도 약간 느끼는 것 같았다.

"드라코어Draconian 인사야." 대답을 들은 호손이 더 어리둥절한 얼굴을 하자, 치어리 차장은 다시 덧붙여 말했다. "드라코어란 용의 말이란 뜻이야. *흐차트 슈카-레브H'chath shka-lev*란 *오래*

도록 *불타오르시길*이란 뜻이야."

호손이 오만상을 찌푸렸다. 모리건도 같은 표정을 지었다. 오래도록 불타오르라니, 인사말이라기보다 악담 같았다.

"그리고 그에 대한 정중한 대답이 *마차르 로크 다츠바-레브 Machar lo'k dachva-lev*이고, *당신을 알게 되어 더 눈부시게 불타오릅니다*라는 뜻이야. 사람으로 치면 이건… 건강을 기원하는 거랑 비슷해. 이런 말을 들으면 용도 네가 보여 준 우정에 고마워할 거란다."

타데는 자신이 듣게 될 수업들을 보고 또 보면서 점점 짜증이 치미는 듯했다. "차장님, 저는 왜 용하고 뭘 배우는 근사한 수업 같은 게 하나도 없어요? 이건 불공평해요. 나도 용을 엄청나게 좋아하는데."

치어리 차장은 타데가 앉은 소파 옆자리에 앉아, 타데의 어깨 너머로 시간표를 들여다보았다. "어디 보자. 네겐 다른 근사한 수업이 있잖아."

"어떤 거요?"

"봐, 금요일 오후에 롤러더비(* roller derby, 롤러스케이트를 신고 트랙을 돌며 경쟁하는 팀 대항 격투 스포츠 – 옮긴이) 수업이 있는데, 린다가 들어오잖니."

타데는 잘 모르겠다는 표정이었다. "린다가 뭐 그렇게 근사한데요?"

"일단 롤러더비 선수지. 그리고 베이스 기타를 연주하지. 게다가 켄타우로스야. 그 정도면 아주 근사하지. 와, 여기도 봐. 화요일에는 모리건하고 같이 브램블 박사님이 강의하는 성묘 돌보기 연수를… 아, 아니다." 치어리 차장이 이마를 찌푸리며 펜을 꺼내 해당 수업에 줄을 죽 그었다. "미안, 이건 고쳐야겠다. 가여운 브램블 박사님이 아기 성묘를 잃어버렸거든. 박사님은 지금 제정신이 아니셔."

"잃어버려요?" 시간표를 내려다보던 모리건이 눈을 들어 물었다.

"으음. 박사님은 누가 훔쳐 간 게 틀림없다고 하시는데, 난 성묘가 줄행랑쳤다고 생각… 내 말은, 성묘라는 종은 독립성이 강하다고 알려져 있잖니. 그 가여운 아가도 좁은 데 갇혀 있는 게 넌더리가 났을 거야. 걱정하지 마. 너한테 이거 못지않게 재미있는 걸 찾아 줄 테니까. 약속할게." 치어리 차장이 뿌루퉁한 얼굴을 한 타데를 팔꿈치로 쿡 찌르며 말했다.

모리건은 미간을 찡그렸다. 이번 주에 들은 실종 사건만 벌써 세 번째였다. 카시엘과 팍시무스 럭, 그리고 이번에는 아기 성묘였다.

"차장님, 이건 무슨 수업이에요? 〈최면술 바로 알기〉?" 프랜시스가 호들갑스럽게 물었다.

"나도 그거 있어. 수요일 아침이야." 아나가 말했다.

자세히 보니 모리건의 시간표에도 그 수업이 있었다.

"나도 있어." 타데가 말했다.

"나도. 여덟 시에." 마히르도 보탰다.

"아, 그래. 원로들께서는 너희가 이 수업을 들으면 도움이 될 거로 생각하셔. 너희 동기 중에 최면술사가 있잖니."

케이든스가 고개를 번쩍 들었다. 케이든스는 분한 듯 약하게 씩씩거리며 치어리 차장을 노려봤다. 하지만 치어리 차장은 차분한 얼굴로 어떤 대꾸도 하지 않았다.

호손이 어리둥절한 표정으로 물었다. "우리 동기 중에 뭐가 있다고요?"

"최면술사."

호손의 이마에 주름이 잡혔다. "네? 우리 중에요?"

"그래." 치어리 차장은 평소처럼 참을성 있게 대답했지만, *아주 미약하게* 한숨이 새어 나왔다. "케이든스 블랙번은 최면술사란다. 네 오른쪽에 앉아 있어."

호손은 케이든스를 돌아보고 흠칫 놀랐다. "아이쿠."

"맞아, 그 친구야. 〈최면술 바로 알기〉 과정을 듣는 이유는 너희의 새로운 친구를 기억하는 데 도움이 되기 때문이고, 그래야 케이든스가 그 뛰어난 비기를 사용할 때 너희가 어떻게 해야 하는지 알 수 있기 때문이란다."

케이든스가 서늘한 표정으로 말했다. "하지만 차장님, 그럼 애들한테 어떻게 최면을 걸어요? 만일—"

"바로 그 부분이 중요하단다, 케이든스. 너의 비기를 동기들에게 *불리하게* 사용해서는 안 돼. 기억하지? 평생의 신의를 지킬 형제자매라는 거?" 치어리 차장이 상냥하게 말했다.

"나는 *신의를 지킨다고* 했지, 절대로 최면을 걸지 않겠다고는 안 했어요! 저 애들은 전부 자기 좋을 대로 비기를 쓰는데 어째서 나만 안 돼요?"

"그렇지 않아. 아칸은 너희 중 누구의 주머니도 털어선 안 돼. 프랜시스도 너희가 먹다 울어 버릴 수프를 만들면 안 되고. 너희가 전부 맹세한 거야."

케이든스는 머릿속에서 뭔가를 셈하는 표정으로 치어리 차장을 바라보았다. "그럼 맹세했는데, 왜 아이들한테 〈최면술 바로 알기〉 같은 걸 가르쳐야 하는데요? 아칸이 소매치기를 하지 않을 거란 건 믿으면서, 내가 최면을 걸지 않을 거란 건 어째서 믿지 않는 거죠?"

치어리 차장이 흘깃 시선을 내렸다. 케이든스의 말에 일리가 있다고 생각하는 것 같았다. 치어리 차장은 잠깐 입을 앙다물고 있었다. "네가 못마땅해하는 건 이해가 돼, 케이든스. 아니, 정말이야. 정말 이해해. 하지만 최면술이라는 비기와 소매치기라는 비기는 아주 다르고, 두 비기가 가져올 수 있는 결과도 완전히 달라. 어떤 후원자들이 생각하기에는—"

"난 믿으면 안 될 존재겠죠. 나는 최면술사니까. 그래서 범죄자 취급도 했을 거고. 뻔하죠." 케이든스가 이글거리는 눈빛으로 치어리 차장 대신 뒷말을 이었다.

모리건은 증명 평가전 때가 생각났다. 공공 기물을 파손한 케이든스가 최면술로 경찰관이 자기 손목에 수갑을 채우게 만드는 걸 영상으로 볼 수 있었다. 모리건은 호손에게 눈살을 찌푸려 보였지만 별다른 말은 하지 않았다.

"케이든스, 아무도 너를 범죄자라고 생각하지 않아. 정말이야. 사람들은 그저 좀 더 신중하기 위해 그러는 거야."

하지만 케이든스의 기분은 조금도 나아지지 않은 것 같았다. 생각해 보니 케이든스는 아침 내내 아이들을 퉁명스럽게 대했다. 아침 일찍 919역에 모인 모리건과 회색 소매 아이들은 지하 6층과 7층과 8층에 뭐가 있는지 알고 싶어 안달이 나 있었다. 그렇지만 모리건이 물었을 때 케이든스는 질문을 들은 척도 하지 않았다. 타데가 램버스에게 물었을 때 램버스도 똑같이 행동했던 걸 보면, 두 사람 다 아무 말 하지 말라는 지시를 받은 것일 수도 있었다.

홈트레인의 문이 열리자마자 케이든스는 자리를 박차고 뛰쳐나가서 보행교를 건너 역을 빠져나갔다. 다른 아이들은 승강장에 남아, 또다시 케이든스라는 존재는 잊어버린 듯한 얼굴로 여전히 시간표를 비교해 가며 서로 쾌활하게 이야기를 주고받았다.

"넌 오늘 아침에 무슨 수업 들어?" 호손이 모리건에게 물었다.

"〈마음 챙김과 명상〉" 모리건은 큰 소리로 수업 제목을 읽어 주었다. "지하 4층. 그다음엔 〈잠입, 도피, 엄폐〉 지하 5층에서 점심 먹고 나서."

"나도 오후에 그거 듣는데. 이거 봐. 〈잠입, 도피, 엄폐〉. 그런데 내가 이 수업을 들을 필요가 있는지 모르겠어. 그렇잖아. 네가 아는 사람 중에 나처럼 안 들키고 잘 다니는 사람이 또 있어?"

모리건은 고개를 비스듬히 기울였다. "명단이라도 뽑아 줘?"

"치어리 차장!"

매서운 고함에 이어 디어본이 다가왔다. 919기 객차 앞으로 성큼성큼 걸어오는 주임 교사 디어본은 종이 한 장을 손에 꽉 움켜쥐고 있었다. 호손과 모리건을 비롯한 몇몇 아이들이 하던 일을 멈추었다. 디어본의 목소리를 듣고도 태연하게 하던 일을 계속할 수는 없었다.

치어리 차장이 객차 문밖으로 얼굴을 내밀고는, 머뭇머뭇 미소를 지었다. "주임 선생님, 안녕하세요. 뭘 도와드릴까요?"

디어본은 이마에 깊은 주름이 팬 얼굴로 치어리 씨를 노려보았다. "*이 문제*를 의논해야겠어요." 디어본이 종이 한 장을 휙 던지자 치어리 씨가 재빨리 그 종이를 붙잡았다.

"모리건의 시간표네요." 치어리 차장이 종이를 들여다보며 말했다. 모리건은 자신의 이름을 듣고 그대로 몸이 얼었다. "뭐가 잘못됐나요?"

"그래요. 상당히 많은 부분이." 디어본이 치어리의 손에 들린 시간표를 도로 채 가며 비웃었다. "사실 거의 다 잘못됐죠. 카넬 클레어리의 〈마음 챙김과 명상〉이요? 안 됩니다." 디어본은 펜을 꺼내더니 연극배우 같은 동작으로 팔을 휘두르며 수업 제목 위에 줄을 그었다. "〈비무장 전투에서의 자기방어〉라고요? 이것도 안 될 것 같군요." 다시 줄이 짝 그어졌다. "〈초보자를 위한 해저 보물찾기〉? 〈잠입, 도피, 엄폐〉? 안 됩니다, 안 돼요. 이 애를 정확히 뭐로 변신시키려는 거죠? 대량 살상 무기라도 만들게요?"

모리건은 눈살을 찌푸렸다. 그렇지 않아도 시간표를 들여다보면서 다른 아이들의 수업에 비해 죄다 재미없어 보인다고 생각했다. 아나는 전문가 과정인 〈인간의 심장을 멈추는 법〉(일시적으로)을 들었고, 케이든스는 〈비소 감별법〉이니 〈심문의 기술〉이니 〈아마추어 감시 기법〉이니 〈폭탄 해체의 기초〉처럼 이름만 들어도 놀랍고 아슬아슬한 연구 수업을 몇 개씩이나 참여할 터였다.

치어리 씨가 물었다. "〈마음 챙김과 명상〉이 왜 문제가 되나요?"

"저 아이는 원—" 디어본은 말을 꺼내다 말고 뒤쪽을 살펴보더니 목소리를 낮춘 다음 말을 이었다. "저 아이는 원더스미스예요, 치어리 차장. 우리가 바라는 게 그건가요? *마음을 챙겨서* 그 *마음 챙김*한 마음을 이용해서 우리 명줄을 재촉하게끔 *마음을 챙기는* 그런 원더스미스?"

모리건은 명상으로 주임 교사를 죽게 할 수도 있다는 생각에 입 밖으로 웃음이 터져 나올 뻔했다. 호손은 참지 못하고 삐져 나온 웃음을 감추기 위해 헛기침을 해야 했다.

치어리 씨는 별로 재미있어하는 것 같지 않았다. 표정에 격한 동요가 스친다 싶었지만, 치어리 씨는 감정을 가라앉히고 물었다. "모리건이 어떤 수업을 듣는 게 *좋으시겠어요*, 주임 선생님?"

디어본은 또 다른 종이를 한 장 건네면서 퉁명스레 말했다. "내가 시간표를 정정했어요. 바뀐 시간표대로 즉각 시행하도록 조치하세요." 돌아서서 자리를 뜬 디어본이 보행교에 거의 다 가갔을 때쯤 치어리 씨가 주임 교사를 큰 소리로 불러 세웠다.

"선생님, 뭐가 잘못된 것 같아요. 시간표에 수업이 하나밖에 없는데요."

디어본이 고개를 돌려 치어리 차장을 물끄러미 바라보았다. "잘못된 게 아니에요, 치어리 차장. 그럼."

주임 교사가 자리를 뜨자마자 모리건과 호손은 서둘러 홈트레인으로 돌아가, 치어리 씨가 무엇 때문에 그토록 경악한 얼굴을 하고 있는지 종이를 들여다보았다.

"헤밍웨이 Q. 온스털드 교수의 〈사악한 윈드러스 행위의 역사History of Heinous Wundrous Acts〉." 모리건은 혼란스럽고, 아주 실망스러웠다. "이게… 이게 다야? 고작 이거 하나? 매일?"

"그렇다는구나. 처음 들어 보는 수업인 걸 보면 너를 위해 특별히 신설된 수업이야. 정말… 재미있겠다!" 감정을 억누르느라 뻑뻑해진 목소리로 치어리 씨가 말했다.

하지만 모리건은 바보가 아니었다.

치어리 씨가 모리건을 보며 걱정스레 웃었다. "얼른 가는 게 좋겠다. 지각하겠어."

───◆───

헤밍웨이 Q. 온스털드는 거북보다는 사람에 가까웠지만, 그래도 흡사 거북 같은 모습이었다.

워니멀계에서는 교수를 비주류 워니멀로 여길 터였다. 교수에게 워니멀보다 인간에 가까운 특성이 더 많이 보인다는 뜻이었다(거의 완전한 황소 모습을 한 사가 원로는 명백한 주류 워니멀이었다). 듀칼리온에서 지내면서 모리건은 워니멀을 대할 때의 예절을 탄탄히 익힐 수 있었다. 호텔에는 워니멀 고객도 많았는데, 그럴 때마다 주피터와 케저리 두 사람은 모리건에게 워니멀과 우니멀의 다른 점을 확실히 이해시켜 주었다. 워니멀은 분별력과 자각이 있고 지능을 갖춘 존재로, 언어를 구사하고 창의력을 발휘하며 예술적 표현을 이해하는 등 복잡한 작업을 처리하는 능력이 사람과 똑같았다. 우니멀은 그렇지 않았다.

제대로 된 호칭도 배워야 했는데, 이를테면 워니멀 곰은 곰이라고 부르지 않고(곰이라고 부르는 건 대단한 모욕이었다) 곰원*bearwun*이라고 했다. 곰원을 곰과 혼동하는 건 *엄청난*, 거의 용서할 수 없는 무례를 범하는 행위였다. 모리건은 실수로 무례를 저질렀다가 사과만 수백 번을 하고, 주피터와 케저리가 귀한 곰원 고객을 달래기 위해 준비한 예쁜 나들이용 바구니를 선물하고 나서야 마음을 풀어 줄 수 있었다(모리건이 "곰원 씨, 공짜로 원해요?"라고 농담을 건넸으나 영 신통치 않았다)(* 원문은 'Bearwun, get one free'로, 하나를 사면 하나를 공짜로 더 준다는 뜻의 'Buy one, get one free'와 발음이 비슷한 것을 이용한 말장난 – 옮긴이).

반면 피네스트라는 엄밀히 말해서 워니멀도 아니고 우니멀도 아니었다. 모리건이 왜 그런 거냐고 물었는데, 피네스트라는 날카롭게 대답했다. "넌 사람한테 워니멀이냐고 묻니? 켄타우로스한테 우니멀이라고 물어? 아니지. 나는 성묘야. 됐지?" 피네스트라는 모리건이 얼떨떨하게 건넨 사과를 받아 주었지만, 그건 모리건의 베개를 깃털 대신 온 호텔 욕실의 배수구에서 빼낸 털 뭉치로 채워 넣은 *다음의* 일이었다.

온스털드의 등에 달린 거대하고 둥근 등딱지와 딱딱한 가죽에 덮인 듯 푸르뎅뎅하게 잿빛이 도는 피부를 비롯해 바짓단 밑으로 비늘과 보드라운 발바닥 때문에 멋진 브로그화 (* brogues, 가죽에 무늬가 새겨진 튼튼한 구두 – 옮긴이)가 생각나는 둥근 거북 발이 있다는 사실을 못 본 체하기가 힘들었다.

그것만 아니면 나머지는 그래도 꽤 평범했다. 머리는 대부분 살로 덮여 있고 흰 털 몇 올이 여기저기 삐죽이 올라와 있었다. 분홍색 테두리가 있는 작은 담녹색 눈을 가늘게 찡그린 모습이 당장이라도 안경을 써야 할 것 같았다. 격식을 갖춰 입은 검은 학사복 밑으로 구식 정장과 격자무늬 나비넥타이가 보였고, 어울리지 않는 조끼의 배 부분에는 얼룩도 묻어 있었다.

지하 4층 인문학부 자리에 위치한 교실은 반은 사람이고 반은 거북인 교수가 수업하며 하루하루를 보낼 것 같은 딱 그런 장소였다(모리건이 이 상황을 미리 그려 볼 시간이 있었다면 분명 이런 교실을 떠올렸을 것이다). 나무 책상과 곧은 등받이의 의자가 줄지어 있었고, 벽을 대신한 책장엔 어려워 보이는 천 장정의 책이 미어터질 듯이 빼곡하게 채워져 있었다. 하지만 마룻바닥이어야 할 곳에는 마루 대신 시원한 잔디밭이 깔려 있었고, 교실 한쪽 구석은 전체가 연못이었다.

모리건이 교실에 들어갔을 때 온스털드 교수는 칠판 옆에 있는 등받이가 없는 의자에 걸터앉아 있었다. 그는 코 너머로 모리건을 유심히 바라보더니 맨 앞줄에 놓인 책상을 가리켰다. 그리고서 숨을 길게, 가슴이 들썩이도록 깊고 천천히 들이쉬었다. 모리건은 자리에 앉아 기다렸다.

"네가" 마침내 무겁게 입을 연 교수는 숨을 쉬느라 잠시 말을 끊었다가 다시 이어 나갔다. "네가 원로님들이 말한 그… 원더스미스라는 아이구나."

치아가 하나도 없어 잇몸이 드러나도록 주름진 입술이 꺼진 땅속 같은 입안으로 내려앉을 것처럼 보였다. 침이 아주 조금씩 입꼬리에 모여들었다. 모리건은 코를 찡그리며, 침이 날아와 얼굴에 튀는 상상을 하지 않으려고 노력했다.

모리건은 예방을 위해 몸을 뒤로 젖히며 대답했다. "네, 그게 저예요."

그런 질문을 들은 건 뜻밖이었다. 두 주임 교사와 치어리 씨 말고는 자신이 지닌… 작은 문제를 아는 사람이 없을 거로 생각했다.

온스털드 교수가 모리건을 보며 양미간을 찡그렸다. "네… 교수님이라고 해라."

"네, 교수님."

"흠." 그가 고개를 끄덕였다. 시선은 모리건에게 닿지 못한 채 허공을 응시하고 있었다.

그 뒤로 얼마간 교수는 아무 말도 하지 않았다. 모리건은 그가 여기가 어딘지 잊어버렸는지도 모르겠다는 생각이 들었다. 모리건이 목청 가다듬는 소리를 내려는 순간, 온스털드 교수가 숨을 크게 씨근덕거리더니 모리건을 돌아보았다. "그럼 너는… 그게 어떤 뜻인지… 이해하느냐?"

"잘은 몰라요." 모리건은 솔직히 대답하고 나서 급히 덧붙였다. "교수님."

"너도… 마지막으로 생존해 있는… 원더스미스에 대해… 들었겠지?"

"에즈라 스콜이요?"

온스털드 교수가 고개를 끄덕였다. 가볍게 까닥까닥하는 고갯짓을 계속하는 모습이, 마치 자기 머리를 마음대로 하지 못해 저절로 멈추기를 기다리는 것 같았다. "그자에 대해… 네가 아는 건… 무엇이지?"

모리건은 조용히 한숨을 쉬었다. "유사 이래 가장 사악한 자고, 모두가 그 사람을 증오한다는 건 알아요."

"정확해." 온스털드 교수가 무거운 목소리로 말했다. 그의 눈이 살짝 아래로 처졌다. 모리건은 교수가 잠들었을지도 모른다고 생각했다. 아니면 *모리건*이 잠든 걸지도 몰랐다. "바로 말했다. 그러면 그자가… 어째서… 가장 사악한—"

"왜냐하면 괴물이 된 사람이니까요." 모리건은 말을 끊고 대답했다. 예의 없이 굴 마음은 없었지만, 교수가 말을 끝낼 때까지 참고 기다리기가 힘들었다. "자기를 추종하는 괴물들을 만들었고요." 모리건은 1년 전에 케저리가 해 주었던 이야기를 그대로 옮겼다. 감정에 흔들리지 않고 냉정한 목소리로 말하려고 애썼으나, 뜻대로 되지 않았다.

사실 주피터가 뭐라 하건, 원더스미스가 사악한 존재를 뜻하는 게 아니라고 그가 아무리 주장해도, 모리건은 자기 안 깊은 곳 어딘가에 에즈라 스콜을 꼭 닮은 모습이 있다는 생각을 떨치기 힘들었다. 스콜도 직접 그렇게 말하지 않았던가? 모리건의 눈을 들여다보고, 미소를 짓고, 기뻐하지 않았던가? *나는 네가 보여, 모리건 크로우. 네 심장은 살얼음에 덮여 있어.*

"그리고 **용기광장 대학살** 때문이기도 하고요. 그자는 네버무어를 차지하려는 자신을 막기 위해 노력한 사람들을 죽였어요." 모리건은 나중에 생각난 말을 덧붙였다.

온스털드 교수가 연신 고개를 끄덕이며, 다시 한번 가슴이 들썩이도록 숨을 몰아쉬었다. "정확히… 말했다. 하지만… 그게 전부가… 아니야."

온스털드 교수는 앉아 있던 의자에서 숨이 멎을 것처럼 천천히 일어났다. 그의 뼈가 우두둑, 뚝뚝 신음하는 소리에 모리건은 흠칫 놀랐다. 온스털드 교수는 발을 끌며 조금씩, 조금씩 먼지 쌓인 교실을 가로질러 갔다. 얼추 10년은 흘렀을 것만 같

은 시간이 지난 다음에야 맞은편 벽 앞 책장에 도착했다. 교수
는 책장 선반에서 어마어마하게 두꺼운 책을 한 권 꺼냈다. 책
이 얼마나 두꺼운지 늙은 거북원을 깔아뭉개며 그대로 바닥에
떨어질 것 같았다. 모리건은 도와야겠다는 생각에 의자에서 벌
떡 일어나 교수와 함께 책을 맞들어 옮겼다. 우아 탄성을 지르
며 책상에 탁 떨어뜨려 놓자, 책 안에서 먼지가 구름처럼 피어
올랐다.

온스털드 교수는 두툼한 외투에 묻어난 먼지들을 학사복 소
매로 쓸어 냈다. 모리건은 실눈을 뜨고 옛 글씨체로 쓰인 글자
를 들여다보았다.

"축약사? 그게 무슨 뜻이에요?" 모리건이 소리를 내서 읽어 보고는 물었다.

"그건… 다듬었다는 거다. 간추리고. 짧게 줄인 거란다. 역사를… 전부 다… 쓰려면… 수십 권은 더 늘어날 게… 분명하니."

모리건은 이 말에 눈을 치뜨고, 온스털드 교수가 고맙게도 축약사 한 권만 쓰고 끝냈다는 사실을 행운이라 여겼다.

"위에서 나한테 그러더구나… 네 선임자들의 역사를 보면서… 너를 철저히… 교육하라고." 온스털드 교수는 말을 멈추더니 사방에 휘날리는 먼지 때문인 듯 기침을 시작했는데, 점점 발작처럼 심하게 기침을 해 대는 바람에 순간적으로 모리건은 주임 교사에게 달려가 교수님이 첫 수업을 시작한 지 10분 만에 죽었다고 알려야 하는 건 아닌지 겁이 났다. 마침내 노교수가 기침을 가라앉히고 다음 말을 이었다. "원더스미스가… 우리 모두에게 선사하는… 위험과… 재앙이 어떤 건지… 네가 피하지 않고 굳건하게… 완전히 이해할 수 있도록 말이다."

모리건은 가슴이 철렁했다. *이게 내가 배울 내용이라고? 에즈라 스콜이 자행했던 수없이 끔찍한 악행이?*

재미없어.

에즈라 스콜이 괴물이라는 건 이미 아는 사실이었다. 왜 책까지 보면서 그의 악업을 알아야 할까?

온스털드 교수는 손끝으로 거대한 책의 표지를 툭툭 두드렸다. "1장부터… 3장까지… 오늘 수업을… 마치기 전에… 읽도록 해라." 교수는 회중시계를 들여다보고는 다시 말했다. "세 시간… 남았다."

온스털드 교수가 비슬거리며 느릿느릿 교실을 나가는 동안, 모리건은 『등급별 원드러스 행위 축약사*An Abridged History of the Wundrous Act Spectrum*』라고 적힌 표지를 우울한 눈으로 빤히 바라보다가, 한숨을 한 번 쉬고 책을 펼쳤다.

1장

연대순 기록, 일 세대 원더스미스 브릴런스 아마데오,

그 선임자인 원더스미스 덩 리,

그 선임자인 원더스미스 크리스토벨 팰런-더넘,

그 선임자인…….

"이 사람들은 누구예요?" 모리건이 문을 향해 막 손을 뻗던 온스털드 교수를 큰 소리로 불렀다.

"응?"

다른 원더스미스들이 있다는 말은 주피터에게 들은 적이 있었다. 하지만 모리건은 그들을 실존 인물로 생각해 본 적이 한 번도 없었다. 알려진 원더스미스 한 명만으로도 걱정거리는 충분했다. "이건 그냥… 그러니까, 브릴런스 아마데오는 지금 어디 있어요? 아직도—"

"죽었다."

가슴속에 돌덩이가 내려앉는 기분이었다.

"너와 같은 그 존재들은… 전부… 죽었다. 그리고… 죽지 않았다면…" 말을 이어 가던 온스털드 교수가 촉촉한 눈을 깜박이며 걸걸하게 들리는 숨을 길게 내쉬었다. "죽어야겠지."

———◆———

자신이 원더스미스라는 게 이보다 더 싫을 수는 없을 것 같았는데, 그건 잘못된 생각이었다. 온스털드 교수의 책은 그 부류가 지난 수백 년 동안 저지른 온갖 악행을 모두 기록한 긴 목록 같았다. 에즈라 스콜만 사악한 게 아니었다. 원더스미스가 지닌 힘이 위협적인 속성을 갖는 데서 끝나는 것도 아니었다. 온스털드 교수에 따르면 그렇지 않았다.

책에는 거부감 가득한 그림체로 이기적이고 파괴를 일삼으며 권력에 미친 인간들의 모습이 잇따라 그려져 있었다. 향락적인 생활을 누리는 이들의 배경에는 왕족과 정부가 있었다. 가난한 사람들에게 걷은 세금도 그들에게 흘러들었다. 원더스미스들은 수 세기 동안 평범한 네버무어 시민에게 기생하면서 크고 작은 고통과 온갖 불의를 되돌려 주었다고 온스털드 교수는 주장했다.

원더스미스는 탐욕이 많고 괴벽이 심했으며 특권적 위치를 남용해 헛된 원드러스 사업을 기획하는 등 많은 사람에게 불편을 초래하고 극소수만 득을 보게 했다. 데시마 코코로 같은 사람은 공적 자금과 자원을 들여 전체가 물로 만들어진 원드러스 고층 건물을 지었는데, 비싼 돈을 들여 만든 이 장식용 건물은 몇 명이 물에 빠져 죽은 뒤에 폐쇄됐다. 오드부이 제미티는 가난에 시달리는 어떤 자치구에서 한 블록 안에 있는 집들을 모조리 철거하고 그 자리에 놀이공원을 세웠는데, 놀이공원이 완공되자 자기 이름을 붙이고 누구도 안으로 들여보내 주지 않았다.

최악의 경우 원더스미스는 위험하기 그지없는 폭군이 되어, 자신이 지닌 힘으로 사람들을 폭압하고 부와 특권을 거머쥔 위치를 독점했다. 에즈라 스콜 같은 절대 권력자는 말할 것도 없고, 그보다 100년쯤 전에 살았던 그레이셔스 골드베리는 워니멀을 주류, 비주류 할 것 없이 감금해야 한다고 주장하다가 결국 한 전갈 워니멀에게 암살당했다. 600년 전의 프레이 헨릭슨처럼 **네버무어 대화재**를 일으켜 도시의 절반을 파괴하고 수천 명의 시민을 죽음으로 몰아넣은 사람도 있었다.

주피터가 잘못 알고 있었다는 걸, 모리건은 이제야 깨달았다. 가슴속에 불편하고 묵직한 어떤 감정이 자리를 잡고 들어앉았다. 아저씨는 어떻게 이걸 죄다 *그렇게* 잘못 알고 있는 거지?

원더스미스는 실로 끔찍했다. 그렇지 않은 자가 단 한 명도 없었다.

우울한 세 시간이 지나고, 온스틸드 교수가 돌아와 비슬비슬 달팽이 같은 속도로 교탁 앞까지 걸어왔다. 모리건은 이미 정해진 분량을 다 읽고 남은 20분 동안 교실 정면만 물끄러미 바라보고 있었다. 읽은 내용을 곱씹으면서.

"네가… 읽은 내용을… 말해 보거라."

세 장 중에서 기억에 남는 내용을 요약하는 모리건의 목소리는 맥없이 풀이 죽어 있었다. 원더스미스가 잔인하고 경솔한 짓을 벌인 수백 년의 역사였다. 수많은 잘못이 범해졌고, 아직도 바로잡힌 것이 없었다. 이야기를 마친 모리건은 한숨을 푹 내쉬며 자기 손을 내려다보았다.

온스틸드 교수는 한참 동안 아무 말도 하지 않았다. 그러다가 마침내 입을 열었는데, 목소리가 어찌나 지쳐 있고 또 어찌나 까마득하고 음산하던지 마치 죽었다가 다시 살아난 것 같았다.

"그러면 내가 왜… 너에게… 이 책을 가르치기로… 했는지 알겠느냐?"

모리건은 고개를 들어 교수를 쳐다보았다. 잠시 생각을 해 보았다. "제가 원더스미스인 게 위험하다는 걸 알려 주시려고요?" 온스틸드 교수는 대답하지 않았다. 불현듯 어떤 생각이

스쳤다. "그런 일을 방지하려고! 다른 원더스미스가 저질렀던 실수를 똑같이 저지르지 말라고……"

하지만 모리건은 구슬처럼 반짝거리는 온스털드 교수의 눈 속에 재빠르게 스치는 냉담한 표정을 알아채고는 말끝을 흐렸다. 교수는 발을 끌며 의자에서 벗어나 천천히 모리건이 있는 쪽으로 걷기 시작했다. "내가… 너는… 더 나을 거라… 기대하는 것 같으냐?"

모리건은 혼란스러웠다. 이 부류 중에서 나쁜 사람이 아니라 더 나은 사람이 되는 거? 당연하다. "그게―"

"너한테서 더 나은 걸… 너한테 *더 많은 걸*… 기대한다고?" 온스털드 교수가 모리건이 앉은 책상 위로 몸을 수그리며 『등급별 원드러스 행위 축약사』의 표지를 두드렸다. "이 괴물들보다 더?" 목소리가 쉰 듯이 거칠었다.

"그게… 그게, *네*. 그러니까 제 말은… 아니에요? 교수님이 저한테 바라시는 게 당연히 제가 그런―"

"너는 이미… 그들과 같아." 온스털드 교수의 목소리가 높아졌다. 숨을 쉬는 게 점점 더 힘들어지는 것처럼 몸이 가쁘게 들썩였다. 작은 침방울이 메마른 입에서 튀어나왔다. "너는… 이미… 괴물이다. 내가 할 일은… 너를… 너 자신으로부터… 구해 주는 게 아니야. 내 임무는… 네게 보여 주는 거야. 너는… 구제가 안 된다는 걸. 너와 같은… 그들 전부 다… 어쩔 수가……."

모리건은 뒷말을 듣지 않았다. 모리건은 자리에서 벌떡 일어나 교실을 도망쳐 나왔다. 격한 분노와도 닮은 비참한 슬픔이 마음속에 솟구쳐 올랐다. 어지러이 얽힌 복도를 어딘지도 모르고 달렸다. 어쩌다 보니 결국 프라우드풋 하우스를 빠져나와 산속 오솔길로 내려가 프라우드풋역에 다다랐다.

기다란 나무 의자에 털썩 주저앉은 모리건은 눈물로 흐려진 시야로 시계를 올려다보았다. 홈트레인이 오려면 몇 시간이나 더 기다려야 했다.

좋아. 홈트레인이 없다 이거지.

그건 문제가 될 게 없었다. 모리건에게는 두 다리가 있었고 심장도 뛰고 있었다.

잠시 후, 모리건은 나무가 줄지어 선 진입로를 번개같이 내려가 문밖으로 나간 뒤 우산을 손에 꼭 쥔 채 곧장 브롤리 레일 승강장으로 향했다. 주피터가 건넨 쪽지가 불쑥 생각나며 작은 가시처럼 양심을 찔러 댔다. ***어떤 경우에도** 혼자서 원협을 나가 밖을 돌아다니면 안 된다. 허투루 하는 말이 아니야. 믿는다.*

아저씨가 바라는 걸 말할 땐 다 허투루 하는 말이 아니겠지, 모리건은 쓸쓸하게 생각하며 다가오는 레일에 달려들어 우산 손잡이를 고리에 걸었다. 더는 신경 쓰고 싶지 않았다. 오로지 집에 가고 싶을 뿐이었다.

물론 듀칼리온까지 반쯤 왔을 때, 흥분이 가라앉고 무모함이 가시면서 잠깐 어디론가 떠났던 판단력이 돌아오자, 모리건은 이게 얼마나 몹쓸 생각인지 깨달았다. 정해진 귀가 시간보다 몇 시간이나 빨리 집에 들어가면, 피네스트라와 케저리와 마사에게 질문 세례를 받을 게 뻔했다. 그 이야기는 주피터에게도 전해질 것이고, 그럼 주피터는 두 번 다시 모리건을 믿지 못할 터였다.

살짝 공황 상태가 된 모리건은 선창이라고 쓰인 바로 다음 역에서 뛰어내린 뒤 심호흡했다. 이제 와서 원협으로 돌아가지는 않을 생각이었다. 그건 견디기 힘들었다. 할 일은 딱 하나였다. 시간을 보내다가 의심을 사지 않을 만할 때 듀칼리온 로비로 슬렁슬렁 들어가는 것이다.

주로강 아래쪽은 추웠다. 모리건이 내려간 곳에서는 생선 냄새가 강하게 코를 찔렀다. 하지만 기분은 나쁘지 않았다. 오가는 배 사이로 혼자 거니는 것도, 고기잡이 선원들이 그물을 끌며 요란하게 틀어 놓은 라디오에서 음악이 쾅쾅 울려 대는 친근한 소리를 듣는 것도 그랬다. 모리건보다 훨씬 어려 보이는 아이들 몇이 떠들썩하게 모여 앉아 강물을 가득 채운 금속 통에 게를 잔뜩 넣고 삶으면서, 교대로 불을 지피고 있었다.

질퍽질퍽한 강가에 가까워질수록 점점 더 추워졌다. 하지만 깍깍 우는 갈매기와 찰랑거리는 물결에 마음이 진정되면서 눈물이 날 만큼 격분했던 감정도 아주 조금쯤 감당하기 쉽게, 언짢게 끓어오르는 분노 정도로 가라앉았다.

모든 게 개떡 같았다.

모리건은 강가를 따라 걷다 자갈돌 하나를 발로 찼다. "온스털드 교수도 개떡 같아. 원더스미스의 역사도 개떡 같고, 원더스미스들도 개떡 같아. 디어본도 개떡 같아. 원드러스협회도 개떡 같아."

치어리 씨는 괜찮아, 머리 한구석에서 분별 있는 생각이 올라왔다. *홈트레인도.*

"흥, 입 좀 닥쳐." 모리건은 머릿속 생각을 향해 말했다.

부루퉁한 마음에 빠져 있던 모리건은 애초에 걸음을 돌리려 했던 곳을 훌쩍 지나쳐서 걷고 있다는 사실을 알아채지 못했다. 공기가 점점 더 서늘해져서 뒤를 돌아보니, 놀랍게도 강물이 강둑 위로 높이 솟구쳐 있었다. 모리건은 돌아가려고 걸음을 돌렸지만, 돌연 뭔지 모를 소리가 발목을 잡아 세웠다.

크르르르륵. 덜컥, 덜컥.

모리건은 보고 싶지 않았다. 네버무어에는 정말로 보고 싶지 않은 것이 몇 가지 있었는데, 모리건은 그런 걸 누구보다 잘 알았다. 하지만 어쩔 수가 없었다.

크르르르르르륵. 덜컥, 덜커덕 덜커덕.

소리가 나는 쪽으로 조금씩 고개를 돌리자 무언가 눈에 뜨였다. 그렇게 이상하고 기괴하게 생긴 건 모리건도 처음 보는 것 같았다. 진흙 펄인 주로강의 강둑에서 올라온 그것은 뼈로 이루어진 형체였는데, 정확히 말하면 골격이라는 단어에서 연상할 수 있는 구조나 해부학적 체계는 아니었다.

체계랄 게 없는 이… 이 사람인지, 생명체인지는 기껏해야 인간을 희화화한 만화의 그림만도 못했다. 더욱 더 기이한 점은, 아마도 수많은 연대가 지나는 동안 진창에 파묻혀 있었을 뼈와 파편이, 모리건이 보는 앞에서 자라나고, 아니 *서로를 끌어당기고* 있다는 사실이었다.

무엇보다 무서운 건 그것이 모리건을 바라보는 시선이었다.

두개골에 눈이 없는데도 모리건은 확실히 알 수 있었다. 그것은 *모리건을 바라보고 있었다.*

모리건에게서 뭔가를 원하는 것처럼. 아마도 뼈겠지만.

그게 뭔지 알아볼 시간 같은 건 없었다. 심장이 쿵쾅거리며 뛰었고, 모리건도 질벅거리는 강가를 다시 거슬러 뛰고 또 뛰었다. 강물은 이제 발목까지 차올라 철썩거렸다. 모리건은 콘크리트 계단을 오르고 선창을 건너 숨을 헐떡거리며 브롤리 레일 승강장까지 일직선으로 달렸다.

"학생, 조심해야 해." 거칠어 보이는 모습의 어부가 자기 배의 갑판에서 큰 소리로 외쳤다. 그는 모리건이 달려온 길을 불안한 눈길로 힐끗 돌아보았다. "여긴 주변에 위험한 게 돌아다녀. 어서 집으로 가거라."

모리건은 말다툼을 하고 싶은 마음도 없었다. 여기 오지 말았어야 했다. 주피터는 어떤 경우에도 혼자서는 원협을 나오지 말라고 말했다. 그는 모리건을 믿었는데 모리건은 규칙을 어겼고, 어리석음의 대가를 일생일대의 공포로 돌려받았다. 이 일에 대해서는 자신의 후원자에게도 결코 말하지 못할 터였다.

운이 좋으면 늦지 않게 프라우드풋역으로 돌아가 홈트레인을 탈 수 있을 것이다. 그러면 원협을 나왔던 일은 아무도 모르게 지나갈 수 있었다. 모리건은 지나가는 브롤리 레일 고리에 우산을 걸고 휙 날아올라, 주체할 수 없이 몸이 떨리는 길고 음울한 시간을 견디며 원협으로 돌아갔다.

7장

새끼손가락 걸고 약속

금요일 저녁, 업무용 출입구에서 반질거리는 검은 이중문을 열고 듀칼리온 로비로 들어온 모리건은 춥고 지친 데다 온몸이 젖었으며, 비참하고 *배가 고파 죽을 지경이었다.*

인생 최악의 한 주를 마감하는 최악의 마무리였다.

온스털드 교수의 수업은 일주일 동안 하루도 빠짐없이 나날이 더 끔찍해졌다. 다른 동기들이 시간표를 비교해 가며 겹치는 수업이 있는지, 자신의 시간표에 없는 어떤 수업을 듣는지 서로 살펴볼 때 모리건은 그저 지켜보기만 했다. *재미난* 다음 수업은 프라우드풋 하우스의 지하 아홉 개 층 가운데 정확히 어디로 가야 들을 수 있는지 수수께끼 풀듯 찾아내고 있을 때도 그저 바라봐야 했던 일주일이었다.

일주일 동안, 타데가 브러틸러스 브라운이라는 곰원 레슬링 코치가 포켓 대항 레슬링 선수권대회에서 스물일곱 번 내리 우승한 전적이 있다며 찬사를 늘어놓는 소리를 듣고만 있어야 했다. 아칸은 역사상 가장 위대한 미술품 도둑 헨릭 폰 하이더가 맡은 강도 전문반 수업 등을 비롯해 절도 이론을 배우면서 들은 웃긴 이야기를 풀어놓았다. 좀비 말씨, 감시 기법, 하천 급류 타기, 열기구 타기, 독사 관리, 그 밖에 수강하고 싶은 마음 *간절했던* 수십 가지 다른 기술을 알려 주는 수업을 듣고 와서 봇물 터지듯 나오는 동기들의 흥분을 오롯이 견뎌야 했다.

하지만 그중에서도 가장 괴로웠던 건 둘도 없는 친구에게 드는 질투심이었다.

호손은 모리건이 실망스러운 수업 하나만 듣게 되었다는 사실을 알고 모리건만큼이나 큰 충격을 받았다. 그런 친구에게 그의 잘못이 아닌 일로 조금이라도 반감을 갖는 건 야박하고 옳지 않은 감정이라고 생각했다.

지난 수요일 오후에 호손은 용타기 수업을 보면 기분이 나아질 거라며 모리건을 지하 5층으로 불렀다. 하지만 결과는 정

반대였다. 용의 등에 올라타서 지하 경기장을 쌩쌩 날아다니는 친구의 얼굴에는 순수한 기쁨이 넘쳐흘렀다. 용을 타기 위해 이 세상에 태어나 바로 그것을 하고 있음을 말해 주는 표정이, 자신이 있어야 할 곳을 정확히 딛고 선 사람의 표정이 고스란히 드러났다…….

모리건은 호손을 위해 기뻐해야 한다는 것도 알았고, 정말로 기쁜 마음도 들었다. 하지만 질투심은 야수와 같았다. 굶주린 늑대처럼, 모리건의 통제를 벗어났다. 그 늑대는 모리건의 마음속 깊은 곳에서, 일주일 내내 울부짖었다.

그 일주일의 대미를 장식한 건, 온스털드 교수가 수업 중 "원더스미스 오드부이 제미티의 실패작, 제미티 놀이공원Jemmity Park이 미친 직접적인 영향과 그 여파"라는 제목으로 삼천 단어짜리 소논문을 쓰게 하고, 과제를 끝낼 때까지 교실에서 내보내 주지 않았던 그날이었다. 당연히 과제를 마치는 데 몇 시간이 걸렸기 때문에, 모리건은 점심도 못 먹고 홈트레인 시간도 놓쳤다.

모리건은 승강장에서 치어리 씨가 돌아올 때까지 한참을 기다리다가, 역이 썰렁해지고 푸념하는 숲이 걱정을 부추길 만큼 컴컴해지면서 점점 공포에 빠졌다. 주피터의 믿음을 일주일에 두 번이나 깨는 일이라는 걸 알면서도 승강장이 더 으스스해질 때까지 혼자 우두커니 서 있을 수가 없었다. 비까지 내리기 시작하자 모리건은 결국 치어리 씨를 만날 마음을 접고 혼자서 브롤리 레일과 원더철을 타고 집으로 돌아갔다.

모리건은 듀칼리온에서 이 일을 주피터에게 말하는 사람이 아무도 없기만 빌었다. 어쩌면 주피터가 돌아올 때쯤 다들 이일을 새까맣게 잊어버릴지도 몰랐다. 어쨌든 주피터가 늘 부재중인 게 다행인 셈이었다.

월요일에 탐험가연맹에서 날아든 쪽지를 보면 주피터가 나가 있는 일정은 "무기한"이었다(그저 '무기한!'이라니, 무슨 설명이 더 필요할까). 그 때문에 지난 한 주는 매일 밤 집에 오면서 돌아온 주피터와 그 동안의 이야기를 나눌 수 있기를 바라는 가망 없는 희망을 품었다가… 안내 데스크 앞에서 미안해하는 얼굴로 고개를 가로젓는 케저리를 보고 실망만 하게 됐던 일주일이었다.

비를 쫄딱 맞으며 집으로 돌아오는 내내, 모리건은 듀칼리온에서 먹었던 것 중 제일 좋아하는 음식들을 생각했다. 김이 모락모락 오르는 닭고기 완자 수프, 부드럽고 쫄깃한 치즈 구이와 오븐에서 꺼내 온기가 남아 있는 딱딱한 껍질의 빵, 꿀과 함께 구운 배를 곁들인 향긋한 쌀 푸딩, 30센티미터 높이로 쌓아 시럽을 듬뿍 얹은 블루베리 버터밀크 팬케이크… 그리고 스콘! 완벽하게 구운 듀칼리온의 스콘 한 조각을 먹을 수 있다면, 무엇을 내주어도 아깝지 않을 것 같았다.

모리건은 꼬르륵거리는 배를 안고 험악한 얼굴을 한 채 검은 문을 밀면서 호텔 로비로 들어섰다. 공간에 생기를 더해 주는 흑백 체커판 무늬의 대리석 바닥과 나무 화분, 분홍색 벨벳 천으로 시트를 간 화려한 가구가 눈에 뜨였고… 모리건이 제일 좋아하는 그것, 보는 각도에 따라 다채롭게 색이 변하는 거대한 새 모양의 검은 샹들리에도 그 자리에 있었다. 여느 때처럼 한껏 펼친 날개를 위아래로 천천히 움직이며 슬로모션처럼 비행하는 모습으로 자리를 지켰다.

"모리건, 왔구나!" 마사의 목소리가 로비를 가로질렀다. 마사는 따뜻한 품으로 모리건을 감싸 안았고, 케저리는 안내 데스크에서 뛰쳐나와 전쟁 영웅이라도 귀환한 듯 박수를 쳤다. 모리건은 자신을 사악하다고 생각하지 않는(적어도 아직은) 사람들이 있는 곳이 아직 이 세상에 한 군데 있다는 사실에 안도의 한숨을 내쉬었다.

"왔구나, 아가! 네 차장이 조금 전에 여길 나갔단다. 너를 데리러 프라우드풋 하우스로 돌아갔지만 아무리 찾아도 네가 없었다고 하더구나. 가엾게도 몰골이 말이 아니었어."

마사가 깜짝 놀라며 말했다. "어머, 케저리, 빨리요. 사람을 보내서 그분을 찾아야 해요. 모리건은 잘 있다고 알려 줘야죠."

"옳거니, 마사." 케저리는 직접 로비를 가로질러 달려가 곧장 정문 현관을 열고 빗속으로 사라졌다.

"저기 왔다!" 호텔의 운전기사인 찰리가 나선계단을 몇 칸씩 홀쩍 뛰어내리고 난간을 뛰어넘으면서 반갑게 모리건 쪽으로 달려왔다. "넌 영리한 아이라 알아서 잘 찾아올 거라고 내가 그랬는데, 사람들이 들으려 하질 않더라고. 주말이니 너도 기분이 들떴겠지. 안 그래? 프랭크가 오늘 밤에 계단에서 매트 미끄럼 타기 경주를 열 거야. 참가 신청을 해야 할 시간에 딱 맞춰 왔어. 내가 대신 신청해 줄까?"

"꼭이요." 모리건이 씩 웃으며 대답했다. 매트 미끄럼 타기 경주라니, 온종일 들었던 말 중 최고였다. 원협에서 맞았던 끔찍했던 첫 주가 기억 저편으로 희미해지기 시작했다. 이곳이 바로 모리건의 집이었다.

"손이 꽁꽁 얼었잖아!" 마사가 큰 소리로 법석을 떨며 모리건이 입고 있던 검은 외투를 벗겼다. "이런, 옷 속까지 쫄딱 젖었어. 가여워라! 욕조에 뜨거운 물 받아 줄게. 피부가 따끔거리는 초록색 모스플라워 비누 거품 어때? 아니면… 참! 고전음악이 나오는 샴페인 비누 거품이 있지!"

"잠깐 기다리게, 마사." 치어리 차장을 쫓아 뛰어나갔던 케저리가 돌아오면서 말했다. 케저리는 말쑥한 분홍색 재킷에 맺힌 빗방울을 털어 내며 말을 이었다. "그 애는 지금―"

"알코올이 없는 샴페인이에요." 마사가 케저리를 안심시켰다.

"그게 아니야. 그 애를 찾는 사람이 있어." 케저리는 작게 접힌 종이쪽지를 모리건에게 건넸다. 쪽지에는 이렇게 적혀 있었다.

서재에 있으니 바로 올라오렴.

- JN

"아저씨가 왔어요?" 모리건이 물었다. 안도감과 행복감이 파도처럼 밀려들었다가, 곧바로 인생에서 최고로 힘들었던 일주일 동안 주피터가 없어 아쉽고 힘들었던 기억이 밀고 들어와 그 자리를 빼앗았다. 주피터에게 그 문제를 *분명히* 따질 생각이었다.

케저리가 말했다. "바로 10분 전에 오셨단다. 너만큼이나 몰골이 처참했지. 두 사람 다 녹록하지 않은 한 주를 보낸 듯하구나."

모리건은 불쑥 걱정되어 입술을 잘근잘근 씹었다. "아저씨가, 음… 아저씨도 치어리 씨랑 얘기하셨어요? 아니면……."

"아니다. 그리고 다행히도 네가 원래 오던 시간 즈음 집에 잘 도착했구나. 난 네가 실종됐다고 알려야 하나 잠깐 걱정했단다! 그럼 주피터는 나를 옥상에서 내던졌을지도 모르지."

모리건은 안심하며 후유 낮은 숨을 길게 뱉었다. 느긋해진 것도 잠시, 모리건은 주방으로 향하는 통로를 빤히 내려다봤다. "네, 알겠어요. 그럼 얼른 뭐라도—"

케저리가 쪽지를 한 장 더 건넸다.

먹을 거 여기 있다.

- JN

"오셨네요!" 모리건은 서재 문을 벌컥 열어젖히며 주피터와 동시에 소리쳤다. 같이 웃음을 터뜨리며 짧게 끌어안은 다음 모리건은 곧장 난로 옆 작은 탁자로 걸어갔다. 맛있는 냄새가 나는 쟁반 위에 차와 우유, 각설탕, 버터, 두툼하게 자른 빵, 구운 양파와 고추냉이를 곁들인 통통한 소시지, 조각조각 부서진 초콜릿이 보였다. 하지만 그중에서 가장 감동적인 음식은—

"스콘이다!" 모리건은 낮게 탄성을 지르며 가죽 안락의자에 털썩 몸을 맡기고, 스콘 냄새를 들이마셨다. 따뜻한 데다, 노릇하게 황금빛 갈색으로 완벽히 구워 낸 스콘이었다. 우유로 만든 걸쭉한 크림과 벌집째 떼어 낸 꿀, 레몬 커드, 종류가 다른 잼 두 개가 작은 그릇에 담겨 스콘을 빙 에워싸고 있었다. 모리건은 이 기적 같은 간식거리를 보며 사랑의 연가라도 작곡할 수 있을 것 같았다. 몸이 먼저 달려들어 순식간에 쟁반을 폐허로 만들지만 않았다면.

벽난로 앞 깔개에 몸을 길게 뻗어서 누운 피네스트라는 서재

176

절반을 차지한 채 조용히 코를 골고 있었다. 주피터의 서재는 피네스트라가 낮잠을 잘 때 가장 즐겨 찾는 곳이었는데, 직원 식당의 기다란 식탁과 부엌의 레인지 상판도 비슷한 정도로 좋아하긴 했다. 모리건은 발을 차서 부츠를 벗어 버리고, 젖은 양말을 신은 채로 시린 발을 난롯불에 녹였다. 아주 잠깐 털이 부숭부숭한 피네스트라의 보드라운 등에 발을 얹고 싶은 유혹이 강하게 일었다. 그러나 마치 그 마음을 읽기라도 한 듯, 피네스트라가 커다란 호박색 눈 한쪽을 뜨고 모리건을 노려봤다.

"꿈도 꾸지 마." 피네스트라는 그렇게 툴툴거리고는, 몸을 길게 늘이며 발톱으로 양탄자를 긁더니 분홍빛 혀끝을 이빨 사이로 비죽 내민 채 다시 잠 속으로 빠져들었다.

주피터가 다른 안락의자에 앉으며 물었다. "그래서, 첫 주를 보낸 소감이 어때?"

"끔찍해요." 모리건이 질문에 대답하면서 스콘 하나를 반으로 자른 면에 블루베리 잼을 원 없이 듬뿍 발랐다. 끈적끈적한 잼이 모리건의 손 옆쪽으로 뚝뚝 흘러내렸다. 너무 배가 고팠던 모리건은 식사 예절 같은 건 신경 쓸 새도 없이 손으로 흘러내린 잼을 핥았다. "진짜 끔찍했어요. 아저씨는 어딜 가셨던 거예요?"

"정말 미안하다, 모그. 나는 사람들을 이끌고 탐험을 하고 있었어." 주피터가 한숨을 쉬며 두 손으로 얼굴을 문질렀다. 정말 미안해하는 것 같았다. 그리고 지쳐 보였다. "*실패*한 탐험이지. 그렇게 오래 걸릴 게 아니었는데… 어쨌든, 미안해."

"무슨 탐험이었어요?"

"일급비밀 탐험."

모리건은 도끼눈을 떴지만, 입에 스콘이 가득해서 못마땅하다는 뜻을 제대로 전하지 못했다.

"끔찍한 일주일 동안 내가 같이 있었다면 좋았을 텐데." 모리건은 주피터가 말을 돌리려 한다는 걸 알았지만, 넘어가 주었다.

"*이렇게* 끔찍할 수도 있다는 얘기를 왜 안 해 주셨어요?" 모리건은 따졌다.

"내가 직무 태만이었구나." 주피터가 고개를 끄덕이며 모리건에게 차를 따라 주었다. "지금 우리가 말하는 게 어떤 종류의 끔찍함이니? 그냥 확실히 알아 두려고."

"해아게고으으" 모리건은 한 번 더 입을 가득 채운 음식을 아주 맛있게 먹고 나서 다시 말했다. "최악의 종류요. 아니, 온갖 종류 다요."

"계속해 봐."

선창 아래로 내려갔다가 만난 무시무시한 존재에 대해 말하려면, 지금이 기회였다. 하지만… 그것 말고도 말하고 싶은 게 산더미처럼 많았다. 게다가 주피터가 돌아와 무척 기뻤기 때문에, 자신이 신뢰를 저버렸던 일을 굳이 알려 분위기를 망치고 싶지 않았다.

모리건은 남아 있던 죄책감을 털어 내고 말을 이어 갔다. "무슨 얘기부터 할까요? 동기들 모두 기가 막힌 수업을 듣고 기가 막힌 것을 배우고 있는데 나는 *아니*라는 종류의 끔찍함이 있고요. 우리 차장이 나한테 짜 준 시간표를 주임 선생님이 하나도 허락을 안 해 주는 종류의 끔찍함도 있어요. 내가 *유일하게* 듣는 수업에서 내 *유일한* 선생님은 이 세상에서 *제일* 재미없는 사람이고, 또 *야비*하고, 그리고 또—"

"잠깐, 방금 뭐라고 했니?" 주피터가 갑자기 정신이 번쩍 든 사람처럼 심각한 얼굴로 물었다. 그는 찻잔을 입으로 가져가다 말고 얼음처럼 동작을 멈췄다.

모리건은 한숨을 내쉬었다. "저도 선생님께 재미없다고 하면 안 되는 거 알아요. 하지만 아저씨 솔직히, 아저씨도 선생님을 만나 보면—"

"아니, 그거 말고. 주임 교사가 어쨌다는 거 말이야. 시간표에 있던 수업을 허락하지 않았다고?" 주피터가 양미간에 주름을 깊게 잡으며 말했다.

"네. 왜냐하면 주임 선생님이 나를 너무 싫어하시거든요. 그리고 치어리 씨가 나를 대량 살상 무기로 만들려 한다고 생각하세요." 모리건은 무슨 소리인지 모르겠다는 듯이 눈알을 굴리고는, 얇게 썬 빵 사이에 소시지를 넣고 알싸한 고추냉이를 마구 발랐다. "내가 딱 하나 듣는 수업이 〈사악한 원드러스 행위의 역사〉인데, 온스털드 교수님이 가르치세요. 교수님이 하는 일이라고는 원더스미스가 얼마나 사악한지에 대해 직접 쓰신 그 한심한 책을 읽으라고 하고 과제를 잔뜩 내는 것밖에 없어요. 그런데 그 과제라는 것도 매번 책을 *더 읽어* 오라는 거고, 난 정말—"

"무슨 책이라고?" 주피터가 물었다.

모리건은 열심히 생각했지만 온전한 책 제목이 잘 기억나지 않았다. 소시지 샌드위치를 한 입 먹자, 고추냉이가 너무 매워서 눈물이 핑 돌았다. 덕분에 얼얼한 입안을 가라앉히는 동안 생각할 시간이 생겼다. "*과오Missteps, 실책Blunders… 어, 실패작 Fiascos…* 중간에 또 뭐가 있는데… *그리고 파괴Devastations*, 등급별 원드러스 행위 축약사. 맞다! *흉물Monstrosities*."

"흠. 그리 기분 좋은 제목은 아니네." 주피터가 인상을 찌푸렸다.

"작년에 그런 말씀을 하셨잖아요…" 모리건은 갑자기 자신이 없어져 기어드는 목소리로 말을 이었다. "원더스미스가 좋은 존재였다고요. 사람들의 소원을 들어주고……."

"응?"

"그냥, 궁금했어요." 모리건은 어떻게 해야 좀 더 조심스럽게 물어볼 수 있을지 알 수가 없어, 굳이 조심스럽게 묻지 않기로 했다. "아저씨 말이 옳다고 확신할 수 있어요?"

주피터가 빙긋 웃었다. "확신하고말고."

"정말 확신한다고요? 제가 벌써 그 책을 12장까지 읽었거든요. 그런데 아직까진 전부 다 형편없었어요."

주피터는 잠깐 모리건을 유심히 바라보았다. "온스털드 교수님 책에 나온 다른 원더스미스들이 어땠는지 말해 보렴."

모리건은 천장을 쳐다보며 기억을 더듬었다.

"음, 마틸드 러챈스하고, 라스타반 타라제드, 그레이셔스 골드베리, 데시마 코코로, 그리고—"

"그 이름은 들어 본 것 같은데. 코코로에 대해 말해 봐."

"음… 코코로는 뭘 짓는 걸 좋아했는데 전부 다 이상한 거였어요. 그 여자는 사실 좀 어리석었던 것 같아요. 솔직히 말하면요." 주피터는 동의할 수 없다는 표정을 지었지만, 말은 하지 않았다. "왜요? 정말이에요! 그 여자가 물로 건물을 세우려고 어떤 짓을 했는지 설명하는 데만 한 장이 통째로 들어갔거든요. 정말 물이라니까요! 그 건물은 당연히 실패작으로 분류됐고—"

"너희 둘이야말로 실패작이야. 내가 자려고 애쓰는 거 안 보여?" 피네스트라가 길게 기지개를 켜고 털이 덥수룩한 큰 발로 귀 뒤를 긁으며 말했다.

"어, 안 보여. 이 방에서 아주 푹 잘 자던데, 그건 봤어. 바닥에 양탄자보다 고양이 털이 더 많이 굴러다닌다고." 주피터가 뿌루퉁한 얼굴로 말했다.

"성묘의 털이 얼마나 값비싼지 알고는 있어?" 피네스트라는 느릿느릿 말하며, 머리를 바닥에 문질러 털 몇 가닥을 더 뽑아냈다. "이거 가져가서 귀족한테 팔아. 그럼 부자가 될 거야."

"가죽에서 뽑히기 전이라야 값이 나가지, 피네스트라. 그냥 털 뽑는 일이 재미있었나 보네. 그뿐이야? 사람들이 좋아하는 건 아기 성묘의 털이라고. 넌 너무 늙었고 털도 푸석푸석해." 피네스트라가 졸음이 가득 찬 눈을 한쪽만 뜨고 주피터에게 이빨을 드러내며 쉬익 소리를 냈다. 주피터는 싱긋 웃다가 이내 고개를 푹 숙였다. "참, 말이 나왔으니 말인데, 뭐 들은 얘기 있어?"

피네스트라가 한숨을 쉬었다. "아직. 알려는 놨어. 갈 만한 곳도 다 찾아보고, 의심스러운 놈도 다 추궁해 보고. 제발 그 녀석이 아주 영리해서 숨어들 만한 곳을 찾아갔길 바랄 뿐이야."

모리건이 자세를 똑바로 고쳐 앉았다. "브램블 박사님이 잃어버린 아기 성묘 이야기죠? 털 때문에 누가 성묘를 훔쳐 갔을 수도 있다고요? 끔찍해."

"그저 달아난 걸 수도 있고. 그런 거라면 솔직히 잘한 거지. 브램블 박사는 좀 따분한 사람 같던데." 피네스트라가 졸린 듯

182

이 몸을 뒤집어 누웠다.

"치어리 차장님이 그랬는데, 아기 성묘가 사라졌을 때 브램블 박사님이 제정신이 아니었대요." 모리건은 그날 강당에서 서로 애정을 표하던 박사와 성묘를 떠올리며 말했다. "박사님은 성묘를 진심으로 아끼는 것 같았어요. 아기 성묘를 담았던 바구니도 예뻤고, 모든 게 다—"

"*바구니가 예뻐?*" 피네스트라가 어떻게 그런 말을 할 수 있느냐는 눈빛으로 모리건을 힐끔 쳐다보았다. "성묘는 *애완 고양이*가 아니야."

모리건은 입을 꾹 다물고, 뾰족하게 피네스트라를 바라보던 시선을 양탄자로 옮겼다가 다시 벽난로로 옮겼다. 애완 고양이가 아니라서 그런지, 피네스트라는 어떻게 해야 자신이 편해지는지 정말 잘 알고 있었다.

주피터가 찻잔을 휘휘 돌리다가 차를 한 모금 마시고 벽난로를 응시했다. "네버무어의 거리는 어린애가 돌아다닐 곳이 못 돼, 핀."

핀이 쏘아붙였다. "내가 그걸 모르는 것 같아? 우리 애들도 잘 알고 있어. 괜찮아. 우리가 녀석을 찾아낼 거야. 그럼 이만."

모리건이 물었다. "우리 애들? 피네스트라네 애들이 누구예요?"

성묘는 모리건을 노려보다가 몸을 빙글 돌려 누우며 사실상 대화를 끝냈다. 모리건은 거대한 피네스트라의 등을 물끄러미 바라보며, 피네스트라가 속한 세계의 깊이가 대체 어디까지인지 자신이 헤아릴 수 있는 날이 올까 생각했다. 피네스트라가 자유주 종합격투기 선수권대회 우승자였다는 것도 작년에 겨우 알게 된 사실인데, 아직도 머리가 핑 돌 정도로 충격적이었다.

모리건은 핀에게 대답을 듣겠다는 마음을 접고 주피터를 돌아보았다. "사라진 사람이 또 있어요. 팍시무스 럭이요. 알고 계세요?"

"음." 주피터는 특유의 수상쩍은 표정을 짓고 있었다. 모리건은 그에게 말 못 할 무언가, 아니면 말하기 싫은 어떤 것이 있다는 걸 단번에 알아챘다.

"아! 그 일 때문에 나갔던 거예요? 그거 맞죠? 팍시무스 럭을 찾으러 갔던 거구나!" 모리건은 안락의자에서 벌떡 일어섰다 앉았다.

주피터는 대답할 말을 찾는 듯 한참 만에 입을 열었다. "아니야. 나는 카시엘을 찾아다녔지. 팍시무스 일은 오늘 원로님들에게 들었어."

"아저씨한테 조사를 도와달라고요?"

"그건 말할 수 없어, 모그. 원로님들의 신뢰를 저버리는 일이거든."

"그렇지만 그 일들이 다 연관된 거 아니에요?" 모리건이 캐물었다.

"확실치 않아. 솔직히 말하면, 내가 볼 땐 아닌 것 같아." 주피터가 헛기침을 했다. "어쨌든, 계속해 봐. 코코로가 물로 지었다는 건물 말이야. 굉장히 멋질 것 같아."

"아, *그거요*." 모리건은 인상을 찡그렸다.

"누가 그걸 실패작으로 분류했대?"

모리건은 한숨을 쉬며 대답했다. "음, 원드러스 행위 등급 위원회Committee for the Classification of Wundrous Acts가요. 그 사람들이 결정한대요. 원더스미스가 나쁜 짓을 벌이면 과오나 실책이고, 끔찍한 짓을 하면 실패작이나 흉물, 최고로 나쁜 짓은 파괴고, 그런 거요. 그런데 캐스케이드 타워Cascade Towers는 실패작이고 흉물에 가깝다고 했어요. 정문으로 걸어 들어가기만 해도 물에 쓸려 내려가거나 쫄딱 젖어 버리고, 건물 안쪽도 당연히 너무 습해서 뭘 넣을 수 없고요. 그래서… 맞아요. 코코로는 정말로 좀 얼간이었어요." 모리건은 어깨를 으쓱이며 말을 맺었다.

"사악하진 않고?"

모리건은 스콘을 두 개째 들고 버터를 바르며 생각해 보았다. "사악하진 않았을지도 모르죠. 하지만 멍청했던 건 분명해요."

"또 누가 있지?" 주피터는 팔꿈치를 세우고 웃음이 나오는 얼굴을 손으로 가렸다.

"오드부이 제미티는 놀이공원을 지었어요."

주피터가 어서 말하라는 듯이 고개를 끄덕였다. "말해 봐."

모리건은 한심하다는 얼굴로 말을 이었다. "그런데 그건 *절 대적*으로 실패작이었어요. 놀이공원이 문을 열던 날, 엄청난 인파와 기자가 몰려와서 안으로 들어가려고 기다렸어요. 문틈 으로 롤러코스터랑 워터 슬라이드도 보여서 다들 신나 있었대 요. 그런데 제미티는 끝까지 나타나지 않았고 공원도 문을 열 지 않았어요. 이후로도 그 공원에 들어간 사람은 아무도 없었 고요."

모리건은 온스털드 교수와 같은 의견이라는 게 진저리 나게 싫었지만, 솔직히 생각만 해도 화가 치밀었다. 절대 들어갈 수 없는 놀이공원이라니! 사실 모리건도 놀이공원에 가 본 적은 없었지만, 그곳이 얼마나 재미있을지는 충분히 *상상*할 수 있었 다. 입이 떡 벌어지게 멋진 놀이 기구와 마음을 사로잡는 볼거 리가 눈앞에 보이는데 결코 타고 놀 수 없다니, 얼마나 실망하 고 화가 났을까. "그러니까 제미티도 좀 멍청하고 이기적인 데 다… 왜요?"

주피터가 입에 힘을 꽉 주고 있었다. 애써 참고 있지만 *정말* 하고 싶은 말이 있다는 표시였다. "나는 단지…" 그가 말을 하 려다 멈추고 숨을 골랐다. "음, 증거를 대라면 보여 줄 수 있는 건 없지만, 나는 온스털드 교수님이 가르치는 원더스미스의 역사가 좀…" 주피터는 뜸을 들이며 적절한 말을 찾았다. "*한쪽으로 치우쳐* 있지 않나 싶다. 주임 교사와 이 얘기를 해 봐야겠구나… 시간표 문제도." 주피터는 화가 난 듯 낮은 목소리로 중얼거렸다.

"하지만 온스털드 교수님은 원더스미스의 역사를 *책으로까지* 쓰신 분이에요. 교수님 이름이 책 표지에 있더라고요! 원더스미스에 대해 교수님보다 잘 아는 사람이 어디 있겠어요? 누구 아는 사람 있으세요?"

주피터는 목덜미를 주물렀다. "글쎄, 아니. 하지만 원더스미스의 역사는 수백 년에서 수천 년 전까지 거슬러 올라간단다. 그 사람들이 전부 다 나쁠 리는 없지 않니? 그 긴 세월 동안 그럴 리가 없지."

모리건은 무너져 내리듯 의자에 기대었다. 실망스러운 마음에 이마가 찡그려졌다. "그러니까, 아저씨도 그냥 추측만 하는 거네요."

주피터는 한숨을 내쉬고는 긴 생강색 머리카락을 손으로 살짝 엉클어뜨렸다. "자, 봐. 의심해 볼 만한 원더스미스도 존재했어, 모그. 그건 나도 인정해. 특히 에즈라 스콜이 그렇지. 원더스미스의 역사는 많은 부분이 소실됐고, 개중에 남아 있는 건 사람들이 잊지 않고 오랜 시간 기억해 온 것들이야. 대개 가장 끔찍했던 부분이지. 또 우리가 확실하게 알지 못 하는 일도 있어. 온스털드 교수님이 여러 원더스미스 시대의 생활이 어땠는지를 기억하는 몇 안 되는 사람 중 하나라는 건 나도 알고 있어. 그분의 교수법에 의문을 제기할 마음은 없어. 그분은 존경받는 협회 회원이지. 하지만 교수님이 그 모든 역사를 꿰뚫고 있을 수는 없어. 원더스미스의 역사가 그렇게 이분법적으로 나뉜다고는 생각 안 해.”

“하지만 아저씨도 확신은 없잖아요.”

“온스털드 교수님도 마찬가지야, 모그! 교수님도 모든 역사를 다 목격한 건 아니라고.” 주피터의 목소리에는 어느새 절박감이 묻어났다. 자리를 뜨는 청중을 붙잡으려는 사람처럼 필사적인 목소리로 말했다. “네버무어라는 도시는 원더스미스들이 여러 연대를 거쳐 *창조한* 거야. 나는 그들이 전부 다 사악하거나 쓸모없었다고 믿지 않아. 네버무어가 여전히 건재하잖아. 이곳은 여전히 이름 없는 영토 가운데 가장 위대한 도시야. 맨바닥에 네버무어를 건설했던 원더스미스부터 그 뒤를 이었던 모든 원더스미스 중에는 선하고 좋은 존재도 *틀림없이* 있었을 거야.”

모리건은 심장이 쿵 내려앉는 기분이었다. *틀림없이 있었을* 거라니. 잠시 모리건은 그 말에 내포된 불확실성을 곰곰이 곱씹으며, 난로 안에서 불이 탁탁 타오르는 소리와 핀이 코를 고느라 그르렁거리는 소리를 가만히 듣고 있었다. 주피터가 차를 마시며 잔 너머로 자신을 살펴보는 게 느껴졌다.

마침내 모리건이 말했다. "그러니까, 작년에 아저씨가 원더스미스도 한때는 선한 존재였다고, 사람들한테 존경받았다고… 그렇게 말씀하셨던 게 전부 다—" 모리건은 고개를 흔들며 바닥을 내려다보았다. "사실 아무것도 몰랐던 거군요."

"모그, 내 말을 잘 들어. 나는 원더스미스가 선한 존재일 수 있다는 걸 알았던 거야." 주피터가 몸을 내밀며 진지한 얼굴로 모리건의 표정을 살피듯 뚫어지게 바라보았다. "내가 그걸 아는 건, 너를 알기 때문이야. 네가 원더스미스잖아. 그리고 좋은 사람이고. 내게 그 이상의 증거는 필요 없어."

모리건은 차를 홀짝이며, 주피터처럼 느낄 수 있으면 좋겠다고 생각했다.

———◆———

다음 날 아침, 주피터는 다시 어디론가 가고 없었다.

"이번에는 누가 부른 거예요, 케저리 아저씨?" 모리건이 케저리에게 물었다. 주피터는 케저리가 전해 준 전갈을 받고 다시 집을 나섰다.

"아, 탐험가연맹에서 웬 건방진 놈이 거들먹거리며 다녀갔단다. 어어, 손 떼거라. 방금 꽝을 냈단다."

"죄송해요." 모리건은 반짝거리는 대리석 안내 데스크에 손가락으로 찡그린 얼굴들을 그리다 말고 한숨을 쉬며 뒤로 냉큼 떨어졌다.

주피터가 실종자 수색을 돕고 있다면 불평하는 게 이기적인 일 같았지만, 화가 나는 건 어쩔 수 없었다. 주피터는 이제 막 집에 돌아온 터였고, 모리건은 그에게 하려고 마음먹었던 얘기들을 할 기회조차 얻지 못했다. 수수께끼 같은 문에 대해서도, 919역에 대해서도, 다정한 치어리 씨에 대해서도 아직 말하지 못했다. 주피터가 일반 학교에 있었는지, 마력 학교에 있었는지도 궁금했고(마력 학교일 것 같았지만), 왜 *모리건*이 일반 학교로 배정받았다고 생각하는지, 원더스미스라는 게 어떤 점에서 그렇게 *일반적*인지도 물어보고 싶었다.

모리건은 분주한 로비에 놓인 2인용 분홍 벨벳 소파 위로 쓰러져, 극적인 자세로 검은 새 샹들리에를 가만히 올려다보았다. 그때 갑자기 수염이 늘어지고 호박색 눈이 빛나는 거대한 털북숭이 얼굴이 불쑥 나타나 샹들리에를 가리며 시야를 가득 채웠다.

"핀!" 모리건이 비명을 지르며 가슴을 부여잡고 똑바로 일어나 앉았다. "그러지 말아요. 무서워서 죽는 줄 알았다고요."

거대한 잿빛 고양이가 성난 눈빛으로 말했다. "그거 좋네. 네가 무서워서 죽어 버리면 변덕쟁이 괴짜 사장의 시시한 비서 노릇은 이제 안 해도 될 테니까. 내가 한가한 것도 아니고."

모리건이 고개를 흔들었다. "지금 무슨 말을 하는—"

"괴짜 사장께서 네게 말을 전해 달래. 자기가 증거를 찾을 거라고. 자기는 증거가 필요 없지만, 너는 아니라는 걸 안대. 그래서 시간이 얼마나 걸리던지 찾을 거래." 핀이 으르렁거렸다.

핀은 다음 말을 전하기가 껄끄러운 것처럼 뜸을 들였다.

마침내 한숨을 깊이 몰아쉬더니 다정하게 눈을 굴리며 덧붙였다. "자기가 *새끼손가락을 걸고 약속한대.* 웩, 메스꺼워."

핀은 사뿐사뿐 걸어갔다. 아마도 입을 헹구러 갔을 것이다. 모리건은 쿠션에 기대어 드러누웠다. 위에서는 샹들리에가 조용히 날개를 퍼덕이며, 변함없이 그 자리에서 비행경로를 따라 날며 바닥으로 빛을 뿜어냈다. 기분이 아주 조금 좋아졌다.

8장

실황 지도

"네 후원자는 정말 좋은 분이야. 그렇지 않니?"

월요일 아침 모리건이 홈트레인에 탑승했을 때 치어리 씨는 입이 귀에 걸리도록 함박웃음을 짓고 있었다. 치어리 씨는 시간표를 손에 들고 신나게 흔들었다.

시간표를 받아 든 모리건은 낡은 의자에 앉은 호손 옆에 자리 잡았다. 이번 주에도 진저리 나는 온스털드 교수의 수업을 매일매일 들어야 했는데, 월요일과 수요일, 금요일 오후 새로

192

운 수업이 하나 추가되었다.

"〈네버무어 판독Decoding Nevermoor〉 자유주에서 가장 위험하고 어처구니없는 도시를 실수 없이 돌아다니는 법." 모리건이 수업 이름을 큰 소리로 읽었다.

호손이 모리건의 시간표를 어깨 너머로 살펴봤다. "나도 그거 있어! 헨리 마일드메이의 〈네버무어 판독〉, 지하 3층 실용학부에 있는 지도실Map Room에서 하는 거. 정말 잘됐다."

"나도 있어." 아나가 맞은편에서 말했다. 호손처럼 크게 기뻐하는 목소리는 아니었다. 다른 아이들도 종이를 바스락거리며 서로 시간표를 비교해 보기 시작했다.

치어리 씨가 즐거워하며 손뼉을 쳤다. "그래, 너희 다 같이 네버무어를 판독하러 가는 거야. 오늘 아침에 디어본 선생님이 오셔서, 너희가 '유익한 사람'이 되려면 **아홉 명이 전부** 이 도시를 다니는 법을 배워야 한다고 하셨단다." 치어리 씨가 아주 잠깐 위쪽으로 눈길을 휙 올렸다. "드디어 너희 기수가 다 같이 한 수업을 듣게 된 거야. 굉장하지 않니?"

동기들의 얼굴을 보니 굉장하다고 여기지 않는 것 같았다. 프랜시스와 마히르는 바닥만 뚫어지게 바라보았고, 타데는 대놓고 질겁하는 표정이었다.

919역에서 프라우드풋역으로 가는 잠깐 사이에도 늘 모리건과 가장 멀리 떨어진 자리를 고수하는 아나는 사방이 막힌 좁은 공간에서 무시무시한 원더스미스와 보내야 하는 시간이 더 늘어난다는 생각에 공포를 느끼는 게 분명했다.

하지만 모리건은 전혀 아랑곳하지 않았다. 드디어 사악한 원더스미스를 운운하지 않는 수업을 하나 듣게 된 데다 호손도 같이 있었다. 이제부터 시작이었다.

프라우드풋역에 도착했을 때 모리건은 아이들이 홈트레인에서 다 내릴 때까지 기다렸다.

"고맙습니다. *진심*으로요." 모리건은 치어리 씨에게 시간표를 보여 주며 인사했다.

차장은 한쪽 눈을 찡긋거렸다. "인사는 기적을 몰고 온 턱수염 신사분께 하렴. 노스 대장이 무슨 말로 주임 선생님을 설득했는지 모르지만, 모두 그분 덕이야. 난 알아."

919기 가운데 가장 할 일이 없는 모리건은 오후에 있을 수업을 듣기 위해 일등으로 지도실을 찾아갔다. 육중하고 반질반질한 나무문을 밀고, 천장마저 둥근 거대한 원형 교실에 들어서자 심장이 콩닥콩닥 뛰었다. 교실은 이름 그대로였다. 어디를 보아도 전부 지도였다. 밤하늘 같은 암청색으로 채색된 둥근 천장에도 천체가 운행하는 길이 그려져 있었다. 표시된 별자

리마다 *무용수 알타프Althaf the Dancer*, *작은 낙지Gurita Minor*, *바위 Craig*, *잠 못 드는 고야틀레이Goyathlay the Wakeful* 같은 이름이 적혀 있었다.

모리건은 둥근 벽에 손가락을 대고 지형이 울퉁불퉁한 하일랜드며, 작고 뻣뻣한 털 같은 나무로 뒤덮인 지브포레스트, 잔잔하게 찰랑대는 검은 절벽의 해안선 등을 따라 걸었다. 그러다가 생각지 못했던 촉감에 손을 홱 뒤로 뺐다. 지도상의 바다 부분이 *젖어* 있었다. 지도를 만졌던 손가락을 입술로 가져가 보니, 물에서 짭짤한 맛이 났다.

하지만 본격적으로 놀라기엔 아직 일렀다. 거대한 지도실의 중앙 부분에는 불규칙적인 구조물이 흡사 인형의 집처럼 보이는 것들로 뒤덮여 있었다. 그 위로 구조물을 둘러싼 유리 다리가 떠 있었다. 모리건은 계단 세 개를 딛고 다리에 올라가 난간에 기댔다가, 난간 밖 저 아래에 있는 게 지금껏 본 적 없는 범상치 않은 지도라는 걸 깨닫고 숨도 못 쉴 만큼 놀랐다.

그건 네버무어였다. 네버무어 전체가 정밀한 모형으로 축소되어 눈앞에 펼쳐져 있었다. 구불구불한 작은 거리를 따라 완벽한 모양의 상점과 주택이 들어서 있었다. 초록빛의 녹지가 거리 여기저기에 점처럼 흩어져 있었고, 웅장한 주로강이 도시 한가운데를 꿈틀거리며 흘러갔다.

모리건은 유리 난간 위로 몸을 내밀었다. 심지어 거리에는 자그마한 사람들이 *움직이*고 있었다! 1센티미터 남짓한 크기에 극사실주의로 표현된 사람들이 공원에서 자전거를 타고, 쇼핑백을 들고 그랜드대로에 내리고, 브롤리 레일을 향해 손을 흔들었다. 작은 갈매기 떼가 선창에 모여들고, 작은 고깃배들이 주로강을 따라 내려갔다. 커다란 먹구름이 도시 남단 상공을 맴돌며 거리 위로 가랑비를 보슬보슬 뿌려 대자 지도 속에 사는 작은 사람들이 우산을 꺼내거나 허둥지둥 덮어쓸 무언가를 찾는 모습이 보였다.

네버무어를 *움직이*는 형태로 완벽하게 묘사한 축소판이었다. 단순히 도시 모형이나 인형의 집을 줄 세워 표현한 게 아니라… 살아 숨 쉬는 삼차원 입체 도시였다.

"밖은 어떠니? 아직 비가 오나?"

모리건은 화들짝 놀라 뒤를 돌아봤다. 생기 있는 눈빛을 가진 혈색 좋은 젊은 남자가 셔츠 한쪽이 삐져나온 차림으로 급하게 지도실로 들어서고 있었다. 그는 책이 든 가방을 바닥에 던져 버리다시피 내려놓고 다리 위로 뛰어올라 모리건 옆의 난간에 기대어 서서 도시 모형을 빠져들 듯한 눈으로 내려다봤다. 밝은 담갈색 앞머리가 내려와 눈을 가리자 손을 빗 삼아 뒤로 쓸어 넘겼다.

"아름답지 않니? 저런 거 본 적 있어?" 남자가 말했다.

"처음 봐요." 모리건이 솔직히 말했다.

"헨리야." 젊은 남자가 손을 내밀어 모리건과 악수했다. "마일드메이 선생이 되겠네. 이거 참. 어색하지 않니? 그냥 '마일드메이'라고 불러. 그게 낫지? 더 편하잖아. 아, 나는 이게 첫 수업이야." 마일드메이는 모리건이 어리둥절하면서도 그걸 티 내지 않으려고 노력한다는 걸 알아채고 설명해 주었다. "나도 새내기야. 작년에 고등부를 갓 졸업했거든. 나 좀 많이 봐 줘. 그럴 거지?"

모리건이 빙긋 웃었다. "나도 첫 수업이에요. 아니, 두 번째요."

"그거 잘됐네. 같이 그냥저냥 버티면 되겠다." 모리건은 다정하고 친절한 말투 덕에 뼛속까지 스며 있는 듯한 상류층 특유의 억양이 거부감 없이 느껴지는 게 마음에 들었다. "네가… 크로우 맞지?"

"네." 모리건이 조심스레 대답했다. 그도 자신에 대해 알고 있는지 궁금했다. 마일드메이가 모리건의 정체를 아는지 모르는지 알 수 없지만, 어쨌든 그는 아는 체하지 않았다.

"그렇지. 너희 이름하고 얼굴은 이미 다 외워 뒀거든. 수업에 들어올 아이들이 더 없니?" 마일드메이가 종이 한 장을 들여다보며 말했다. "너희 기수가 이 수업을 다 듣는다고 되어 있네. 설마 **무단이탈**을 한 건 아니겠지?" 그는 다 안다는 듯이 한쪽 입꼬리를 비죽 내리며 싱긋 웃었다. "아마 무시무시한 머가트로이드 선생께서 겁을 줘서 쫓아내 버렸나 보다."

모리건은 대꾸할 말을 찾지 못했다. 이렇게… 선생님 같지 않은 선생님은 처음이었다. 문이 벌컥 열리더니 타데가 성큼성큼 지도실로 걸어 들어왔고, 바로 뒤에 타데를 따라온 것 같은 아나가 뛰어 들어왔다.

아나는 젖은 수건을 들고 키가 큰 타데의 얼굴을 닦아 주려는 듯 야단을 떨었다. "내가 좀 볼게, 타데. 심각해 보인다니까. 감염되길 바라는 건 아니지?"

"도대체 몇 번을 말해. **괜찮다고**. 우는소리 좀 하지 마." 붉은 머리의 타데가 이를 악물고 말했다.

발끈한 아나가 곱슬곱슬한 머리를 흔들었다. "바보야, **피가 흐르잖아**. 장담하는데 치어리 씨도 너한테—"

"네 생각이 궁금하다고 한 적 없어." 타데가 쏘아붙였다. 이마의 상처에서 피가 흘러내리고 있는 모습이 꽤 심각해 보였다.

"안녕, 얘들아." 마일드메이가 잔뜩 찡그린 얼굴로 말했다. 근엄해 보이려고 애쓰는 게 확연했다. 그런 표정을 짓는 게 쉽지 않은 듯했다. "이게 다 무슨 일이니?"

"아무것도 아닙니다, 선생님." 타데가 마일드메이를 똑바로 바라보며 반항하듯이 턱을 들어 올린 자세로 대답했다.

마일드메이는 타데의 퉁명스러운 표정을 보며 웃음을 참는 사람처럼 입을 꾹 다물고 목을 가다듬었다. "좋아, 그럼. 다른 아이들은 어디 있지?"

모리건은 좀 놀랐다. 방금 타데의 이마에 난 깊은 상처를 모른 체한 건가? 아나의 말이 맞았다. 상처는 정말 심각해 *보였다*. 이제는 피가 타데의 옆얼굴을 타고 줄줄 흘러내리고 있었다.

"램버스는 감각 차단 수중 명상실에 있어요." 아나가 머릿속에 새겨 넣은 글을 암기하는 사람처럼 천장을 쳐다보며 말했다. 모리건 쪽으로는 곁눈질 한번 하지 않았고 가까이 오지도 않았다. "프랜시스는 주방 텃밭에서 희귀 약초를 구별하는 법을 배우고 있고, 호손은 소방법 설명을 들으러 갔어요. 아칸은 왼쪽 손가락 몇 개가 부러지는 바람에 부속병원에 가서 기량을 최고치로 발휘할 수 있도록 다시 맞추고 있고요. 마히르는—"

다시 문이 열리고 호손이 큰 소리로 떠들면서 성큼성큼 걸어 들어왔다. 그 뒤로 활짝 웃는 얼굴의 마히르가 들어오고, 다음으로 프랜시스와 케이든스가 들어왔다. 마지막으로 램버스가 서너 걸음 뒤처져서 편안하고 얼떨떨한 얼굴로, 마치 지나가다 우연히 지도실을 발견한 사람처럼 느릿느릿 따라 들어왔다.

마일드메이가 두 손을 마주치며 말했다. "아주 좋아. 전부 모였구나. 거의 전부." 모리건은 미간을 찡그리고 아이들을 세어 보았다. 결코 전부 모인 게 아니었다. 아칸은 부러진 손가락과 함께 아직 감감무소식이었다. 이번에도 마일드메이는 그런 걸 전혀 문제 삼지 않는 눈치였다.

모리건은 디어본이 정확히 어떤 의미로 윈드러스협회의 어른들에 관해 이야기한 건지 조금 이해되었다. *여러분의 손을 잡아 주는 사람도, 여러분의 코를 닦아 주는 사람도 없을 겁니다.* 하지만 아이들은 손을 잡아 주는 사람이 없는 게 무척 즐거운 듯했다.

"모두 다리 위로 올라와. 빨리." 마일드메이가 말했다. "아래를 보고 눈에 띄는 걸 말해 봐."

"네버무어다! 우리 집이 보여요." 호손이 모리건 옆에 서자마자 유리 난간에 기대어 말했다. 호손은 눈을 가늘게 뜨고 열심히 지도를 살펴보았다. 난간에 어찌나 아슬아슬하게 매달리는지, 모리건은 호손이 저 아래 작은 사람들 위로 곤두박질칠까 봐 셔츠 등판을 붙잡고 있어야 했다. "잠깐, 엄마가 보여! 저기 봐, 모리건, 저기 곱슬머리 보이잖아. 앞에 무지개 무늬가 있는 자주색 스웨터도 엄마 거야. 오늘 아침에 저 옷을 입으셨는데! 이건—"

"네버무어와 시민들의 모습을 거의 100퍼센트에 가깝게 사실 그대로 재현한 실황 지도야. 글쎄, *거의* 살아 있다고 해야겠다. 몇 초씩 지연되는 자치구도 있거든. 진짜 오래된 지도라서 그래. 작은 결함 한두 개는 있을 수밖에 없지. 자, 이제 좀 더 깊이 들어가 보자. 자세히 들여다보고, 진짜로 뭐가 있는지 봐."

919기 아이들은 서로 혼란스러운 눈빛을 교환하면서도, 제멋대로 뻗어 있는 도시의 축소판에 집중하려고 노력했다.

"미로인가요, 선생님?" 프랜시스가 퉁방울처럼 휘둥그레진 눈으로 얽히고설킨 거리와 골목을 내려다보며 말했다.

"그렇지! 잘했어, 피츠윌리엄. 근데 제발 그냥 평범하게 마일드메이라고 불러 줘. 나는 교수도 아니고. 너희도 알게 되겠지만, 여기 원협에는 교수가 거의 없어. 그에 맞는 자격을 갖출 만큼 오래도록 가만히 자리를 지킬 수 있는 사람이 없거든. 물론 인내심 많은 분도 계시지. 켐지 교수님이나 드레서 교수님(이유는 알겠지만, 이분은 '몰리'라고 불리는 걸 더 좋아하셔)이나 온스틸드 교수님 같은 분들 말이야. 그 외에는 전부 열의 넘치는 아마추어 교육자야. 자신이 아는 전문 지식을 기꺼이 나누고자 하는 사람들이지. 나는 특이지형반Geographical Oddities Squadron 대원이란다." 마일드메이는 자랑스레 말하다가 입바람을 불어 눈을 가린 앞머리를 날렸다. "원로님들이 너희에게 이 기이하고 아름다운 도시를 다니는 법을 가르칠 사람을 찾고 있다는 소식을 듣고, 내가 아는 지식을 자랑할 기회를 덥석 잡은 거지. 그럼, 또 다른 건? 말해 봐. 틀린 답은 없어. 아마라, 어디 간 거 아니지?"

램버스는 전혀 엉뚱한 곳인 별자리가 반짝이는 천장을 쳐다보고 있었다.

"어이!" 타데가 램버스의 얼굴 앞에서 손을 흔들며 소리쳤다. 램버스가 움찔하더니, 금방 도도한 얼굴을 하고 탐탁지 않은 눈으로 타데를 흘겨보았다. 타데는 약간 주눅이 들어 목소리를 낮추고 네버무어를 삼차원 입체로 재현한 지도를 가리키며 말했다. "천장 말고 저 아래를 보라고 했잖아."

램버스는 미간을 살짝 찡그린 채 몇 분 동안 지도를 들여다보았다.

"어때? 생각나는 거 있어?" 마일드메이가 대답을 재촉했다.

"네." 램버스가 재빨리 거리와 자치구를 훑어 내리더니 베고니아힐즈Begonia Hills에서 눈길을 멈추고 손가락으로 복잡한 교차로를 가리켰다. "교통사고가 났어요."

마일드메이가 눈을 깜박였다. "아니, 내 말은—"

그때 자동차 바퀴가 끼익 급정거하고 화가 난 듯 경적이 빵빵 울리는 소리가 마일드메이의 목소리를 덮으며 들려왔다. 방금 자동차 두 대가 서로 들이받았다는 신호를 보냈다. 각자의 차에서 뛰쳐나온 작은 운전자 두 명이 고함을 지르면서 작은 주먹을 흔들어 대는 사이, 도로는 완전히 멈춰 버렸다. 램버스는 다시 천장의 별을 올려다보았는데, 그러고 있는 게 훨씬 편안해 보였다.

"오, 좋아. 그럼, 또 다른 사람?" 마일드메이가 말했다.

"게임이, 아니 퍼즐이 보여요. 우리가 풀어 가야 할 퍼즐이요." 아나가 기대하는 얼굴로 교사를 바라봤다.

"훌륭해!" 마일드메이가 아나를 보고 열정을 토하듯 웃으며 말했다. 아나도 활짝 핀 얼굴로 그를 마주 봤다. "확실히 네가 저 퍼즐을 풀기 위해 노력하는 걸 바라긴 해, 칼로. 하지만 네 버무어 역사 전체를 통틀어 누구도 해내지 못한 일이라, 크게 기대할 수는 없다는 걸 용서해 주렴. 그래도 너라면 틀림없이 수술할 때와 같은 특유의 정밀함으로 이 과제와 맞붙을 수 있을 거야." 아나는 이 대목에서 킥킥 웃으며 얼굴을 붉혔다. "다른 사람들은 뭐가 보이니?"

"길하고 건물, 광장, 사원이요." 타데가 약간 지루한 것처럼 말했다. 멍해 보이기도 했다.

"북적거리는 도시요!" 마히르가 외쳤다.

"북적거리는 북새통이요." 케이든스가 중얼거렸다.

"잘했어. 그럼, 네버무어를 바라볼 때 *내게* 보이는 걸 너희에게 말해 줄게." 마일드메이는 내면에서부터 차오르는 황홀함에 눈을 반짝이며 바글바글한 작은 도시를 내려다보았다. "나한테는 괴물이 보여. 아름답고 소름 끼치는 괴물. 우리에게 전설과 역사와 *삶*을 먹여 주고 그 보답으로 자신에게도 먹을 것을 달라고 요구하는 괴물이지. 괴물은 연대를 거듭할수록 무심함과 무지함과 무력함에 기대어 비대해졌고… 나중에는 그것마저 씹어 삼켜 버려 다시는 볼 수 없었지." 그는 지도에서 눈을 떼고 아이들을 마주 보며 손가락 하나를 펴 들었다. "*하지만…* 이 괴물은 길들일 수 있어. 우리가 그 행동과 약점과 위험성을 배우고자 한다면. 나는 일생을 바쳐 이 괴물 같은 도시를 길들였고, 내 온몸의 세포 하나하나가 모두 이 도시를 사랑해. 네버무어에서 살아남아 풍요를 누리고 싶다면, 너희도 똑같이 해야만 해."

모리건은 그토록 사납고… 어처구니없는 도시를 길들인다는 게 정말 가능한 일인지 궁금했다.

마일드메이가 두 손으로 난간을 철썩 때렸다. "하지만 우린 작은 데서부터 시작할 거야." 그가 손으로 가리킨 다리 끝에 탁자가 하나 있었다. 탁자 위에는 나무통 두 개가 놓여 있었고 그 안에는 종이쪽지가 가득 들어 있었다. "너희가 제일 먼저 할 일은 두 개의 통에서 각각 쪽지를 하나씩 고르는 거야. 첫 번째 위치는 출발점이고, 두 번째 위치는 도착점이 될 거야." 마일드메이는 설명을 이어 나갔다. 맞은편 끝으로 건너간 마일드메이가 쇠줄을 잡아당기자 칠판이 내려왔다. 칠판에는 네버무어의 주요 지표물 목록이 두 가지로 나뉘어 적혀 있었다. "A 위치에서 B 위치까지 가장 간단하게 이동할 수 있는 경로를 표시하고, 방향은 상세히 적으면 좋겠어. 그런데 조건이 있어. 여기두 개의 목록이 보이니?" 마일드메이가 칠판을 가리키며 말했다. "첫 번째 목록은 너희가 경로에 꼭 *포함해야만 하는* 지표물이야. 두 번째는 반드시 피해 가야 할 것이고. 그리고 또 명심

할 건, 지상으로만 다녀야 한다는 거야. 원더철을 타는 꼼수를 부려서는 안 돼. 쉬워 보이지만 생각보다 까다롭다는 걸 곧 알게 될 거야. 시간은 한 시간이다. 자, 시작!"

모리건이 처음 고른 쪽지에는 "텀블다운로Tumbledown Road, 비턴과 버스터드Bittern & Bustard"라고 적혀 있었고, 두 번째로 고른 쪽지에는 "그라우스거리Grouse Street, 주로강 위의 사우디Southey-Upon-Juro"라고 적혀 있었다.

막상 시작해 보니 까다로운 정도가 아니라 어림도 없었다. 유리 다리를 수없이 왔다 갔다 해야 했다. 경로를 완성했다 싶으면 길 일부가 드레드말리스 지하 감옥이나 왕립 네버무어 극장처럼 피해야 할 두 번째 목록의 지표물을 끼고 이리저리 구불거리는 게 눈에 들어왔다. 그럴 때마다 길을 되짚어 돌아가 우회할 수 있는 다른 길을 찾아야 했다.

919기 아이들의 입에서 끙끙대는 탄식 소리와 실패에 부딪힌 한숨 소리가 끊임없이 흘러나왔고 누군가는 욕설을 중얼거리기도 했다. 한 시간이 끝날 무렵, 몇몇 아이는 거의 포기한 상태였다.

"이건 불가능해." 타데가 툴툴거리면서 네버무어 지도 앞에서 떨어져 나와 둥근 벽에 등을 기대고 털썩 주저앉았다. 그러나 곧 넌더리가 난다는 듯 요란한 소리를 내며 벽에서 떨어졌다. 타데가 기대앉았던 곳은 5포켓에 있는 앨버틴해Albertine

Ocean였다. 그 때문에 스웨터 등판이 흠뻑 젖었다. "네버무어는 어처구니가 없어."

하지만 모리건은 원협에 발을 들인 이후 처음으로 즐기고 있었다. 다른 아이들은 길을 찾다 막다른 곳이 나오면 쉽게 낙담했지만, 희한하게도 모리건은 퍼즐을 풀어 나가듯 다시 길을 찾는 과정이 즐겁고 흐뭇했다.

"시간 종료!" 마일드메이가 큰 소리로 외쳤다. "오늘 너희의 길 찾기에 대해서는 다음 수업 시간 때 논해 보자. 크로우 양은 남아 주었으면 해." 마일드메이가 아이들이 제출한 종이에 시선을 고정한 채 말했다. 호손이 문 근처를 서성대자 교사가 덧붙여 말했다. "스위프트 군은 가도 돼."

모리건이 천천히 마일드메이의 책상 앞으로 다가갔다. "선생님?"

"걱정하지 마. 문제가 있어서 부른 건 아니야. 실은 그 반대지. 굉장히 인상적이었다는 말을 해 주려고. 오늘 과제를 아주 멋지게 해냈어." 마일드메이는 모리건이 작성한 방향 표시 종이를 들고 고개를 절레절레 흔들었다. "이건 *완벽해*."

모리건은 웃었다. 얼굴에 열기가 오르는 느낌이었다. "고맙습니다."

"수업은 재미있었니?"

"네! 이런 건 처음 해 봤어요." 모리건은 진심으로 열의를 드러내며 대답했다.

"아, 누가 그렇게 말해 주니 기쁘다." 마일드메이는 눈을 가린 앞머리를 뒤로 쓸어 넘기며 안도하는 표정으로 물었다. "넌 네버무어를 남달리 잘 아는 것 같아. 이곳은 이상한 도시인데, 너는 뛰어난 직관력으로 이곳을 이해하고 있어. 여기서 나고 자란 게 분명해. 그렇지?"

모리건은 얼른 대답하지 못하고 머뭇거렸다. "그게… 음, 그건 아니고……."

작년, 네버무어경찰국에서 나온 고약한 플린트록 경위가 모리건을 공화국에서 몰래 들어온 밀입국자라고 (제대로) 확신하는 바람에 추방이라는 위협이 머릿속에서 떠날 날이 없었을 때, 주피터는 모리건에게 어디 출신인지 비밀로 해 두라고 조언했다.

하지만 그건 작년의 일이었다. 작년에는 원드러스협회 회원도 아니었고, 지금 옷깃에서 반짝거리며 자신을 지켜 주는 작은 W 배지도 없는 처지였다. 모리건은 이제 완전한 자격을 갖추고 네버무어에서 가장 명망 있는 조직의 일원이 되었다. 그렇다면 자신이 윈터시 공화국의 심장부인 자칼팩스에서, 자유주의 적들 사이에서 자랐다는 사실을 솔직하게 말해도 괜찮을까? 주피터를 만나기 전까지는 이곳을 알지도 못했다는 사실을? 자유주 일곱 포켓에는 엄격한 경계 지역 관련법이 있고, 그보다 더 엄격히 유지되는 비밀이 있었다. 주피터는 모리건을 몰래 데리고 들어오기 위해 온갖 위험을 감수했다. 이제 와서 사실대로 말하는 건 그를 위험으로 내모는 짓일까?

모리건은 알지 못했다. 주피터의 조언을 마음 깊이 새겨 두었을 뿐이었다.

"그게 아니면?" 마일드메이가 대답을 재촉했다.

"네버무어 말고 다른 곳에서 살았어요. 여기는 원드러스협회 평가전에 참여하려고 작년에 온 거고요." 모리건 그 정도까지만 말했다.

마일드메이는 크게 감명받은 듯했다. "맙소사. 이곳에 온 지 고작 1년 되었다고? 그런데도 네버무어와 이렇게 호흡이 척척 맞다니. 이 도시가 마치 너를 위해 만들어진 곳 같다."

모리건은 온 얼굴로 함박웃음을 지었다. 마음속 깊은 곳 어딘가에서 빛이 뿜어져 나오는 기분이었다. 모리건이 네버무어에 대해 느끼는 감정이 *바로 그랬다!* 자신에게 속해 있는 곳이라는 느낌. 완전히 객관적인 사람에게 같은 말을 듣다니, 모리건은 어쩔 줄 모를 만큼 황홀했다.

"수업 시간 외에도 지도실에 오고 싶으면 언제든 대환영이야. 내가 학생이었을 때는 늘 그랬거든." 마일드메이는 애정이 듬뿍 담긴 눈으로 네버무어 모형을 바라보았다. "나는 네 나이 때 상당히 외로웠어. 다른 동기들은 지도 만드는 비기가 좀 재미없다고 생각했거든. 내 동기 중에는 흰 소매가 많아. 마법을 쓰는 아이도 둘이나 있어. 틸다 그린은 불로 미래를 내다봤고, 수전 킬리는 물과 대화도 하고—"

모리건은 눈썹이 솟아오를 만큼 눈을 휘둥그렇게 떴다. "물과 대화를요?"

"—그 애들이 보기에 나는 같은 부류가 아니었던 거지. 난 가끔 이곳에 와서 몇 시간이고 혼자 앉아 작은 열차가 작은 사람을 싣고 가다 작은 집에 내려 주는 모습을 하염없이 보곤 했어. 도시에 밤이 내리면 환하게 등이 켜지는 것도 보고." 마일드메이가 멋쩍게 싱긋 웃었다. "한심하지. 나도 알아. 하지만 나는 그게 재미있었어."

"내 동기들도 나를 별로 안 좋아하는 것 같아요." 모리건은 있는 그대로 말했다. 그러고는 자신한테 놀랐다. 이런 이야기를 할 생각은 없었는데… 말이 저절로 나왔다. "그러니까, 호손만 빼고요."

"이런, 너도 재미없는 비기를 지녔니?" 마일드메이가 서글픈 말투로 묻고는, 금세 얼굴이 빨개졌다. "아, 아니, 내 말은… 미안하다. 뭘 알아내려고 물은 건 아니야. 너한테 이런 질문을 하면 안 되는 거 알고 있어. 그저 농담으로 한 말이었어."

그 순간 모리건은 경계심 같은 건 던져 버리고 자신이 원더스미스라는 사실을 마일드메이에게 털어놓고 싶은 마음이 간절했다. 어쩌면 *마일드메이*는, 정말 어쩌면 자신을 보며 두려움이나 증오를 느끼지 않을 수도 있을 것 같았다.

하지만 퀸 원로의 경고가 머릿속을 떠나지 않았다. *만일 누군가, 그게 누구든 우리의 신뢰를 깼다는 사실이 밝혀지면… 그땐 여러분 아홉 명 전원이 원협에서 제명당할 겁니다. 영원히.*

누구든이라는 건 모리건 자신도 예외가 아니라는 뜻이었다.

그런 위험을 감수할 수는 없었다.

모리건은 짤막하게 대답했다. "네. 진짜 재미없어요."

마일드메이가 모리건을 보며 미소 지었다. "글쎄, 때로는 재미없는 비기가 알고 보면 가장 쓸모 있는 비기일 때도 있어. 내가 탐험가연맹에 들어가면 내 동기들도 웃진 못할 거야."

모리건이 얼굴에 화색을 띠며 말했다. "내 후원자도 탐험가연맹 회원이에요!"

마일드메이가 열성적으로 머리를 끄덕였다. "주피터 노스, 알아. 그 사람을 보면 정말 좋은 자극이 돼. 나도 언젠가 영토 간 탐험을 이끌 거야. 연맹의 대장이 될 거라고. 주피터 노스처럼."

"선생님이요?"

빙긋 웃는 마일드메이의 얼굴이 희망에 찬 듯 환해졌다. "모르겠니, 크로우 양? 여기는 원드러스협회야. 우린 되고 싶은 건 무엇이든 될 수 있어!"

그 소리가 벽에 부딪혀 지도실에 울려 퍼지자 어찌나 요란하던지 모리건과 마일드메이 둘 다 귀를 막았다. 그때 목에 잔뜩 힘을 준 목소리가 지도실 천장 한구석에 달린 뿔 모양 놋쇠 스피커에서 흘러나왔다.

"으흠, 원로님들과 원협 회원 및 학생 여러분은 잠시 귀 기울여 주시기 바랍니다. 우리 교사진 중 한 명인 팍시무스 럭이 현재 일주일 가까이 실종 상태입니다. 럭 선생님의 인기 수업〈잠입, 도피, 엄폐〉를 듣는 학생들은 유감스럽게도 계속 수업에 참석하며, 이 불가사의한 실종 사건을 단순한… 으흠… '강의 요강의 일부'라고 믿었습니다." 여자가 어이없다는 듯이 눈을 굴리는 모습이 모리건에게까지 보이는 것 같았다. "이 사건은 그런 경우가 아닙니다. 우리는 현재 팍시무스 럭 선생님의 실종 사건을 조사 중이며, 이와 관련된 정보를 알고 계신 분은 최고 원로위원회로 지체 없이 제보해 주시기 바랍니다. 또한 교사의 부재에도 불구하고 계속해서 럭 선생님의 수업에 참석하고 있는 학생들은… 참석을 중단하여 주시기 바랍니다. 감사합니다."

방송이 끝나며 기계음이 삑 귀를 찌르자 모리건과 마일드메이는 흠칫 놀랐다.

모리건은 주피터의 조사 활동이 어떻게 진행되고 있는지 어렴풋이 궁금해졌다. "이상해요. 이 실종 사건들 말이에요. 팍시무스 럭도 그렇고 브램블 박사님의 아기 성묘도 그렇고—"

마일드메이가 싱긋 웃었다. "팍시무스라 그렇지 뭐. 안 그래?"

"그게 무슨 말이에요? 전에도 이런 일이 있었어요?"

"음, 그래. 그러니까… 그게 그 사람 비기잖아. 사라졌다가, 나타났다가. 내 말 믿어. 공들여서 바보 같은 일을 벌이고 자신이 똑똑하다는 걸 보여 주는 거야. 박수받을 준비를 하고 금방 돌아올걸."

모리건은 눈살을 찌푸렸다. 가끔 자신의 진짜 비기는 원더스미스하고는 아무 상관 없는 것 같다는 생각이 들었다. 모리건은 최악의 경우를 짐작해 내는 데 놀랄 만한 재주가 있었다. 평생을 저주받은 아이라고 믿으면서 살다 보니 그런 능력이 생겼다. 그 능력은 지금도 모리건의 세포 하나하나에 봉인되어 있었다. 모리건에게 주변에서 나쁜 일이 벌어지는 걸 걱정하지 말라고 하는 건, 호손에게 용을 보고 흥분하지 말라고 하거나, 주피터에게 생강색을 그만 내려놓으라고 하는 것과 마찬가지였다.

모리건은 지도실을 나오면서 네버무어에서 마주했던 달갑지 않은 묘한 일들이 지난번에 어떤 식으로 일어났고, 그 배후에 누가 있었는지 곰곰이 생각했다.

작년에는 고사메르에 문제가 있었다. 고사메르는 눈에 보이지 않고 어떤 형체도 없는 에너지가 거미줄처럼 엮여 전체 영토 안에서 삶과 죽음을 비롯한 모든 것을 하나로 잇는 일종의 망이었다. 에즈라 스콜은 100년도 더 전에 네버무어에서 쫓겨

212

나 경찰과 군대, 온갖 마법, 그중에서도 특히 네버무어 자체의 강력한 마법에 가로막혀 유배된 처지였다. 하지만 그는 고사메르 노선을 이용해 들키지 않고 네버무어로 들어오는 방법을 찾아냈다. 고사메르 노선은 매우 위험하고 절대 알려져서는 안 되는 이동 수단이었다. 에즈라 스콜은 이런 고사메르 노선을 통해 몸은 공화국에 놔두고, 실체 없는 존재가 되어 자유롭게 추방당한 도시 구석구석을 돌아다닐 수 있었다.

에즈라 스콜이 고사메르 노선을 이용하지 못하도록 막을 방법은 없었다. *엄밀히* 말하면 고사메르 노선 자체가 존재하지 않기 때문이었다. 어쨌든 물리적 영역 안에서는 그랬다.

모리건은 몸서리를 치며 에즈라 스콜이 지금 어디 있는지, 무엇을 하고 있는지, 다시 고사메르를 타고 자신을 찾아온다면 그게 언제쯤일지, 생각했다.

9장

찰턴 오총사

"네헤란 두나스 플러*Neheran dunas flor*."

아칸이 집중하느라 미간을 찌푸린 채, 소고기 스튜가 질질 흐르는 숟가락을 접시에 도로 내려놨다. "네헬란스 두우나즈 *Nehelans doonaz*—"

"네헤에에에에란*Neherrrrran*." 마히르가 혀를 굴려 R 발음을 정정해 주었다. "네헤란 두나스 플러."

"네헤에에란 두나스 플러르*Neherrrran dunas florrr*." 모리건이 따

214

라 했다. 마히르처럼 유창하게 발음하고 싶었지만, 자신이 하면 진흙으로 아르르 입을 헹구는 소리처럼 들렸다. 식당에 모인 다른 아이들도 식탁에 둘러앉아 R 발음을 굴렸지만, 입에서 나오는 소리는 천차만별이었다. 모리건이 듣기에는 타데의 발음이 가장 비슷한 것 같았다. "*네헤에란 두나스 플러르Neherrran dunas florrrr.*"

마히르가 모리건에게 가볍게 고개를 끄덕이며 롤빵을 집어 들었다. "잘했어. 아니, 잘한 건 아니지만 아칸보다는 나아." 그 말에 모두 웃음을 터뜨렸다. 아칸도 같이 웃었다.

몇 주가 걸리긴 했지만 919기 아이들이 모리건을 대하는 태도도 누그러지기 시작했다. 딱히 누그러진 게 아니래도 어쨌든 아침마다 승강장에서 세상 두려운 표정으로 모리건을 맞는 일은 없어졌다. 아나도 더는 홈트레인에서 모리건이 옆자리에 앉을 때마다 깜짝 놀라 소리를 지르지 않았다. 프랜시스가 품질 관리 차원에서 자신이 만든 딸기 타르트의 맛을 평가해 달라고 부탁한 적도 있었는데, 모리건은 그 부탁을 두 팔 벌려 반겼다. 한 입 먹자 달곰쌉쌀한 늦여름의 향수가 선명하게 솟구쳤고… 그 말을 들은 프랜시스는 곧장 작업하는 주방으로 돌아갔다. 프랜시스가 *실제*로 목표했던 감정은 한여름의 음악 축제처럼 근심 걱정 없는 자유분방함이기 때문이었다.

심술궂은 타데마저도 프라우드풋 하우스 밖 계단에서 한 남자아이가 모리건에게 "비기 없는 애"라며 소리를 지르자 그 학생의 정강이를 걷어찼다. 그저 누군가의 정강이를 걷어찰 구실이 생겨서 좋았던 게 아닌지 미심쩍긴 했지만, 그래도… 모리건은 여덟 명의 형제자매까지는 아니더라도 여덟 명의 친구 정도는 생긴 게 아닐까 싶은 생각이 들기 시작했다.

모리건이 지나가는 말로 세렌드어Serendese를 배우고 싶다고 하자, 마히르는 점심을 먹고 나서 모두에게 주요 문구 몇 가지를 가르쳐야겠다고 고집했다.

"네헤란 두나스 플러Neheran dunas flor!" 호손이 지나가던 상급생에게 큰 소리로 외치며 손을 흔들었다. 그 여학생은 당황한 얼굴이었다.

"잘했어. 발음도 완벽했어." 마히르가 히죽히죽 웃으며 말했다.

호손은 자신에게 썩 만족한 듯 우유를 벌컥 마셨다. "그런데 뜻이 뭐야?"

마히르가 씩 웃으며, 작당 모의라도 하듯 모리건을 살짝 바라보았다. "넌 엉덩이를 얼굴에 달고 다니는구나."

호손의 코에서 우유가 뿜어져 나와 턱으로 흘러내렸고, 다른 아이들은 웃음을 터뜨렸다. "정말이야?"

마히르가 어깨를 으쓱였다. "내가 가장 좋아하는 낭만적인 말이야."

동기들과의 사이가 부드러워지자 모리건의 원협 생활도 이전과는 비교할 수 없을 만큼 수월해졌다. 물론 디어본은 모리건의 시간표에 수업을 하나라도 더 넣으려는 치어리 씨의 제안을 여전히 받아들이지 않았다. 그래도 모리건은 〈네버무어 판독〉 수업이 있는 월요일과 수요일과 금요일을 기다렸다. 그 분야에 탁월한 재능이 있다는 사실을 알게 되면서부터 수업을 듣는 게 더 즐거워졌다. 마일드메이는 수업 때마다 거의 매번 모리건에게서 천재성을 찾아냈다. 모리건은 동기들의 눈빛이 대놓고 냉소하는 것에서 어느 정도… 못마땅하긴 해도 존중하는 의미로 변한 것 같다는 인상을 받았다. 착각일지도 모르지만, 아이들이 수업 시간에 모리건에게 도움을 청하는 일이 잦아진 것은 사실이었다. 모리건은 지금까지 한 번도 느껴본 적 없는 감정이 들었다. 드디어 자신이 잘하는 걸 찾아냈고 그 덕분에 특별한 존재가 되었는데, 그건 저주와도, 또 원더스미스인 것과도 아무 상관이 없었다.

전체적으로 상황은 모리건이 바랐던 것보다 나아지고 있었다.

그날 아침, 쪽지가 도착하기 전까지는.

"원로님들한테 가서 보여 드려야 해."

"글자 못 읽어? 여기 분명히―"

"뭐라고 적혀 있는지는 **나도 알아.** 그래도 내 생각은 변함없어. 우린 이걸―"

"원로님들한테 알리는 건 **안 돼.**"

"네가 뭔데 우리 기수 대장 노릇이야?"

모리건이 수수께끼의 문을 열고 919역에 들어섰을 때, 아이들은 서로 바싹 붙어 서서 종이쪽지를 들여다보고 있었다. 평소처럼 램버스만 혼자 약간 떨어져 있었다.

"아, 우리가 **동기**라는 게 이제라도 생각났다니 다행이야, 타데." 호손의 목소리였다. 호손은 마히르가 들고 있던 쪽지를 와락 낚아챘다. "누가 됐든 내가 가만있을 거란 생각을 요만큼이라도 했다면―"

"무슨 일 있어?" 모리건이 물었다.

여덟 아이가 일제히 모리건 쪽으로 고개를 돌렸다. 걱정 때문에 이마에 주름이 팬 얼굴부터 화가 나서 폭발 직전인 얼굴까지 제각각이었다. 호손은 그저 암담한 얼굴로, 모리건에게 걸어와 말없이 쪽지를 건넸다.

쪽지에는 이런 글이 적혀 있었다.

우리는 919기에 관한 끔찍한 진실을 알고 있다.

우리에게 몇 가지 요구 사항이 있다.
너희의 비밀을 비밀로 남겨 두고 싶다면
우리의 명령을 기다려라.

누구에게도 이 일을 말하지 마라.
만일 누설하면 우리가 알게 될 것이고
그땐 전 협회에 비밀을 폭로할 것이다.

"끔찍한 진실이라니 어떤…?" 모리건은 골치 아파하는 아이들의 얼굴을 차례차례 바라보았다. 램버스는 유난히 불안해 보였다. 모리건은 그게 쪽지 때문인지, 아니면 곧 나쁜 일이 일어날 거라 내다보았기 때문인지 궁금했다. "이게 대체 무슨—"

"뻔하지. 안 그래?" 타데가 쏘아붙였다. "네 얘기잖아. *네가 원더스미스라는 진실*이지 뭐겠어. 우리는 협박을 받은 거야. 너 때문에."

"그만둬, 타데." 호손이 낮은 목소리로 으르렁거렸다.

"누가 보낸 건데? 이게 어디 있었어?"

모리건이 묻자 호손이 대답했다. "여기 승강장에 떨어져 있는 걸 아나가 발견했어."

아나는 덜덜 떨고 있었다. "타데 말이 맞아. 원로님들께 말씀드려야 해. 아니면 치어리 차장님한테라도! 그분은 어떻게 해야 할지 아실 거야."

모리건이 미간을 찡그리며 말했다. "그런데 누가 이걸 *우리* 승강장에 놔두고 간 거지? 여기 들어올 수 있는 건 우리 홈트레인밖에 없는 줄 알았는데."

"이게 어떻게 여기 떨어져 있는지 알 게 뭐야?" 프랜시스가 말했다. 승강장을 서성대는 프랜시스의 옅은 갈색 피부가 땀에 절어 희미하게 반들거렸다. "그 사람들이 네가 누군지 어떻게 알아냈지? 협회 전체가 알게 되면 우리는 쫓겨난다는 거, 기억하지? 제명당하면 고모가 날 *죽이려* 들 텐데. 우리는 *집안 전체* 가 협회 회원이라고. 양쪽 집 다! 아빠 쪽은 4대째고 엄마 쪽은 7대째란 말이야."

"진정해, 프랜시스." 호손이 말했다.

"너는 몰라! 우리 증조할머니가 오모운미 아킨펜와 원로였다고! 피츠윌리엄 가문이랑 아킨펜와 가문은 원드러스협회를 거의 *숭배*하다시피 해. 난 쫓겨나면 안 돼."

타데가 고개를 가로저었다. "우리 말고 *다른* 누군가가 발설하면 안 쫓겨날 거야. 그건 우리 잘못이 아니야, 프랜시스. 내 말은 그들이 누구든 마음대로 하라는 거야. 말하라고 해. 그때가서 제명당하게 되는 쪽은 그 *사람들*일지도 몰라."

"맞아. 하지만, 이 일을 아는 사람은 우리밖에 없어야 하잖아. 만일 비밀이 밖으로 새어 나갔다면 우리한테도 잘못을 추궁할 수 있어." 마히르가 타데의 말을 지적했다.

모리건은 선로 건너편 벽을 가만히 응시했다. 제명당할 걱정을 하는 건 아니었다. 자신이 원더스미스라는 걸 협회 전체가 알게 된다면 어떤 기분일까 생각했다. 지금은 자신을 궁금해하거나, 조금쯤 미심쩍게 보고 있을 것이다. 하지만 만일 모두가 진실을 알게 된다면… 저주받은 아이로 다시 돌아가는 것과 같을 터였다. 모두가 모리건을 증오하고 두려워할 것이다. 자칼팩스에 그대로 남아 있는 것과 아무런 다를 게 없는 상황이었다.

오랫동안 익숙했던 공포가 겨울잠에서 깨어난 곰처럼 기지개를 켜기 시작했다. 가슴속이 뜨거워졌다.

타데가 호손이 들고 있던 종이쪽지를 다시 채 갔다. "이 쪽지가 있으면 우리 잘못이 아니란 걸 증명할 수 있어! 난 이걸 원로님들에게 가지고 갈 거야. 네가 뭐라고 하든 난 상관, **아야!**"

타데의 손안에 있던 쪽지가 순식간에 타 버리고 남은 재만 팔랑팔랑 바닥으로 떨어졌다.

"이걸 어떻게, 어떻게 한 거지?" 타데가 불에 덴 손가락을 입으로 빨며 말했다. 타데는 역 이곳저곳을 잽싸게 살피며, 누가 마술을 부려 쪽지를 태워 버렸는지 두리번거렸다. 역 안에는 아무도 없었다.

모리건은 마른침을 삼켰다. 목구멍 뒤쪽에서 재 맛이 나는 것 같았다.

"뭐… 문제는 해결됐네." 호손이 불안한 얼굴로 말했다.

타데가 그런 호손을 쏘아보았다. "그래도 우리가 가서—"

"우리는 절대 모리건을 배신하지 **않아**."

"그래, 넌 그렇게 말할 수밖에 없지. 너는 쟤랑 *친구잖아*."

화가 폭발하는 걸 참는 듯 호손의 목에서 가느다란 신음이 새어 나왔다. "우리 **모두** 친구인 거지! 우리는 동기야. 형제들, 자매들, 기억 안 나? 우리는 **가족**이 되기로 한 사람들이라고."

"**원더스미스**하고 가족이 되게 해 달라고 한 적 없어!" 타데는 거의 으르렁거리다시피 말했다.

"그만들 해." 낮고 차분한 목소리가 모여 선 아이들 뒤쪽 어딘가에서 들렸다. 아이들은 전부 흠칫 놀라며 케이든스를 돌아보았다. 이번에도 케이든스가 같이 있다는 걸 아무도 몰랐다는 기색이었다. "원로님들에게 말해선 안 돼. 이 일은 일단 우리끼리만 알고 있는 거야. 어떻게 되는지 두고 보자고."

"우리한테 최면 걸지 마!" 타데가 살짝 겁에 질린 목소리로 발끈했다.

"너희한테 *최면*을 거는 게 아니야, 멍청아. 할 일을 알려 주는 거지. 그건 엄연히 달라. 내가 최면을 걸려고 했다면 너희는 그 사실을 알 수조차 없었을걸. 그 쓸데없는 수업에선 가르치는 게 아무것도 없나 보네." 멀리서 덜컹거리는 소리가 들렸다. 승강장에 약한 진동이 울리고 터널에 빛이 비치기 시작하

222

며 홈트레인의 도착을 알렸다. "우린 아직 이 사람들이 원하는 게 뭔지도 몰라. 쪽지가 오는 걸 한번 기다려 보자. 그때 가서 어떻게 할지 정해도 돼. 그렇게 하지?"

아이들은 하나둘 고개를 끄덕였다. 타데도 수긍했는데, 양보 한 번 하는 그 간단한 일이 고문이라도 되는 것 같은 얼굴이었다.

홈트레인이 끼익 날카로운 마찰음과 함께 멈추면서 치어리 씨가 객차 밖으로 고개를 내밀어 아이들에게 타라고 손짓했다. 모리건은 맨 뒤에서 주춤거렸다.

케이든스에게 말을 걸려니 갑자기 어색했다. "저, 고마워."

케이든스는 별일 아니라는 듯 어깨를 으쓱였다. "아직 고마워할 거 없어. 난 그저 다음 쪽지에 뭐라고 적혀 있을지 기다리는 것뿐이야."

———◆———

아이들이 첫 수업을 들으러 프라우드풋역을 떠난 뒤에도 모리건은 한동안 그곳을 서성였다. 승강장을 오가는 열차를 지켜보면서 쪽지에 대해 골똘히 생각했다. 모리건이 원더스미스라는 사실을 누가 알 수 있었을까? 919기 동기 가운데 누군가 벌써 배신한 걸까? 아니면 후원자 가운데 누구일까? 바즈 찰턴과

223

프랜시스의 고모인 헤스터가 생각났다. 두 사람은 모리건의 협회 가입을 극렬히 반대했다. 둘 중 한 사람이 사실을 밖으로 흘렸거나… 아니면 직접 *쪽지*를 쓴 게 아닐까?

그럴 리 없다고, 모리건은 생각했다. 아무리 역겨운 바즈 찰턴이라도 그렇게까지 어리석을 리 없었다. 둘 중 누군가가 원협에서 쫓겨날 위험을 무릅쓰고, 919기 아이들에게 어떤 요구 사항을 내밀며 무릎 꿇게 한다고? 바즈 찰턴과 헤스터는 모리건을 협박하고 싶어 한 게 아니라 원협에서 *내보내고* 싶어 했다.

모리건은 한숨을 푹 내쉬고 역을 나와 프라우드풋 하우스로 향하는 숲속 오솔길을 내려가기 시작했다. 끔찍한 *사악한 역사* 수업을 들으려면 한 시간 정도 더 있어야 하므로(온스털드 교수는 다른 교사들보다 교실에 도착하는 데 시간이 걸렸다), 지하 3층에 가서 실황 지도를 공부할 시간이 났다. 그 생각에 기분이 좋아진 모리건은 조금 더 속도를 내서 걸었다.

"어이! 너! 비기 없는 애! 또 왔구나!"

좋았던 기분이 한순간에 날아가 버렸다. 모리건은 걸음을 멈추고 주변을 둘러보았다. 상급생 몇 명이 모리건을 따라 오솔길을 내려오고 있었다. 남학생이 셋, 여학생이 둘이었다. "혹시 지금 나한테 말한 거야?"

"*나한테 말한 거야?*" 여학생 한 명이 모리건의 말을 흉내 냈다. 키가 컸고, 긴 머리에는 줄무늬가 있었다. 누구의 작품인지 끔찍한 초록색으로 염색되어 있었다. 마치 머리가 이끼에 덮인 것처럼 보였다. 그 여학생이 모리건이 있는 곳까지 따라오자, 다른 친구들도 바로 뒤쫓아 왔다. "그래, 얼간아. 여기 비기 없는 애가 너 말고 또 있니?"

모리건이 말했다. "나도 비기 있어. 단지―"

"기밀이겠지, 그래." 남학생 한 명이 다가오더니 모리건 앞에 서서 내려다보며 말했다. 열넷이나 열다섯 살쯤 되어 보였는데, 워낙 체구가 크고 어깨가 떡 벌어져서 해를 다 가릴 지경이었다. "우리도 알아. 우리 차장이 그건 물어보면 안 된다고 그러더라고. 그래서 안 물어보려고. 네가 우리한테 직접 알려 주게 될 거야."

모리건이 남학생을 멀뚱멀뚱 쳐다보았다. "하지만 난 말할 수 없어. 기밀이거든. 기밀이라는 건―"

"그게 무슨 뜻인지는 우리도 알아. 네가 불법체류자라는 것도 알고. 공화국에서 몰래 넘어왔다며." 초록색 머리의 여학생이 말했다.

모리건은 마음을 단단히 먹었다. "아니야. 난―"

"알아 둬, 거짓말쟁이를 좋아하는 사람은 여기 아무도 없어. 비밀도 별로고. 학생들은 다 그래. 우린 하나로 뭉쳐야 하잖아? 그러니까 너도 네 비기를 보여 주는 게 좋을 거야. 당장. 아니면 내 비기부터 먼저 볼래?" 거칠게 퍼붓던 여학생이 꿍꿍이가

있는 얼굴로 씩 웃었다. 그러고는 주머니에서 뾰족뾰족한 강철
표창 다섯 개를 꺼내 손가락 사이에 끼워 넣었다. 마치 은빛 손
톱 같았다.

"음, 아니, 사양할게." 모리건은 마른침을 삼키며 돌아서서
프라우드풋 하우스 쪽으로 속도를 높여 걸었다.

또 다른 여학생이 펄쩍 뛰어 모리건 앞을 가로막았다. 찌푸
린 얼굴에 키가 작은 여학생은 회색 소매 셔츠를 입은 다른 학
생들과 달리 마력 학교를 상징하는 흰 소매 셔츠를 입고 있었
다. 여학생은 큰 소리로 웃으며 말했다. "시작해, 엘로이즈."

모리건의 몸이 공중으로 붕 뜨더니 두 팔이 길가 나무줄기에
고정되어 꼼짝할 수 없었다. 양옆에는 어깨가 떡 벌어진 남학
생과 믿기 힘들 정도로 힘이 센 마력 학교 여학생이 서 있었다.
모리건은 나무에서 벗어나려고 발버둥을 쳤지만 소용없었다.

"나를 놔 줘!" 모리건이 말했다.

"안 놔 주면 어떻게 할 건데? 너희 차장이라도 불러서 구해
달라고 하게?" 엘로이즈가 입을 한껏 삐죽거리며 말했다. "그
럼 해 봐, 어린애처럼 어디 한번 불—"

"**치어리 씨!**" 모리건이 소리쳤다. 앞에 있는 학생들이 어떻
게 생각하든, 모리건은 차장을 부르는 게 *전혀* 부끄럽지 않았
다. "**도와주—**"

하지만 땀으로 축축한 손이 입을 꽉 틀어막으며 도움을 청

하는 외침을 덮어 버렸다. 엘로이즈가 한 손을 높이 들자, 집게 손가락 위에 날카로운 별표창이 뾰족한 끝부분으로 서 있었다. 엘로이즈가 으스대며 말했다. "이 맛을 보려면 가만히 있는 게 나을 거야."

다른 학생들이 웃음을 터뜨렸다. 모리건은 눈을 질끈 감았다. 공기를 가르는 휙 소리와 둔탁한 퍽 소리가 들리며, 첫 번째 표창이 모리건의 머리 바로 옆으로 날아들었다. 한 눈을 빠끔 뜨자 왼쪽으로 1센티미터 남짓 될까 하는 곳에 희미하게 은빛이 반짝거렸다. 엘로이즈는 두 번째 별을 준비하고 있었다. 모리건은 호흡이 가빠져 숨을 훅 들이마셨다. 심장이 쿵쿵 마구 뛰어 댔다.

"우리 알피는 네가 변신술사shapeshifter 같다는데." 엘로이즈가 떡 벌어진 어깨를 한 남학생을 사랑스럽다는 듯이 바라보았다. "그런데 난 아니야. 915기인 앨리스 프랑켄라이터도 변신술사인데, 그걸 비밀로 하진 않았거든." 휙, 퍽. 움찔 놀라는 모리건의 오른쪽 귀 옆으로 두 번째 표창이 아슬아슬하게 날아와 박혔다. "하지만 알피 말이 맞을지도 몰라. 확실하게 알아낼 방법이 하나 있지." 휙, 퍽. 세 번째 표창이 날아와 모리건의 외투 소매를 나무줄기에 찍어 눌렀다. "어서 해. 숨긴 게 그거면 변신하라고."

"변신술사는 아니야." 콧수염이 막 나기 시작했는지 보풀이 생긴 것처럼 코밑이 볼품없이 거뭇한 마른 남학생이 말했다. "마녀 아닐까?"

엘로이즈가 네 번째 별 끝을 잡고 팔을 높이 들어 올리며 말했다. "바보 같은 소리 마. *너희* 기수 중에도 마녀가 둘이잖아, 멍청이야. 걔들 비기가 기밀이야?"

"아, 아니네." 남학생이 풀 죽은 소리로 대답했다.

덩치 큰 알피가 말했다. "닥쳐, 칼. 엘로이즈, 얼른 던져. 내가 나서야—" 휙, 퍽. "야! 목표물을 잘 봐야지. *내가* 맞을 뻔했잖아."

"일부러 그런 거야, 자기야." 엘로이즈는 얄미울 정도로 애교스럽게 웃었다. 그러고는 다섯 번째이자 마지막 표창의 날카로운 돌기를 매만지며 모리건을 을러댔다. "자, 와 *봐*. 이러면 재미없잖아. 뭐든 *하라*고. 네 비기를 보여 봐." 휙—

퍽 소리가 들리지 않았다.

눈을 질끈 감고 있던 모리건은 머리로 피가 몰리는 느낌이었다. 아니 피보다 성급한 무언가, *화가 난* 무언가가 솟구치는 기분이었다. 마치 썰물이 한꺼번에 빠져나간 것처럼 텅 비워지고, 갑자기 모든 것을 다 태워 버릴 듯한 열기가 두개골 뒤쪽에서부터 피어올라 머리끝까지 가득 차오르는 것 같았다. 모리건은 넘쳐흐르는 둑이었고, 폭발 직전이었다.

모리건이 눈을 떴다.

강철 표창 다섯 개가 공중에 떠 있었다. 다섯 아이는 얼어붙었다.

모리건은 자신이 느끼는 공포와 분노가 주변으로 고여 들어 유리잔의 물방울처럼 방울방울 맺히는 느낌을 받았다. 방금 일어난 끔찍한 사건의 무게만큼 무거운 물방울이었다.

아이들은 저마다 뻣뻣하게 팔을 뻗으면서 손을 내밀었다. 자신들의 힘으로는 멈추지 못하는 것처럼 보였다. 부자연스럽게 덜컥거리는 모습이 마치 줄에 매달린 꼭두각시 같았다. 다섯 개의 손이 허공에 떠 있는 표창을 하나씩 낚아채서 원래의 주인에게 돌아섰다. 반짝이는 은빛 날이 점점 더, 어쩔 수 없다는 듯이 더 가까이, 혼란과 경악으로 일그러진 얼굴에 다가갔다.

"아니야." 모리건이 중얼거렸다. 몸이 움직이질 않았다. "**안돼! 그거 내려놔. 그만해! 멈춰.**"

다섯 명이 진공 속으로 빨려 들어가듯 공중에 붕 뜨더니, 동시에 숲속 오솔길 위로 뚝 떨어졌다. 헝겊 인형처럼 흐느적거리면서. 표창도 그 옆으로 쨍그랑거리며 떨어졌다.

"모리건!" 역 근처 어딘가에서 소리쳐 부르는 소리가 들렸다. 치어리 씨가 달려 내려오고 있었다. 그 뒤를 다른 객차의 차장 두 명이 바싹 쫓아왔다. 그들은 곧장 끔찍한 엘로이즈와 그 친구들에게 달려가서 부축해 일으켰다.

"이게 무슨 일이야?" 남자 차장 한 명이 따지듯 물으며 모리건을 노려보았다. 모리건이 대답하기를 기다리는 게 분명했다. 하지만 모리건은 말할 수 없었다. 모리건은 입을 벌린 채 고개를 저었다.

"괜찮니?" 치어리 씨가 조용히 물었다.

"그 애한테 괜찮냐고 한 거야? 바닥에 쓰러져 있는 아이는 그 애가 아니야, 마리나!" 남자 차장이 말했다.

치어리 씨는 분한 듯이 대답했다. "이봐, 좀 기다려. 무슨 일이 있었는지 아무것도 모르면서 내 학생을 추궁하지 마. 저기 굴러다니는 저것들은 다 뭐지, 토비? 표창 사수는 *네* 학생 아니야? 무기 관련 비기가 있는 학생은 교실 안에서만 무기를 쓰게 되어 있잖아."

토비가 치어리 차장을 노려보면서 마지못해 물었다. "엘로이즈, 네 표창이 왜 나와 있는 거니?"

엘로이즈는 아무 말도 하지 않았다. 아직 충격에서 벗어나지 못한 듯했다.

"가자, 모리건." 차장이 모리건의 팔을 잡고 돌아섰다. "홈트레인으로 가자."

모리건은 비틀거리며 치어리 씨를 따라 멍하니 걸음을 옮겼다. 아이들이 쓰러져 있던 곳을 돌아보지 않으려고 애쓴 건 죄를 지은 것 같은 기분 때문이었다.

"무슨 일이니?" 치어리 씨가 괴로운 듯 눈을 동그랗게 뜨고 나직이 물었다.

"그 애들이 나를 못 움직이게 나무에 매달아 놓고 비기를 말하라면서 머리에 표창을 던졌어요!" 너무 흥분한 탓에 개나 알아들을 수 있을 만큼 목소리가 높아졌지만, 치어리 씨는 한마디도 놓치지 않고 귀 기울여 들으며 입술을 꽉 깨물었다. "그러다가… 그러다가, 어떻게 된 건지 나도 모르겠어요. *뭔가*… 막 쏟아져 나오는 이상한 기분이 들었어요."

모리건은 상급생들이 마치 보이지 않는 어떤 힘에 이끌리듯 날카로운 표창을 한 개씩 집어 들고 서로를 공격하려던 상황을 설명하면서 제정신이 아닌 사람처럼 중얼거렸다. "하지만 내가 그러려고 한 게 아닌데… 내가 일부러 그런 게 아니에요, 치어리 씨. *맹세해요*." 객차 안으로 들어설 즈음 말을 마친 모리건은 그제야 크게 숨을 들이켰다. 손이 덜덜 떨리고 있었다.

"나도 알아." 치어리 씨는 흔들림 없는 목소리로 말했지만, 모리건은 그 역시 걱정하고 있다는 걸 알았다.

모리건은 숨이 막히는 것 같았다. "어떻게 알아요? 나하고 만난 지 이제 고작 몇 주밖에 안 됐잖아요." 불쑥 주피터가 생각났다. 그야말로 모리건을 가장 잘 아는 사람이었다. 주피터가 또 자리를 비웠고, 집에 가도 그와 얘기할 수 없다는 사실이 떠오르자 걷잡을 수 없이 슬픔이 밀려왔다. 치어리 씨도 좋은 사람이었지만, 그것과는 다른 문제였다.

"난 딱 보면 좋은 사람인지 알 수 있어." 치어리 씨가 웃으며 말했다.

모리건은 마주 웃지 않았다. 그 순간 모리건은 모든 걸 다 털어놓고 싶었다. 승강장에 쪽지가 떨어져 있었던 일과 쪽지 때문에 타데가 손을 덴 일, 가슴에서 후끈 열이 오르면서 목 안쪽에서 재 맛이 났던 일까지. 그리고 분노가 급류처럼 쏟아져 나오자 엘로이즈의 표창이 주인을 공격했던 일도. 몸속에 힘이 흘러들던 순간 느꼈던 전율과 지금도 온몸을 기분 좋게 동요하는 충격의 여파마저도.

하지만 할 수 없었다. 말이 나오지 않았다.

모리건은 침을 삼키며 발만 내려다보았다. *내가 정말 좋은 사람일까? 일부러 그런 건 아닐지 몰라도… 한편으로는 그걸 즐겼어.*

하지만 그게 정상 아닐까? 그런 식으로 공격받고, 뾰족한 물건이 머리로 날아든 상황이라면 누구라도 똑같은 기분이 들지 않았을까?

아니면 그저 타락한 원더스미스의 본성이 드러나고 있는 것뿐일까?

"나쁜 부류도 알아보고. 찰턴 오총사 말이야. 그 애들은 나쁜 부류야."

모리건이 흘깃 시선을 들었다. "찰턴 뭐요?"

232

차장이 지긋지긋하다는 표정을 지었다. "자기들끼리 부르는 이름이야. 그 애들 전부 바즈 찰턴과 한통속이야. 바즈 찰턴은 몇 년 동안이나 계속 지원자를 모집해서, 지금은 한 기마다 적어도 한 명씩은 들어가 있는 것 같아. 토비가 맡은 기수에도 둘이나 있거든."

찰턴 오총사. 그러고 보니 이해가 갔다. 엘로이즈가 뭐라고 했던가? *너는 불법체류자야. 공화국에서 몰래 넘어왔다며.* 바즈 찰턴이 알려 준 게 틀림없었다. 그는 모리건이 원더스미스라는 사실에만 화가 난 게 아니었다. 모리건이 그 누구도 건드릴 수 없는 안전한 원드러스협회에 들어온 사실 때문에 아직도 분이 풀리지 않은 것이다. 자신이 평가전에 내보낸 다른 지원자가 마땅히 차지했어야 할 자리를 모리건이 빼앗아 갔다고 믿는 탓에 더 그랬다.

"중등부만 해도 다섯 명이고… 음, 이제 여섯 명이겠구나. 케이든스까지. 윽, 그 애들 소문이 케이든스에게는 안 들어가야 할 텐데. 걔들은 패거리를 지어 몰려다니는 형편없는 애들이야. 어떨 때 보면 각자 동기보다 자기네끼리 더 똘똘 뭉쳐 있는 것 같아. 잊지 말고 케이든스에게 멀리하라고 주의를 줘야겠어. 너도, 그 애들과 가까이하지 말아야 해. 알겠지?"

모리건은 고개를 끄덕였다. 엘로이즈든, 그 패거리든, *아니면 엘로이즈의 표창이든,* 두 번 다시 마주치고 싶지 않았다.

하지만 모리건이 케이든스 대신 대답할 수는 없었다. 누구든 케이든스의 생각을 대신 말할 수 있는 사람은 없었다. 케이든스는 자기 주관이 매우 뚜렷한, 이상하고 속을 알 수 없는 변덕스러운 아이였다.

최면술사 케이든스가 찰턴 오총사를 만나 찰턴 육총사로 합류하고 싶어 한다면, 모리건은 치어리 씨가 위험을 무릅쓰고 케이든스를 말리는 일은 하지 않았으면 좋겠다고 생각했다.

10장

요구와 용

2년, 여름

초여름의 온기가 네버무어에 도착했을 즈음, 원드러스협회의 담장 안은 벌써 타는 듯한 태양과 찌는 듯한 더위가 기승을 부리는 긴 하루하루가 이어지고 있었다.

919기 아이들은 원협 안에서 낯설게 일렁이는 변화에 적응했다. 프라우드풋 하우스의 폭과 깊이에도 더는 경탄하지 않았고, 날이 갈수록 자신 있게 지하 통로를 누비고 다녔다. 두 얼굴을 오가는 주임 교사를 대하는 법과 변화무쌍하게 바뀌는 주단위 시간표에 대처하는 법도 익혔다. 물론 모리건의 시간표는 여전히 변화라곤 없이 휑했다.

시간표대로라면 모리건은 남아도는 시간에 교정을 돌아다니며 눈부시게 아름다운 원협을 즐길 수 있었겠지만, 즐기기는 커녕 뒤를 살피며 찰턴 오총사와 마주치지 않기 위해 피해 다니기 바빴다. 표창 사건을 알게 된 호손은 화가 나서 펄펄 뛰었다. 다음 날 아침 복수할 방법을 열 가지나 구상해서 홈트레인으로 가져온 호손을 모리건과 치어리 씨는 *가까스로* 말릴 수 있었다(사실 모리건은 호손이 여섯 번째 방법을 밀어붙이도록 내버려 두고 싶었는데, 그 방법은 엘로이즈의 홈트레인을 화장실 휴지로 도배하는 것이었다).

주피터에게는 표창 사건을 알리지 않기로 했다. 주피터가 집을 나가 있는 기간은 짧아졌지만 불려 나가는 횟수는 더 많아졌다. 집에 오면 하루나 이틀이 채 지나기 전에 원드러스협회나 탐험가연맹에서 또다시 기별을 보냈다. 간간이 모리건은 처음 들어 보는 천계시찰단Celestial Observation Group 같은 조직에서도 주피터를 찾았다. 그러면 주피터는 다시 집을 떠나 카시엘이나 팍시무스 럭이나 아기 성묘 사건의 실마리를 찾아다녔다. 주피터는 아직도 이 실종 사건들이 서로 관련 없다고 우겼지만, 모리건이 볼 때 그의 목소리는 확신을 잃어 갔다. 탐험이 막다른 길목에 부딪혀 집으로 돌아올 때마다 주피터는 점점 더 낙담하고 실의에 빠졌다. 모리건은 원협에서의 집단 괴롭힘이나 알 수 없는 협박 쪽지 문제를 알리기가 망설여졌다. 주피터에게 자신에 대한 걱정까지 얹어 주는 꼴이기 때문이었다.

그러던 중에 첫 번째 요구가 도착했다.

"이게 뭐지?" 어느 날 오후, 치어리 씨가 아이들을 919역에 내려 주고 간 뒤에 타데가 물었다. 타데는 문을 빤히 바라보고 있었다. 문틈에 파란 종이가 접힌 채 꽂혀 있었다.

모리건은 호텔로 돌아가는 문 앞에서 걸음을 멈추고 한숨을 내쉬었다. 그날은 온스털드 교수의 습한 잔디 교실에서, "새 연대 당시 원더스미스의 실책이 비행 이동에 미친 영향"이라는 제목의 에세이를 위해 책을 찾고 글을 쓰느라 길고 진저리 나는 하루를 보낸 참이었다. 어서 저 검은 문을 열고 들어가 침대에 몸을 던지고 싶다는 생각만 간절했다.

타데가 고개를 숙이고 쪽지를 읽다가 격하게 머리를 흔들었다. "안 돼, 절대 안 돼. **절대로 안 돼.**"

케이든스가 쪽지를 뺏어 들자 모리건과 다른 친구들도 주위로 몰려와 케이든스의 어깨 너머로 쪽지 내용을 읽었다.

타데 밀리센트 매클라우드.

내일 오후 격투 클럽에서

미정의 상대와 경기가 잡혀 있을 것이다.

그 경기에서 져라.

일부러 져 주지 않으면

919기의 비밀을 폭로하겠다.

명심해라.

아무에게도 말하지 마라.

그렇지 않으면 너희의 비밀을 만천하에 알릴 것이다.

타데가 팔짱을 끼면서 말했다. "나는 지금까지 한 번도 경기에서 져 본 적이 없어. 앞으로도 지지 않을 거고."

케이든스가 쏘아붙였다. "그것 때문에 우리가 전부 협회에서 쫓겨난다 해도?"

타데는 대답하지 않았다.

모리건은 쪽지를 한 번 더 읽었다. 누구기에, 왜 타데가 시합에서… 아, 불쑥 어떤 생각이 머리를 스쳤다. *아!* "타데, 네가 싸울 상대가 누구야?"

"네가 무슨 상관이야?"

모리건은 애써 조바심을 지우며 말했다. "*왜냐하면,* 그게 누구인지 알면 이 쪽지를 누가 썼는지 알아낼 수 있을지도 모르잖아! 어쩌면 내일 너하고 싸울 상대가 바로—"

"정해지지 않았어. 상대 선수는 링에 올라가기 직전에 뽑기로 정해. 같은 조에 있는 어느 격투반 사람이 될지 아무도 몰라." 타데가 잘라 말했다. 타데의 얼굴은 시시각각으로 점점 더 험악해졌다. "누군지 모르겠지만, 그 사람들은 다른 누가 이기기를 바라는 게 아니야. *내가 지기를* 바라는 거지. 하지만 그렇게는 안 될 거야."

프랜시스가 거의 울 것 같은 얼굴로 말했다. "나는 쫓겨나면 안 돼. 타데, 부탁할게. 정말 큰일 나. 우리 고모가—"

"참나, 우리 고모, 우리 고모." 타데가 비웃는 목소리로 말했다. "고모 얘기 좀 그만해. 우리 아빠는 어쩔 건데? 내가 시합에서 일부러 져 줬다는 걸 알면 수치심 때문에 죽어 버릴 거야. 이건 원칙이 걸린 문제라고! 매클라우드 가문은 일부러 지는 짓 따위는 하지 않아."

호손이 타데를 노려보았다. "동기와 신의를 지켜야 한다는 원칙은 어쩌고—"

"허, 닥쳐, 스위프트."

"**됐어.**" 케이든스가 소리쳤다. "투표로 결정해. 쪽지를 무시하고 누가 비밀을 누설해도 좋다는 데 찬성하는 사람은 모두 손들어."

타데가 손을 번쩍 들고, 고집스러운 눈으로 케이든스를 노려보았다. 아나도 뒤따라 손을 들었고, 마히르도 동참했다. 아칸도 슬그머니 손을 올렸지만, 모리건을 생각해서 난처한 표정 정도는 짓고 있었다.

"우리 동기를 배신하고, 협회의 기반을 이루는 윤리와 원칙 을 노골적으로 깔아뭉개는 데 *반대하는* 사람은?" 호손이 타데 를 노려보며 손을 쭉 펴 들었다.

케이든스와 프랜시스, 램버스도 손을 들었다 램버스가 지금 오가는 말을 정말 주의 깊게 듣고 있는 건지 알쏭달쏭했다.

"*모리건*." 호손이 작은 목소리로 급하게 부르더니, 무언가를 재촉하는 표정으로 모리건을 바라보았다.

"아! 맞다."

모리건도 손을 들었다.

타데는 발로 벽을 찼다.

"그래, 스위프트, 지금 뒤로 당겨! 이제 풀고… 녀석은 급강 하하고 싶어 하지만, 그렇게 두면 안 돼. 당기면서, 균형 확인 하고. 고삐가 네 손 안에 있다는 걸 잊지 마. 높이 뜬 채로. 이제 그만. 잘했어. 턱 들고, 머리는 뒤로. 용 말고 네 머리, 스위프 트. 다음번에는 왼쪽으로 하강할 때 좀 더 민첩하게 돌아보자."

호손의 화요일 아침 용타기 코치는 밀가루 반죽 같은 얼굴을 한 핑거스 마지라는 남자였는데, 용타기를 직업 삼아 사십여 년을 살면서 손가락 다섯 개를 잃었다(한 손에서 두 개, 또 다른 손에서 세 개).

달리 더 할 일도 없던 모리건은 놀다가도 지칠 만큼 남아도는 시간 대부분을 지하 5층 용타기 경기장에서 호손이 훈련받는 걸 구경하며 보냈다.

그건 묘한 일이었다. 자기 영역에 서 있는 친구를 보고 있으면 진심으로 전율이 느껴졌다. 용을 타는 호손은 평소 보기 힘든 면모를 발휘했다. 눈이 부실 정도의 변신이었다. 쉽게 들뜨고 오래 집중하지 못하는 악동은 사라지고 없었다. 자기 자리에 선 호손은 진지하고 능력 있는 소년이 되어 눈앞의 과제에 몰두하고 코치에게 주의를 기울이며 다양한 재주를 갈고닦는 데 전념했다.

용들도 뭔가… 훌륭했다. 이런 고대의 파충류와 한 공간에 있을 수 있다는 것도 특권처럼 여겨졌다. 용은 우아하게 아름다운 동시에 겁이 날 정도로 강하고 지능이 높은 생명체로, 마치 진짜 마법이 곁에 머무는 것만 같았다.

하지만 다른 한편, 이곳에 오는 것 자체가 스스로 견딜 만한 고문을 자초하는 느낌이었다.

모리건이 기대했던 협회는 바로 *이런* 곳이었다. 919기의 다른 아이들과 마찬가지로 호손의 수업 일정도 흥미진진하고 내실이 꽉 차 있었다. 오늘 호손은 경기장에서 훈련을 받은 직후, 오후에는 푸념하는 숲에서 오리엔티어링(* orienteering, 지도와 나 침반만 사용하여 방향을 잡고 목표 지점을 찾아가는 스포츠 – 옮긴이) 수업에 참 여한다. 내일 아침에는 *적대적 생명체* 논쟁이라는 강의를 듣 고, 오후에는 *영생에 이르는 길, 가능한가?* 수업에 들어간다.

모리건은 질투심에 울부짖는 늑대를 길들이려고 노력했다. 정말로.

다행히 오늘은 늑대가 울지 않았다. 하지만 그건 전날 역에 서 있었던 일이 한시도 멈추지 않고 머릿속을 맴돌기 때문이 었다.

모리건은 동굴 같은 경기장 천장을 가만히 올려다보았다. 눈 길은 호손과 용이 급선회하며 동그라미를 그리는 광경을 좇고 있었지만(핑거스 마지가 잘했다고 외칠 때까지), 사실 그런 건 눈 에 들어오지 않았다. 눈앞에 그려지는 건 일그러진 얼굴로 쏘 아보는 타데였다. 제명당할 수 있다는 공포에 울먹이는 프랜시 스도 떠올랐다. 모리건의 비밀이 들통나도 할 수 없다는 쪽에 소심하게 손을 들며 죄책감을 표하던 아칸도 아른거렸다.

아이들과는 꽤 가까워졌었다. *아주 가까웠다.* 그 유치한 쪽 지를 보낸 사람이 누구인지는 몰라도, 원협에서 행복하게 지낼 수도 있겠다며 꿈에 부풀었던 모리건의 희망이 완전히 망가져 버렸다는 걸 알고 있을지 궁금했다. 어쩌면 협박 쪽지를 보낸 사람이 모리건을 몹시 증오해서, 919기를 반으로 갈라놓을 완벽한 계획을 구상한 건지도 몰랐다.

하지만 그게 누구일까? 모리건이 지닌 비기는 어떻게 알아냈을까? 모리건은 아침 내내 이 두 가지 질문을 곱씹고 또 곱씹었다.

"좋아, 이제 천천히 아래로 몰아. 부드럽게 착지해. 또 실없이 우당탕 구르지 말고. 그렇지. 이제 그만." 핑거스가 호손에게 소리쳤다.

오늘 호손이 탄 용은 **알록달록 초롱 비늘**이라는 중간 정도 크기의 용(대략 코끼리 두 마리 정도 크기)이었는데, 비늘로 덮인 청록색 피부가 아른아른 빛나며 전등 불빛을 비춘 수면처럼 물결을 그렸다. 호손이 부드럽게 지상으로 착륙하자, 근육이 발달한 용의 뒷다리를 통해 몸통까지 잔잔하고 은은하게 빛나는 파동이 경쾌하게 퍼져 나갔다.

다른 기수가 경기장을 사용하는 시간이 되자, 호손은 관중석을 두 계단씩 껑충껑충 올라와 모리건의 옆자리에 털썩 주저앉았다. 땀에 전 호손의 얼굴은 벌겋게 달아올라 기진맥진해 보였다. 하지만 그건 아주 좋아하는 일을 열심히 해낸 뒤 충족감과 함께 오는 기진맥진함이었다.

"마지막에 했던 그 뒤집기 있잖아. 그거 멋지더라. 어떻게 안장에서 안 떨어지는 거야?" 모리건이 호손에게 물병을 건네주면서 말했다.

"고마워!" 호손이 얼굴 앞으로 흘러내린 갈색 곱슬머리를 휙 젖히며 대답했다. "그건 그냥 근육을 정확히 쓰면서 용이 멍청한 짓을 하지 않길 바라기만 하면 돼. 그래도 저 녀석은 영리한 용이야. 믿을 만해."

"저 용 이름이 뭐랬지?"

호손이 눈을 굴리며 물을 벌컥벌컥 마셨다. "누구한테 묻느냐에 따라 다르지. 선수권 대회에 등록된 공식 명칭은 *기름 덩어리를 베는 뜨거운 칼처럼 대기를 가르는 활주*인데, 나는 폴이라고 불러."

"으응." 모리건은 건성으로 대답했다.

호손은 앞 열 의자의 등받이에 발을 올리고 가죽으로 된 정강이 보호대를 풀기 시작했다. "쪽지 생각하는 거지? 네 생각에는 누가 보낸 것 같아?"

"글쎄… 나도 궁금해. 엘로이즈랑 그 패거리라면 어떨까? 찰턴 오총사 있잖아."

호손이 얼굴을 찡그렸다. "하긴, 그 애라면 그럴 만하지. 하지만 그 애가 어떻게 알겠어? 네가…" 호손은 가까이에 사람이 없는지 두리번거리더니 목소리를 낮춰 말했다. "*원더스미스*라는 거 말이야. 바즈 찰턴이 말했을 것 같아?"

"모르겠어." 모리건은 솔직한 심정을 말했다. 호손이 손목

보호대 끈을 풀려고 씨름하는 동안 둘은 말없이 앉아 있었다. 모리건의 마음속에서 이상한 죄책감이 꿈틀거리며 독처럼 부글부글 끓어올랐다. "타데는 절대 날 용서하지 않을 거야."

"너를 용서해? 무슨 용서? 네가 잘못한 게 아니잖아!" 호손이 무슨 말이냐는 듯이 툴툴거렸다.

"내 비밀을 지키려는 거잖아."

"아니, 우리 비밀이지. 쪽지를 보낸 게 누구든 우리 전부를 협박하고 있는 거야. 우리 모두의 일이라고." 호손이 고집스레 말했다.

핑거가 호손의 이름을 부르자 호손은 아무렇게나 버려두었던 장비를 챙기며 나직이 말했다. "잘 들어. 누구 짓인지 알 길이 없는데, 걱정해 봐야 무슨 소용이 있어? 일단 기다리면서 또 어떤 쪽지가 오나 보자."

하지만 계단을 내려가 경기장으로 향하는 호손을 바라보면서 모리건은 불쑥 마음을 굳혔다. 다음에 올 쪽지를 가만히 기다리며, 그 요구 때문에 동기들이 자신에게 등을 돌리는 건 아닌지 고민만 하고 있을 수는 없었다.

이 일을 밝혀낼 방법이 있었고, 있어야만 했다. 모리건은 그걸 찾아낼 작정이었다.

그러려면 우선 어디로 가야 하는지, 모리건은 정확히 알고 있었다.

지하 5층에서 제일 큰 도장에 들어갔을 때, 타데는 이미 링에 올라가 있었다. 격투 클럽은 원협의 모든 격투 수련생이 모여 일대일로 결투를 벌이는 주간 행사였다. 무질서한 데다 공정성 같은 건 눈 씻고 봐도 찾을 수 없었다. 남녀노소 가리지 않고 무한 경쟁을 벌였으며, 맨발의 킥복싱 선수가 쇠사슬을 엮어 만든 갑옷을 입은 검술 장인과 붙어 싸우는 경우도 있었다. 이유는 알 수 없지만, 격투 클럽은 타데가 세상에서 제일 좋아하는 것이었다. 타데는 매주 동기들에게 자신의 경기 이야기를 조금도 덜어내지 않고 아주 세세하게, 폭력적인 부분까지 구체적으로 들려주며 좋아했다. 타데는 가장 어린 선수였지만 무패 행진을 이어 온 격투 클럽의 우승자였다.

오늘까지는.

"좋아. 매클라우드와 대전할 상대는 누굴까?" 뻣뻣한 회색 곱슬머리에 탄탄한 근육을 가진 건장한 여자가 모자를 높이 쳐들고 외쳤다. 여자는 이름 하나를 뽑더니 싱긋 웃으며 소리 내어 읽었다. "윌 고디! 자, 올라와. 친구. 어이쿠, 금방 끝나겠군." 여자가 나지막이 군소리를 중얼거리자, 관중이 탄식과 야유 섞인 웃음으로 반응했다. 브러틸러스 브라운은 앞발로 얼굴을 가렸다.

월 고디는 916기 남학생으로 수다스러운 성격이었고, 얼토당토않은 이야기를 지어내는 걸 좋아했다. 주로 도시에서 가장 크고 가장 형편없고 가장 거친 영웅으로 등장해서 약자를 괴롭히는 악당 패거리를 식은 죽 먹기로 물리치는 그런 이야기였다. 그 이야기가 말도 안 된다는 건 누구나 알았다. 고디에게는 싸움을 할 만한 기량이랄 게 전혀 없었다. 심지어 고디의 비기는 결투와 아무 상관도 없었다. 그가 재능 있는 작곡가이면서도 고집을 부려 격투 수업을 듣는 이유는, 그래야 협회 밖에 나가 자신이 진짜 권투 선수라고 떠들 수 있어서였다. 모리건은 타데가 그런 고디를 참지 못하리란 걸 알았다.

링 위로 올라오는 고디를 보는 순간 타데의 얼굴이 일그러졌다. 도장 안의 하고많은 사람 중에, 저 수다스러운 애송이 월 고디를 상대로 첫 패배의 기록을 남겨야 한다니… 그건 더없는 굴욕이었다. 이 싸움에서 월이 이긴다면, 타데는 월이 떠드는 무용담을 *끝도 없이* 들어야 할 것이다.

이것도 조작인가? 모리건은 의아했다. 협박범이 모자에서 월의 이름이 나오도록 *계획*을 짠 것일까? 그러기 위해서는 모자에서 월의 이름을 뽑은 저 건장한 여자가 협박범이 될 수밖에 없는데, 어쩐지 석연치 않았다.

월의 짓이 아닌 건 확실했다. 허세를 부리고는 있지만 월은 타데와 맞붙게 되었다는 생각 때문에 헛구역질할 정도로 불안해 보였다.

모리건은 차마 지켜볼 수가 없었다. 그렇지만 혹시 타데가 생각이 바뀌어 일부러 져 주려고 했던 마음을 확 접어 버리지는 않을지 궁금했다. 한편으로는 마땅히 그럴 거란 생각도 들었다.

하지만 타데는 그러지 않았다. 첫 번째 라운드에서, 경기가 *시작되자마자* 타데는 윌의 어처구니없는 발놀림과 허우적거리는 솜방망이 주먹에 못 이기는 척 엎어져 버렸다. 그럴듯하게 포장하려는 노력조차 하지 않았다. 윌의 주먹이 처음 얼굴에 닿은 순간(타데가 마치 접시에 담아 대접하듯 얼굴을 내준 덕에) 타데는 바닥으로 쿵 쓰러져 카운트를 다 세도록 일어나지 않았다.

관중은 믿기 힘들어했다. 모리건 역시 좀처럼 믿을 수 없었지만, 사실 이런 결과를 기대하기도 했다.

하지만 충격은 얼른 떨쳐 내야 했다. 바로 *지금* 이 순간을 위해 이곳을 찾아왔기 때문이다. 협박범이 타데에게 바란 게 경기에서 일부러 져 주는 거였다면, 분명 이곳에 와서 경기를 지켜보고 있을 터였다. 모리건은 관중석을 샅샅이 훑고 도장 안의 얼굴을 하나하나 살펴보면서, *어떤…* 단서 같은 걸 흘리고 있을 사람을 찾았다.

그러나 의기양양하거나 흡족해하는 표정이 순간이라도 스쳐 지나간 얼굴은 없었다. 도장 안의 모든 사람은 윌에게 돌아간 불가능한 승리 때문에 깊이 충격을 받은 표정이었다. 그중에 협박범들이 앉아 있었다면, 그들은 세상에서 가장 훌륭한 연기자가 틀림없었다.

월이 쏟아지는 함성과 박수갈채를 한껏 만끽하는 사이, 타데는 링에서 뛰어나와 모리건을 그대로 지나쳐 터덜터덜 걸어갔다.

모리건이 타데를 불렀다. "타데! 기다려, 내가—"

"나 좀 혼자 있게 내버려 둬." 타데가 어깨 너머로 으르렁댔다.

"난 그냥 하고 싶은 말이—"

"*하지 마.*"

도장을 나가는 타데를 바라보며, 모리건은 어느 때보다 마음이 우울했다.

———◆———

919역에서 두 번째 요구가 발견된 건 금요일 오후, 프랜시스의 반지르르한 파란 문 틈새에서였다. 프랜시스는 살짝 떨리는 손으로 쪽지를 펼쳤다. 쪽지를 읽는 눈이 가늘어졌다.

"원하는 게… *케이크야.*"

"케이크?" 호손이 되물었다.

"그렇게 적혀 있어."

모리건은 얼굴을 있는 대로 찡그리며 어리둥절한 표정을 지었다. "고작… 케이크라고?"

"**고작** 케이크라고?" 프랜시스가 손에 든 쪽지에서 시선을 들어 모리건을 쏘아보았다. "아니, 이건 **고작** 케이크가 아니야. 네가 **읽어.**"

프랜시스 존 피츠윌리엄.

그랜드 칼레도니아 대관식 문장 장식이 있는
케이크를 구워 내일 아침 6시까지
919역 승강장에 가져다 놓아라.
이 명령을 정확히 이행하지 않으면,
우리는 919기의 비밀을 폭로하겠다.

명심해라.
아무에게도 말하지 마라.
그렇지 않으면 너희의 비밀을 만천하에 알릴 것이다.

모리건이 쪽지를 읽다가 물었다. "이게 뭐야? 그랜드 칼레도니아 대관식 문장?"

프랜시스가 씩씩 화를 내며 말했다. "내가 아는 것 중에 제일 복잡하고 만들기 까다로운 케이크야. 단을 세 개 쌓아야 하는데 단마다 맛이랑 식감도 다 달라야 하고, 설탕으로 꽃을 만들어 금박을 입힌 장식을 수백 개나 얹고, 캐러멜 시럽으로 사방에 소용돌이무늬를 그려야 하고, 맨 위에는 설탕으로 레이스를 뜨듯 정교하게 만든 왕관 장식을 올려야 한다고."

호손이 눈을 휘둥그레 떴다. "나도 한 개 만들어 주면 안 돼?"

"이걸 만들려면 밤을 꼬박 새워야 할 거야! 그런데 내일은 아침부터 네 시간 동안 칼질 수련을 해야 해. 밤을 새우고는 할 수가 없단 말이야! 내 손가락을 베어 버리고 말 거라고!" 프랜시스는 호손의 말을 무시한 채 모리건이 들고 있던 쪽지를 다시 휙 채 갔다.

"내일은 토요일이야." 호손이 말했다.

"내일이 토요일인 건 나도 *알아*." 프랜시스가 호손을 노려보았다. "헤스터 고모가 내 칼 솜씨가 수준 미달이라면서 주말에 과외 수업을 하라고 하셨어."

호손이 침을 꿀꺽 삼켰다. 호손은 주말에 학교 공부를 보충한다는 말을 듣고는 몹시 분해했는데, 모리건은 호손이 그렇게까지 기분 상한 모습은 처음 보는 것 같았다. 일시적으로 말하는 능력을 잃어버린 사람처럼 보였다.

"말도 안 돼." 모리건이 쪽지를 가리키며 말했다. "왜 그 사람들이 너한테 *케이크*를 만들어 오라는 거야?"

프랜시스는 마음에 상처를 입은 표정이었다. "왜? 누가 나한테 케이크를 만들어 달라고 하면 안 돼? 너 내가 만든 케이크를 *먹어* 본 적 있어?"

"*진짜* 끝내줘, 프랜시스." 호손이 동의했다. "만일 내가 협박 범이라면 나도 분명 너한테 케이크를 만들어 오라고 했을 거야. 그리고 네가 저번에 만들었던, 안에 커스터드 크림이 든 페이스트리도. 또 그때 그거 있잖아—"

"조용히 해 봐, 호손. 내 말은 단지… 요구하는 게… 음, 좀 *유치한 장난* 같다는 거야." 모리건은 저 너머 침실로 이어지는 검은 문을 흘깃 바라보았다. 저녁에 음악 살롱에 가기로 했지만(프랭크가 새로운 공연을 예약해 두었는데, 공연자가 뮤지컬 음악을 콧구멍 휘파람으로 불 수 있다고 했다), 프랜시스가 모리건의 비밀을 지키기 위해 밤새 케이크를 만든다는 걸 알면서도 음악 살롱에 간다면 죄책감으로 괴로워서 공연을 즐길 수 없을 게 뻔했다. 모리건은 한숨을 쉬었다. "이렇게 하자. 내가 가서 도와줄게. 그럼 됐지? 내가 조수를 하면 되잖아. 네가 직접 할 필요도 없고. 아니면… 아니면 네가 듀칼리온 주방으로 와도 되겠다! 우리 주방장님이라면 그… 그랜드 대관절 칼레도니아인가 뭔가를 휙 만들 수 있을 거야."

모리건이 부적절한 말을 한 게 분명했다.

"이류 호텔에서 튀김이나 만드는 요리사의 도움 따위 필요 **없어!**"

프랜시스는 이 말을 남긴 채 모리건의 바로 앞에서 파란 문을 쾅 닫고 사라져 버렸다.

모리건은 믿기지 않아 고개를 흔들었다. "튀김이나 만드는 요리사라고? 허티컷 주방장님은 왕실 라이트윙 주걱Royal Lightwing Spatulas을 **세 번**이나 받은 분인데." 모리건은 손을 흔들며 호손과 인사하고 검은 문으로 들어가며 혼자 툴툴거렸다. "*튀김 요리사라니.*"

모리건은 문을 밀고 세상에서 제일 좋아하는 방으로 들어가며 안도의 한숨을 내쉬었다. 침대는 드디어 금요일이라는 사실을 기념하듯이, 커다란 새 둥지 모양으로 변해 있었다. 둥지 안에는 십여 가지의 서로 다른 초록빛으로 물든 부드러운 천이 가득 들어 있었고, 가운데에는 커다란 달걀 모양 베개가 세 개 있었다. 모리건은 두 팔을 새처럼 벌린 채 깊고 아늑한 둥지 위로 넘어지듯이 누웠다. 만족스러운 *탄성*이 절로 나왔다.

모리건은 누워서 물끄러미 천장을 올려다보았다. 얼마 전부터 천장에는 짙푸른 밤하늘이 드넓게 펼쳐져 있었는데, 친근하게 가물거리는 별도 한가득 떠 있었다. 그렇게 하늘을 보고 있으니 원협 지도실이 떠올랐다. 천장이 계속 저 모습이면 좋을 것 같았다.

타데 생각이 머리에서 떠나질 않았다. 도장을 나갈 때 보여 줬던 표정과 그날 이후 계속되는 우울한 침묵이 자꾸 떠올랐다. 참담했다. 타데는 지금까지 쌓아 온 격투 클럽에서의 전적을 자랑스러워했다. 마땅히 자랑스러운 기록이었다. 그런데 다른 사람도 아닌 윌 고디에게 진 것이었다. 모리건은 타데가 약속을 지켰다는 사실에 매우 놀랐고 용기도 났다. 타데는 동기들을 위해 자신에게 그토록 소중한 것을 희생했다.

모리건이 의지를 불태우게 된 건 이 마지막 생각 때문이었다. 그래서 격투 도장에 급습한 것이었다. 모리건은 아직 협박범이 누구인지 몰랐다. 하지만 포기하지 않을 생각이었다. 타데가 윌 고디에게 지는 쪽을 택하고, 프랜시스가 밤을 꼬박 새우며 터무니없이 복잡한 케이크를 만들어 낸다면, *모리건*도 모든 일의 배후에 누가 숨어 있는지 알아낼 수 있을 것이다.

모리건에게 그보다 더 중요한 일은 없었다.

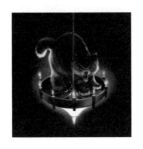

11장

스텔스

"저 사람은 뭔가 근심이 있어."

"무슨 근심?"

"내 생각에는… 돈일 거야."

잭과 모리건은 나선계단 난간에 기대어 듀칼리온 로비에서 펼쳐지는 토요일 밤의 광경을 지켜봤다. 그날 밤은 드넓은 로비 전체가 인공 연못이 되어 늘 있던 매끄러운 벨벳 가구와 화분 대신 작은 곤돌라와 카누가 가득했다. 배를 타고 오가는 요란하고 화려한 파티 손님들은 프랭크가 초대장에 명시해 둔 대로 하나같이 물과 관련된 옷차림이었다. 모리건이 본 것만 해도 여자 인어가 일곱, 남자 인어가 넷이었고, 선원과 해적 무리, 불가사리, 굴, 그리고 노골적인 자주색에 스팽글을 다닥다닥 붙인 문어도 하나 있었다.

"그걸 어떻게 알아?" 모리건이 물었다.

잭이 두 눈을 가늘게 떴다. 그리고 안대를 관자놀이 쪽으로 돌려놓으면서 말했다. "손가락이 녹색이야. 녹색 손가락은 돈을 구하려고 안달이 나 있다는 뜻이거든. 아니면 돈을 얼마 잃었거나."

모리건은 잭이 관찰하는 남자를 내려다보았다. 과할 정도로 자신만만해 보이는 잘생긴 남자가 몸에 딱 맞춘 해군 제독의 제복을 입고 있었다. 남자는 곤돌라 앞부분에 서서 그 공간과 사람들이 모두 제 것인 양 로비를 죽 훑었다. "부자 같아 보이는데. 아내 목에 두른 보석들 좀 봐."

"부자도 돈 걱정은 해. 어쩔 땐 가난한 사람들보다 더하기도 해. 그리고 저 여자는 아내가 아니라 정부야."

모리건은 깜짝 놀라는 동시에 즐거웠다. 모리건이 요즘 제일 재미있어하는 새로운 놀이였다.

최근 몇 주 동안 듀칼리온의 주말은 평소보다 활기가 넘쳤다. 프랭크가 근처에 새로 문을 연 호텔 오리아나Hotel Aurianna의

파티 기획자 두 명과 경쟁이 붙어 승부를 겨루는 탓이었다. 프랭크는 매주 토요일 밤마다 주제가 있는 호화로운 파티나 댄스파티 혹은 가면무도회를 개최했고, 때로는 부속 건물들을 완전히 폐쇄하기도 했으며, 때로는 멀리서도 보고 들을 수 있도록 옥상에 판을 벌였다. 그리고 일요일 아침만 되면 로비를 서성대며 「네버무어 파수꾼*Nevermoor Sentinel*」이나 「모닝 포스트*Morning Post*」나 「거울*Looking Glass*」 같은 신문이 배달되기를 기다렸다. 신문이 오면 재빨리 사회면을 펼쳐 보고는, 그 주에 어느 호텔 기사가 더 많이 실렸는지 확인한 뒤 로비가 쩌렁쩌렁 울리도록 의기양양하게 웃거나 화를 내며 분통을 터뜨렸다. 프랭크는 주로 이기는 편이었지만(그가 기획하는 파티는 아주 유명했고, 유명 인사와 귀족이 많이 참석했는데, 이따금 왕족도 만날 수 있었다), 어쩌다 한번 지는 날에는 듀칼리온의 모든 사람이 불안에 떨었다. 지고 난 후 프랭크는 며칠 동안 급격히 맥이 빠져 축 늘어져 있다가, 이내 미친 사람처럼 기운을 내서 그다음 토요일에 흥청망청 즐길 "역대 최고의" 파티를 준비했다.

그 덕분에 토요일 밤마다 듀칼리온은 사람들을 관찰하기에 더없이 좋은 공간이 되었다. 잭이 위트니스로 점점 자신감을 찾아가면서 사람을 관찰하는 일은 훨씬 더 재미있어졌다.

물을 끔찍이도 싫어하는 피네스트라는 그날 저녁 파티 주제를 알고 격분하여 프랭크에게, ① 스팅크를 부르고 ② 프랭크의 침실에 통마늘을 쏟아 버리고 ③ 호텔을 태워 버리겠다고 으름장을 놓은 상황이었다. 물론 이런 짓을 실제로 하지는 않았지만, 피네스트라는 검은 샹들리에 살기등등하게 매달려 누군가 겁도 없이 가까이 떠내려올 때마다 쉭쉭거리며 발톱을 드러냈다.

"저 사람들은 어때?" 모리건이 선명한 색의 열대어 차림을 한 젊은 여자들을 가리켰다. 여자들은 옷에 장식 술과 깃털과 구슬을 주렁주렁 달고 있었는데, 전부 너무 급진적인 데다 *엄청나게* 부적절했다. 무턱대고 노를 저어 로비를 돌아다니던 여자들은 분홍색 샴페인을 병째로 마시며, 작게 마련된 모래섬에 아끼는 그랜드피아노와 함께 자리 잡은 피아니스트 윌버에게 *좀 더 발랄한* 곡을 연주해 달라며 성가시게 굴었다.

잭은 집중하느라 미간을 찌푸린 채 잠시 여자들을 살펴보았다. "저 흰둥가리 옷을 입은 시끄러운 여자는 집에 가고 싶어 해. 집이 아닐 수도 있지만, 어쨌든 어디 다른 곳에. 저기… 실인지, 그런 비슷한 게 있어. 온실 같은. 계속 여자를 정문 밖으로 끌어당기려 하고 있어."

주피터의 조카인 잭은 첼로 수업을 마치고 주말을 보내기 위해 오후에 호텔에 도착했다. 뜻밖에도 잭이 온 덕분에 아침부터 계속 엉망이었던 모리건의 기분이 많이 나아졌다.

모리건은 프랜시스가 만든 케이크를 가지러 919역에 오는 사람이 누구인지 확인해서 협박범의 덜미를 잡기 위해 그날 아침 6시 5분 전으로 맞춰 놓은 알람을 듣고 일어나, 조용히 수수께끼의 문을 열고 살금살금 통로를 지나 원협 옷장이 있는 곳으로 갔지만… 계획은 거기서 무산되었다. 역으로 들어가는 문이 꿈쩍도 하지 않았기 때문이었다. 반대쪽을 무언가로 막아 놓은 걸 보면, 협박범은 짜증이 날 정도로 머리가 잘 돌아갔다. 마침내 문이 열린 건 이미 늦은 뒤였다. 케이크는 사라졌고, 누가 다녀간 흔적 같은 건 찾을 수 없었다.

모리건은 파란 문을 두드린 다음 프랜시스에게 케이크는 잘 만들었는지, 협박범의 정체를 알 만한 단서 같은 건 보지 못했는지 물었다. 하지만 프랜시스는 밀가루와 굳어서 끈적끈적한 캐러멜을 뒤집어쓴 몰골로 눈을 부릅뜨고 노려보다가 다시 한번 모리건의 앞에서 문을 쾅 닫고 들어가 버렸다.

주피터는 아직 돌아오지 않았다. *게다가* 프랭크가 저녁에 있을 파티 준비로 온종일 로비 출입을 막아 놓은 탓에 시간이 지날수록 모리건의 기분은 점점 더 가라앉았다.

이런 이유로 모리건은 잭을 만난 것이 무척 기뻤다. 그레이스마크 청년수재학교의 부티가 나는 교복을 놀리고 싶은 충동까지 거뜬히 눌러 버릴 정도였다. 그리고 자제력을 발휘했다는 사실에 몹시 우쭐해졌다.

"저 여자는?" 모리건이 귀상어 모자를 쓴 여자를 가리켰다.

"최근에 남동생이 집안의 재산을 물려받아서 몹시 화가 나
있어."

모리건이 놀란 얼굴로 잭을 바라보았다. "그렇게 구체적으로
보여?"

"뭐… 내 생각엔 그래. 저 여자는 복잡하거든. 손가락이 녹
색이니까, 그건 돈 문제고. 심장 위로 검은 십자가가 보이는데,
그건 최근에 가까운 사람이 죽은 거야. 작은 그림자가 하나 더
있는 건 동생과 문제가 있다는 건데, 남동생일 거라고 짐작이
가. 그리고 온몸이 짙은 포도주의 붉은빛을 내고 있어. 그 색깔
은 화가 날 대로 나 있다는 걸 보여 주고. 저 여자는 슬프지만,
몹시 화가 나 있어."

모리건은 여자를 살피면서, 그 슬픈 마음이 조금이라도 보이
면 좋겠다고 생각했다. 비록 그린라군 칵테일을 들이부으며 예
쁜 금발 불가사리와 같은 카누에 앉아 시시덕거리는 모습이긴
하지만 말이다.

"저 남자는?" 모리건이 턱으로 가리킨 곳에, 해적의 상징물
을 주렁주렁 매단 개코원숭이원baboonwun 신사가 보였다. 어깨
에는 밝은색의 큰 앵무새 한 마리가 앉아 있었다.

잭이 코웃음을 흘렸다. "누가 저 앵무새에 관해 물어봐 주길
애타게 기다리고 있어. 아무도 관심을 안 보이는 것 같아서 아
쉽고 화가 났네."

"있잖아, 이런 식으로 돈도 엄청나게 벌 수 있겠어. 사람들한 테 네가 천리안을 가졌다고 말하는 거야. 나는 20퍼센트만 가 져갈게."

잭이 말도 안 된다는 표정으로 헛웃음을 지었다. 잭이 안대 를 잘 벗지 않으려고 한다는 건 모리건도 알았다. 잭과 그런 이 야기를 한 적은 없지만, 주피터도 위트니스로 오랜 세월 동안 수련을 쌓아 "광기를 해석할 수" 있게 되었다고 했다. 주피터는 몇 년 동안 훈련을 거듭한 끝에 복잡한 겹과 가닥을 이해하는 법을, 중요한 것만 걸러 내고 나머지는 무시하는 법을 배웠지만 잭은 아직 그 단계에 이르지 못했다고 말했다. 잭의 안대는 시 야를 좁히는 게 아니라 온종일 눈에 보이는 모든 것을 가려 주 는 일종의 필터 역할을 한다고, 그렇지 않으면 신기한 재능 때 문에 잭은 미쳐 버리고 말 거라고도 했다.

"너는 어때?" 잭이 예기치 못하게 모리건의 얼굴을 돌아보며 물었다. 잭은 마치 밝은 빛을 가리는 사람처럼 이마 아래 손 그 늘을 만들고 눈을 가늘게 떴다. 모리건을 에워싸며 환히 빛나고 있을 원더를 시야에서 걷어 내는 행동이었다. 모리건은 바로 그 순간에도 원더가 자신을 향해 모여들고 있을 거라는 사실을 알 았다. 얼굴에 열이 오르는 것 같았다. 잭은 주피터가 이따금 그 랬던 얼굴로 모리건을 보고 있었다. 마치 모리건은 모르는 무언 가를 아는 사람처럼. 모리건이 모르는 많은 일을 안다는 듯이.

261

주피터가 그럴 때도 충분히 약이 올랐지만, 잭이 똑같은 행동을 하니 두 눈을 쿡 찔러 주고 싶은 마음이 들었다.

모리건은 눈을 부릅떴다. "내가 어떤데?"

"검은 구름." 잭이 모리건의 왼쪽 어깨를 고갯짓으로 가리켰다. "너를 졸졸 따라다녀. 학교에 문제 있어?"

모리건은 잠시 뜸을 들이다가 대답했다. "비슷해."

"무슨 일인데?"

어디서부터 말을 시작해야 할까, 도통 알 수 없었다. 협박 쪽지에 대해 말해도 될까? 잭은 이미 모리건이 원더스미스라는 사실을 알고 있으니, 말을 하더라도 원로들과의 약속을 깨는 건 아닐 터였다.

모리건은 숨을 깊이 들이마시며 경계심을 내려놓고 잭에게 모든 일을 털어놓았다. 지금껏 세 건의 쪽지를 받았던 일부터 동기들끼리 표결에 부쳤던 일과 그중 최소한 절반은 자신 때문에 억울해하고 있다는 것까지. 말을 시작하자 더는 담아 두기 힘들었다. 모리건은 온스털드 교수와 『등급별 원드러스 행위 축약사』와 엘로이즈와 찰턴 오총사 일까지 모두 이야기했다. 주피터는 언제 끝날지 모를 일급비밀 임무를 수행 중이고, 자신은 그 임무가 실종된 사람들과 관계있지 않을까 하고 의심 중이라는 생각도 들려주었다. 모리건은 장황하게 횡설수설 떠들었고, 잭은 아무것도 묻지 않고 조용히 귀를 기울였다. 그렇게 끙끙 앓던 이야기를 하나도 남김없이 모두 털어놓자, 어쩐지 마음이… 가벼워진 것 같았다.

"구름은 사라졌어?" 이야기를 마친 모리건은 구름 같은 게 있든 없든 자신에게는 보이지 않는다는 걸 알면서도 왼쪽 어깨 위를 살펴보려 애썼다.

잭이 어깨를 으쓱해 보였다. "작아졌어."

"다행이네."

잭은 고개를 끄덕이고 더는 캐묻지 않았다. 잭의 이런 점이 좋았다. 잭은 꼬치꼬치 질문받는 걸 몹시 싫어해서 자신도 남들한테 별 질문을 하지 않았다.

잭은 가려져 있던 외투 속주머니에 손을 넣으며 말했다. "협박 쪽지 얘기가 나와서 말인데, 너한테 이걸 주려고 했었어." 잭이 네모로 접은 종이를 모리건에게 건넸다. 짙은 은빛이 도는 검은 종이였는데, 마른 나뭇잎처럼 얇았지만 뻣뻣하지 않고 보들보들했다. "내가 필요할 때, 그러니까 진짜 급할 때 말이야. 아무 때나 쓰지 말고 곤경에 빠져서 도와줄 사람이 필요할 때, 이 종이에 주소나 지표물을 적어. 내가 가서 너를 찾을 수 있는 곳을. 그런 다음 내 이름을 성까지 다 해서 존 아르주나 코라파티라고 세 번 부르고, 이 종이를 태워. 그럼 나하고 연결되면서, 네가 어디 있든 내 손바닥 안에 종이가 나타날 거야."

모리건은 미심쩍은 얼굴로 눈을 찡그렸다. 잭의 말을 어디까지 믿어야 하는 건지 혼란스러웠다. "어떻게 그렇게 되는 거야?"

잭이 어깨를 으쓱거렸다. "나도 전혀 몰라. 내 친구 토미가 시험 칠 때 커닝하려고 발명한 거야. 이런 걸 만들 정도로 똑똑한 녀석이 왜 시험 볼 때 커닝을 해야 하는지 모르겠지만. 그 친구 엄마가 마녀니까, 분명히 엄마가 도와줬을 거야. 어쨌든, 이건 검은 쪽지라고 해(* black mail, 협박이 blackmail이라는 데서 동음을 차용한 작가의 언어유희 – 옮긴이). 기숙사 소등 시간 지나고 다른 방으로 쪽지를 보낼 때 사용하다가 검은 종이가 떨어지기 시작했는데, 토미도 이걸 더는 만들지 못하게 됐지. 커닝하다가 들켜서 정학당했거든. 멍청이. 내 것도 몇 장 안 남긴 했는데, 주피터 삼촌도 너무 자주 집을 비우고 전체적으로 상황이… 그러네. 네가 나한테 연락할 방법이 있으면 좋을 것 같아서. 그래서 주는 거야." 잭이 어색한 표정으로 말을 마쳤다.

"좋아." 모리건은 종이를 주머니에 넣으며 소리 없이 웃었다. "음, 고마워."

"진짜 급할 때만이야." 잭은 다시 돌아서서 난간에 몸을 기댔다.

"알아, 알아." 모리건은 난간에 팔꿈치를 대고 서서, 궁금한 대상을 찾아 계속 로비를 훑어보았다.

"저 사람은… 어때?"

모리건이 가리킨 남자는 이제 막 호텔로 들어서서, 노 젓는 배와 카누와 곤돌라를 징검돌처럼 껑충껑충 뛰어 연못을 건너 듯 로비를 건너갔다. 손님들이 남자를 부르며 인사했다. 남자가 디딘 배가 뒤집힐 뻔했을 때는 손뼉을 치고 함성을 지르며 웃었다. 그래도 남자는 계속 어두운 얼굴이었다. 그는 손으로 구불거리는 생강색 머리카락을 넘겼다.

"주피터 아저씨!" 모리건이 소리쳐 불렀다. 고개를 든 주피터가 계단 위의 모리건과 잭을 발견하고 힘없이 웃으며 넌지시 손을 흔들었다. 그는 손가락 두 개를 펴 보이며 "2분만"이라고 말하는 입 모양을 해 보였다. 그리고는 마침내 반쯤 잠긴 안내 데스크 위에 올라앉아, 케저리가 건넨 산더미 같은 편지를 꼼꼼히 살펴보기 시작했다.

잭이 삼촌 주변을 재빠르게 이리저리 살펴보았다. "뭔가를 찾고 있어. 그래서 탐험도 계속 떠나는 거고. 뭘 찾는지 모르겠지만, 계속 허탕만 친 것 같아."

"어떻게 보이는데?"

"잿빛 안개 같은 게 삼촌 머리 주변으로 잔뜩 껴 있어. 빛이 희미하게 깜박거리는데 삼촌 손이 닿지 않는 곳에 있고." 잭이 중얼중얼 말했다.

그때 거대한 그림자가 불쑥 시야에 드리워지며, 뒤에서 낮고 가차 없는 목소리가 튀어나왔다. "*저 녀석들이 여기서 뭘 하는*

거지?" 두 사람은 샹들리에 그네에서 으르렁대던 피네스트라가 언제 내려왔는지 전혀 몰랐다.

모리건이 깜짝 놀라 가슴을 와락 부여잡고 고개를 들자 성묘가 위협적인 눈으로 쏘아보고 있었다. "방울 같은 것 좀 달면 안 돼요? 누가 여기서 뭘 하는데요?" 심장이 쿵쿵 뛰었다.

"스팅크 말이야." 핀이 앞발로 가리킨 곳을 보니 검은 외투를 입은 몇몇 사람이 배를 한 척 빼앗아 타고 안내 데스크 쪽으로 열심히 노를 젓고 있었다.

모리건이 놀라서 눈을 깜박거렸다. "핀! 프랭크 때문에 정말로 경찰을 부른 건 아니죠? 그건 너무 치졸한—"

피네스트라가 으르렁거렸다. "네 눈에는 내가 경찰 끄나풀로 보여? 당연히 안 불렀지. 내가 불렀으면 내 입을 꿰매 버려도 돼."

"그럼 왜 저 사람들이—"

잭이 목소리를 낮춰 말했다. 얼굴이 경이에 차 있었다. "저 사람들은 스팅크가 아니야. 스텔스야."

"누구?" 모리건이 물었다.

"원드러스협회 수사국The Wundrous Society Investigation Department 말이야. 비밀경찰. 이런 식으로 나타나는 경우는 좀처럼 없는데. 보통은 좀 더… 알잖아, 비밀스럽게 움직이거든."

"그럼 넌 어떻게 아는 거야?"

"저 사람들이 입은 제복을 봐. 검은색 가죽 코트에 번쩍거리는 편상화를 신었지. 그리고 상의 주머니 보여?"

모리건은 실눈을 뜨고 가장 가까이에 선 경찰을 살펴보았다. 오른쪽 가슴 앞주머니에 금빛 눈 모양이 수놓아져 있었는데, 홍채 안쪽에 W 문양이 새겨져 있었다.

"분명히 스텔스야. 전에도 주피터 삼촌을 만나러 한 번 찾아왔어. 몇 년 됐는데, 범죄 현장 수사에 삼촌 도움이 필요하다며 왔었지. 하지만 그때는… *살인 사건* 때문이었는데." 잭은 목소리를 더 낮추었다. "어떤 유명한 마법사였어. 알고 보니 제자한테 살해당한 거였고. 범인을 밝히는 데 삼촌이 도움을 줬지. 스텔스는 진짜 심각한 범죄가 일어났을 때 하고, 그 사건에 원드러스협회 회원이 연루되어 있을 때만 관여한단 말이야."

"실종 사건을 수사 중이구나." 모리건이 말했다.

잭은 고개를 저으며, 눈을 가늘게 뜨고 검은 가죽 코트를 입은 이들을 바라보았다. "뭔가를, 아니면 누군가를 찾고 있는 건 확실하지만, 이건 몇 주나 묵은 사건이 아니야. 갓 일어난 일이야. 저 사람들 주변에 삼촌하고 똑같은 안개가 껴 있어. 그런데 저쪽 안개는 더 자욱하고… 뭐라고 표현해야 할지 모르겠지만 약간 *번쩍번쩍*해. 천둥 번개 치는 날의 구름처럼. 저건 새로운 사건이야."

셋은 대화가 오가는 아래를 지켜보았다. 주피터가 축 늘어진 머리를 손으로 쓸어 넘겼다. 혼란스러운 얼굴은 몹시 지쳐 보였다. 아래를 내려다보던 모리건이 몸을 일으켰다. "내려가서 알아보자. *아야!*" 모리건은 꽥 소리를 질렀다. 커다란 발톱 하나가 난데없이 어깨를 찌르는 바람에 그 자리에 멈춰 서야 했다. "핀!"

성묘가 으르렁거리며 말했다. "*저들이* 정말 스텔스라면 근처에 얼씬도 하지 말아야지. 네가 아는 게 낫다고 판단되면 주피터가 말해 줄 거야. 이제, 가 봐. 취침 시간이 지난 것 같은데."

"취침 시간 같은 거 없는데요." 모리건이 얼굴을 구기며 말했다.

"이제 있어."

"그런 게 어딨―"

"방금 정했어."

"그렇지만―"

"**어서.**"

모리건은 뒤돌아서서 주피터를 바라보며 눈이라도 마주치길 바랐지만, 그는 이미 스텔스에 에워싸여 작은 배를 타고 다시 정문을 향해 나아가는 중이었다.

주피터는 처음부터 외투를 벗을 생각조차 하지 않았다.

12장

데블리시 코트

또 누군가 실종되었다는 걸 아는 사람은 아무도 없었다. 케저리나 피네스트라나 챈더 여사는 아니었다. 이들 셋은 일요일 내내 졸졸 따라다니는 모리건에게 번갈아 가며 들들 볶였다. 치어리 씨도 아니었다. 치어리 씨는 월요일에 홈트레인에서 스텔스가 모리건네 집에 찾아왔었다는 이야기를 듣고 진심으로 깜짝 놀라는 듯(그리고 약간 걱정하는 듯)했다. 온스털드 교수도 아니었다. 그는 아침 수업 시간에 감히 원드러스협회 법 집행 체

269

계의 내부 운용 방식을 질문했다면서 "버릇없다"라느니, "건방
지다"라느니, "당찮다"라느니 하며 모리건을 혼냈다.

그날 온스털드 교수는 남은 수업 시간 동안 꼬치꼬치 캐묻
는 버릇과 예의범절에 대해 숨을 쌕쌕거리며 지루한 강의를 이
어 나갔는데… 모리건에게는 『등급별 원드러스 행위 축약사』
에서 문장 한 구절을 베껴 쓰는 것보다는 좀 더 견딜 만한 수업
이었다.

오후에 있었던 마일드메이의 수업은 훨씬 더 재미있었다.

"사기꾼도로Swindleroads, 교묘한 길Tricksy Lanes, 그림자거리
Shadowstreets, 유령의 시간Ghostly Hours, 이게 뭔지 아는 사람?" 마
일드메이가 칠판에 써 놓은 단어들을 읽고 나서 물었다.

아이들은 멍한 얼굴로 교사만 바라보았다.

"아무도 몰라? 운이 좋았구나." 마일드메이가 의외라는 듯이
말했다.

"그게 뭐예요, 선생님?" 마히르가 물었다.

"사기꾼도로는 불량배와 노상강도가 옛날에 썼던 장치야. 조
금 뻔하게 지리적으로 눈속임을 한 길로, 어떤 길의 한쪽 끝으
로 들어가서 반대쪽 끝으로 가면 다른 곳이 나오는 거야. 가끔
몇 킬로미터나 떨어진 곳으로 나가게 되는데, 거기서 도둑 일
당이 기다리고 있다가 물건을 빼앗곤 했지. 지금은 사기꾼도로
대부분이 폐쇄되었거나 표지판이 달려 있지만, 도둑 연대 때는

이런 길이 자유주 사방팔방에 있었어."

"반면에 교묘한 길은 네버무어에만 있는 부조리한 길이야." 마일드메이는 책상 위에 편하게 자리 잡고 앉아 가장자리에 걸친 다리를 흔들기 시작했다. 모리건은 마일드메이가 정말 흥미롭게 여기는 주제를 꺼낼 때마다 이런 행동을 한다는 걸 진작부터 알고 있었다. "지독히도 불편하고 때로는 꽤 무섭지만, *대부분은 해롭지 않아.* 이런 길에 들어섰을 때 어떻게 행동해야 하는지만 알고 있다면 말이야. '교묘한 길'은 두루뭉술하게 표현한 말이고, 네버무어에 있는 작은 골목이나 보도 가운데 사람이 들어가면 어떤 식으로든 변하는 길을 말해."

"변한다는 게 무슨 뜻이에요?" 모리건이 물었다.

"음, 반쯤 걸어 들어갔더니 뒤돌아 나온 것도 아닌데 방금 들어왔던 그 방향이 앞에 보일 때도 있어. 들어가면 들어갈수록 벽이 점점 다가와서 돌아 나오지 않으면 찌부러져서 죽게 되는 길도 있고."

"왝." 아칸이 몸서리쳤다.

"맞아, 그런 길은 추천하고 싶지 않아. 나는 예전에 들어갈수록 중력이 약해지는 길을 우연히 발견한 적이 있어. 허공에 계속 둥둥 떠다니다가 결국은 벽을 붙잡고 길 입구까지 몸을 끌고 갈 수밖에 없었지."

"아!" 모리건은 문득 봄 전야 때 주피터와 같이 들어갔던 골목길이 떠올랐다. "저도 한 곳 본 거 같아요!"

모리건은 마일드메이에게 천사 이스라펠을 만나러 델포이 음악당 구관으로 갈 때 보았던 이상한 골목길 이야기를 들려주었다(물론 그곳을 찾아간 이유는 말하지 않았다).

마일드메이가 물었다. "보헤미아에 갔었다고? 맙소사, 내가 아는 곳인지는 확실치 않지만, 훌륭해, 크로우! 맞아, 거기는 교묘한 길이 여기저기 흩어져 있는 도시야. 대부분 지도에 나와 있고, 또 사기꾼도로처럼 폐쇄했거나 경고 안내문을 신경 써서 붙여 두었으니까 들어가기 전에 어떤 길인지 알 수 있지. 하지만 불행히도 개중에는 돌아다니는 못된 습성을 지닌 길도 있어. 원래 있던 곳에서 사라졌다가 전혀 다른 곳에 나타나는 거야. 그것 때문에 네버무어위원회Nevermoor Council에서 배포하는 공식적인 교묘한 길 지도는 무용지물일 때도 많아. 그래서 나는 실황 지도를 더 선호하지. 완벽하지는 않지만, 저절로 최신 정보를 갱신하는 게 아주 쓸 만하거든." 마일드메이는 옆에 놓인 책상에 쌓여 있던 접힌 지도를 들어 아나에게 건넸다. "그렇긴 해도, 이건 네버무어위원회가 기록하기 힘든 길을 기록하려고 최대한 노력한 결과물이야. 옆으로 돌리면서 한 개씩 챙겨."

호손에게 마지막으로 지도를 건네받은 모리건은, 지도를 펼쳐 들고 구불구불한 작은 거리를 자세히 살펴보았다. 분홍색,

빨간색, 검은색의 작은 깃발 모양이 도시 전체에 퍼져 위치가 드러난 교묘한 길이 어디에 있는지 보여 주었다.

마일드메이가 손뼉을 탁 소리가 나게 치고는 "이제 따라와" 라고 말하며 곧장 지도실 문으로 향했다. "모험을 떠날 거야!"

———◆◆———

따뜻하고 화창한, 완벽한 여름날 올드타운으로 나온 919기 아이들 사이에 와자지껄한 흥분이 감돌았다. 평소라면 1년 차 학생들은 수업이 있는 날 원협 밖으로 외출이 허락되지 않았지만, 마일드메이가 주임 교사에게 특별 허가를 받아 입학 후 처음으로 현장 실습수업에 나섰다. 여기에는 마일드메이를 포함하여 누구라도 협회가 곤란해질 상황을 만들 경우, 프라우드풋 역이 제일 혼잡한 시간대에 열차 선로에 묶어 놔도 좋다는 조건이 따라붙었다.

이들이 가려던 곳은 템플 클로즈(* Temple Close, close는 한쪽 끝이 막힌 막다른 길을 가리키는 영국의 길 이름 - 옮긴이)였다. 원협에서 멀지 않은 작은 샛길이었는데, 약간 어둑하고 지저분했으며 대부분의 사람은 있는지도 모르고 지나쳤다.

마일드메이가 벽에 붙어 있는 작고 지저분한 표지판을 손으로 가리켰다.

템플 클로즈
주의!
특이지형반 및 네버무어위원회 령에 의거한
'분홍 경보 교묘한 길'
(저위험 수준의 함정이 있어 상당한 불편을 초래할 수 있음)
진입 시 책임은 본인에게 있습니다

마일드메이가 말했다. "물론 제일 안전한 건 교묘한 길에 아예 안 들어가는 거지. 다시 말해서, 자신도 모르게 교묘한 길에 들어가게 됐을 때는 대처 방안을 잘 알고 있는 게 좋다는 거야. 그러니까, 쉽고 확실한 삼 단계 방침이 있어. 일 단계, **침착할 것**. 정말이라니까. 난데없이 몸이 공중으로 붕 뜨게 되면 공황에 빠지기 쉽거든. 누구든 공황에 빠지면 명료하게 생각하는 능력을 잃게 돼."

"너희가 이 두 가지 간단한 동작을 잘 기억해 두길 바라. 숨을 들이쉬고, 이제 내쉬고." 마일드메이가 몇 초 동안 숨을 들이마셨다가 천천히 고르게 후유 하며 모두 내뱉었다. "자, 같이 해 보자. 준비됐지? 들이쉬고." 아이들은 한 몸처럼 숨을 깊이

들이쉬었다. "내쉬고." 후유. "잘했어. 호흡하는 법만 잘 기억
해도 겁에 질렸을 때 얼마나 큰 도움이 되는지, 아마 다들 놀랄
거야."

케이든스가 모리건을 보면서 어이가 없다는 듯 눈을 굴리더
니 툴툴거렸다.

"예리한걸. 선생님이 말을 안 해 줬으면 나도 모르게 움직이
는 이 신체 기능을 깜박 잊을 뻔했어. 적어 놔야겠어." 케이든
스가 바보 같은 표정으로 손에 펜을 쥔 척하며 허공에 글씨 쓰
는 시늉을 했다.

"쉿." 모리건이 웃지 않으려고 애쓰며 말했다.

마일드메이가 말했다. "이 단계, **후퇴할 것**. 어떤 교묘한 길
인지 알고 들어간다 해도 거기서 무슨 일이 생길지는 아무도
몰라. 운이 좋아서 중력을 거스르거나 벽이 다가오는 게 함정
의 전부인 경우도 있어… 그 두 가지는 흔하지. 하지만 주로강
위의 사우디에는 몇 년 전에 폐에서 공기가 전부 빠져나가 사
람이 질식사했던 교묘한 길도 있어. 그리고 책에서 읽은 이야
기인데, 한참 전에 바로 이곳 올드타운에도 사람 몸을 획 뒤집
는 교묘한 길이 있었대. 근육이며 장기가 몸 밖으로 나오도록
말이야."

흠칫 놀란 아이들이 넌더리를 냈다. 물론 호손처럼 "멋지다"
라고 중얼거리거나, 아나처럼 흥미진진한 얼굴로 경청하는 아

이도 있었다.

마일드메이가 손을 들어 아이들을 조용히 시키며 말을 이었다. "겁먹을 거 하나도 없어. 그 길은 이제 없어. 벽돌로 쌓아서 막아 놨거든."

모리건은 호손을 보고 피식피식 웃으며 고개를 흔들었다. 호손은 실망이 이만저만이 아닌 얼굴이었다.

"내가 말하고 싶은 건, 교묘한 길에서는 너희가 맞서 싸울 게 무엇인지 언제나 다 알 수는 없다는 거야. 그럼 방법은 이거야. 싸우지 않는 거. 후퇴. *반드시 후퇴해*. 절대로 너희가 함정보다 한 수 앞설 수 있다고 생각해선 안 되고, *절대로* 함정을 제압할 수 있다고 생각해서도 안 되며, *절대로* 끝까지 싸워서 헤쳐 나갈 수 있다고 생각해서도 안 돼. 지름길보다는 생명이 더 소중한 거란다." 마일드메이가 아이들의 얼굴을 하나하나 바라보았다. 모리건은 젊고 둥근 얼굴에 드러난 엄숙한 표정을 전에도 본 적이 있었다.

"마지막으로, 삼 단계, **누군가에게 말할 것**. 이게 왜 중요할까?"

아나가 머리 위로 손을 번쩍 들었다. "다른 사람이 잡히는 걸 막으려고?"

"좋은 대답이야. 또?"

"아직 지도에 없는 길일 수도 있으니까요." 마히르가 큰 소리로 대답했다.

"그렇지. 또?"

아이들이 조용해졌다.

마일드메이는 돌돌 말아 놨던 위원회 지도를 다시 펼쳤다. "바뀌었을지도 모르기 때문이야. 교묘한 길은 변덕이 심해서, 시간이 지나면 달라지기도 하고 진화하기도 하거든. 나눠 준 지도를 봐. 페린스코트Perrins Court 보이지? 고벽Highwall 안에 있는. 그 길도 지나가는 사람의 발목을 매다는 게 전부였어. 지난 주에 4학년의 덜렁이 학생 한 명이 페린스코트로 잘못 들어갔다가 정화 처리가 안 된 하수구 물에서 수영했다더라고."

아이들이 합창이라도 하듯 "욱", "으으" 하며 메스꺼워했다.

"정말이야. 그래도 이 학생은 해야 할 행동을 정확히 해냈어. 당황하지 않았고, 뒤로 물러서 나왔고, 자기네 차장에게 알렸지. 뭐, 일단 몸부터 씻고, *그러고 나서* 차장한테 알렸어. 차장이 특이지형반에 전달해서, 우리가 위원회에 알려 줬어. 그렇게 해서 위원회가 지도를 새로 고친 거야. 건강상의 위험 때문에 페린스코트의 취급 등급을 분홍 경보(들어가면 상당한 불편을 초래할 수 있는 저위험 등급의 함정)에서 적색 경보(매우 위험한 함정으로, 진입 시 상해를 입을 가능성이 있음)로 올리고 경고 표지판도 설치했지."

"그런데 선생님, 그건 담을 쌓아서 막아 놓지 않나요? 내장이 나오는 거기처럼요." 호손이 물었다.

"그건 페린스코트에 아직 희망이 있어서야. 발목을 잡고 매달던 길이 오물 개천으로 바뀐 거니까… 보통의 길로 되돌아갈 가능성이 언제든 있는 거지. 담을 쌓아 막는 건 가망이 없을 때뿐이야. 그게 흑색 경보란다."

"흑색 경보는 뭘 뜻하는 거예요?" 모리건이 물었다.

"들어가면 죽는다는 뜻이야."

모리건은 침을 삼켰다. 네버무어에 아직 발견되지 않은, 그런 교묘한 길이 얼마나 많이 숨어 있을까?

마일드메이가 빙긋 웃으며 말했다. "걱정하지 마. 흑색 경보는 극히 드물어. 그리고 여기 템플 클로즈는 그냥 분홍 경보야. 내가 너희를 이곳으로 데려온 건 연습을 해 보라는 거야. 각자 템플 클로즈에 들어갔다가, 삼 단계 행동 방침 가운데 첫 번째와 두 번째 단계에 따라 안전하게 돌아 나오는 거야. 누가 먼저 할래?"

기다릴 것도 없이 타데와 호손이 제일 먼저 손을 들었다. 둘은 서로 앞으로 나가겠다고 밀치며 옥신각신했다. 하지만 마일드메이는 다른 생각이 있는 듯했다.

그는 나오기 싫어하는 프랜시스를 손짓으로 불러냈다. 그리고 프랜시스의 양쪽 어깨를 잡고 좁은 템플 클로즈 자갈길을 가만히 들여다보았다. 다른 아이들도 두 사람 뒤로 모여들었다.

얼굴은 보이지 않았지만, 모리건은 프랜시스가 겁먹었다는 걸 알 수 있었다. 프랜시스는 눈에 보일 정도로 바들바들 떨었다.

"피츠윌리엄, 명심해." 마일드메이가 말했다. **"숨을 쉬어.** 그런 다음 **후퇴해.** 이 두 가지만 잘 기억하면 아무 일 없을 거야."

"다른 애들 먼저 가면 안 돼요?" 프랜시스가 울먹이는 소리로 말했다.

"어어, 저요!" 호손이 손을 번쩍 쳐들었다. 마일드메이가 호손의 손을 잡고 내렸다.

타데가 참지 못하고 씩씩거리며 말했다. "어린애처럼 굴지 마, 프랜시스. 기껏해야 분홍 경보잖아. 제발 좀."

"타데, 약 올리지 마." 그렇게 말한 마일드메이는 다시 프랜시스를 설득했다. "타데 말이 옳긴 해, 프랜시스. 여긴 그저 발목이 달랑 들리는 것뿐이야. 나쁜 일이 일어나 봤자 머리로 피가 쏠리는 게 다라고. 그럴 땐 그냥 뒷걸음질로 몇 걸음만 가면 돼. 공중에 매달리게 되더라도, 땅에서 걷는 것처럼 똑같이 걸어 봐. 네가 들어갔던 곳으로 되돌아 나오려는 걸 길이 알게 되면, 네가 원하는 속도로 다시 바로 세워 줄 거야. 이제 가 봐. 넌 할 수 있어." 마일드메이가 팔꿈치로 프랜시스의 옆구리를 슬쩍 찌르며 마지막 말을 마쳤다.

프랜시스는 한 걸음, 또 한 걸음, 앞으로 나아갔다.

호손이 조용히 이름을 연이어 부르며 응원했다. "프랜시스,

프랜시스, 프랜시스." 모리건과 다른 동기들까지 가세하자, 작은 목소리가 뭉쳐 좁은 공간을 가득 채웠다. "프랜시스, 프랜시스, 프랜시스."

한 걸음, 한 걸음, 그렇게 몇 걸음을 더 들어간 프랜시스가 마침내 골목길을 반쯤 내려갔을 때였다. 프랜시스가 허공으로 붕 뜨더니 무게가 전혀 나가지 않는 사람처럼 휙 뒤집어졌다. 프랜시스는 잠시 그렇게 매달려서 한 다리만 하늘 위로 쭉 뻗은 채 나머지 다리 하나와 두 팔로 바둥바둥 몸부림쳤다.

"숨 쉬어, 프랜시스! 침착해." 마일드메이가 말했다.

프랜시스는 온몸이 들썩이도록 숨을 쉬고 나서 몸부림을 멈췄다.

"다음으로 할 일이 있잖아. 어서. 한 발을 뒤로⋯ 또 한 발 뒤로⋯⋯."

"프랜시스, 프랜시스, 프랜시스⋯⋯."

프랜시스는 공중에 거꾸로 매달린 채 과장된 연기를 하는 것처럼 뒤로 크게 한 걸음 디뎠다. 공기를 가를 뿐인 뒷걸음질을 한 번, 또 한 번, 다시 한번—

"**그래!**" 프랜시스가 다시 똑바로 뒤집혀 휘청이며 자갈길을 밟는 순간, 마일드메이가 환호를 지르면서 껑충 뛰어 허공으로 주먹을 뻗었다. 프랜시스는 뒤돌아서서 아이들을 마주 보았다. 매우 놀랐는지 가쁘게 숨을 몰아쉬었지만, 얼굴은 환하게 웃고

280

있었다.

아이들은 한 명씩 순서대로 템플 클로즈로 내려가 뒤집어졌다가 바로 서면서 마일드메이와 다른 아이들의 환호를 받았다. 모리건은 자기 차례가 되자 꺅 소리를 지르며 웃어 댔고, 호손은 한 번 더 하게 해 달라고 졸랐다.

마일드메이가 말했다. "한 번 더 가도 돼, 스위프트. 너희도 하고 싶으면 해도 좋아. 다들 지도 가지고 있지? 이제부터는 세 명씩 조를 짜서 이곳 올드타운에 위치한 교묘한 길을 하나 골라 봐. 돌아 나오는 과정을 안전하게 연습할 수 있는 곳으로 말이야. 북구를 벗어나지는 말고. 등급은 분홍 경보만이야. 그리고 잊지 마. **침착할 것**, **후퇴할 것**. 용기광장 시계로 3시가 되면 원협 문 앞에서 모이자."

"프랜시스, 우리 같은 조 할래?" 모리건이 물었다. 프랜시스는 모리건을 노려보더니 고개를 돌려 버렸다. 오늘만 네 번째였다. 모리건은 프랜시스에게 계속 말을 걸었지만, 대답은 한 번도 돌아오지 않았다. 타데가 골을 부리는 것도 대단했지만, 프랜시스가 토라지니 훨씬 더 힘들었다. 프랜시스는 온종일 모리건을 경멸 어린 눈으로 바라보고 말을 걸 때마다 못 들은 체했다.

"자기가 어느 쪽에 투표했는지 잊어버렸나 봐. 안 그래?" 호손이 중얼거렸다. "내가 너라면 포기할 거야, 모리건."

프랜시스는 타데와 아나를 따라갔고, 마히르는 아칸과 램버스를 데리고 다른 방향으로 가 버렸다. 케이든스는 어색하고 분한 얼굴로 혼자 남아 있었다. 모두 케이든스에게 눈길 한 번 주지 않고 가 버렸다. 케이든스는 이번에도 잊혔다.

"우리하고 같이 가자, 케이든스." 모리건이 케이든스에게 손짓했다. 케이든스는 전혀 신경 쓰지 않는 척하며 어슬렁어슬렁 다가왔다.

세 아이는 머리를 맞대고 모리건의 지도를 열심히 살펴보았다. 북구에서 고를 수 있는 분홍 경보 교묘한 길은 모두 열한 곳이었다. 호손과 케이든스가 의견 일치를 보느라 10여 분이 지난 뒤 그곳에 갔더니 마히르네 조가 이미 도착해서 먼저 맡았다고 했다. 모리건네 조는 처음부터 다시 시작할 수밖에 없었다.

"데블리시 코트(* Devilish Court, 악마 같은 길이라는 뜻 - 옮긴이)! 이름 끝내준다." 호손이 모리건의 어깨 너머로 지도를 가리키며 말했다.

"여긴 *서구*야, 멍청이야." 케이든스가 투덜거렸다.

"그래서?"

"선생님이 북구를 벗어나지 말라고 하셨다고."

"서구 *끄트머리*잖아. 고작 한 블록 더 가는 거야."

"그래도 서구는 서―"

"어휴, 그냥 *가자*. 수업 시간 다 끝나겠어." 모리건이 지도를 둘둘 말며 말했다.

데블리시 코트는 좁고 컴컴했다. 너무 컴컴해서 반대편 끝에 뭐가 있는지도 보이지 않았다. 마치 터널 속을 들여다보는 느낌이었다. 입구에는 작은 표지판이 붙어 있었다. 템플 클로즈의 표지판과 똑같이 생긴 표지판에는 그곳이 분홍 경보 교묘한 길이라고 표기되어 있었다.

"내가 먼저 갈게." 호손이 갑자기 뛰어들 태세였기 때문에, 모리건은 호손의 셔츠 등판을 붙잡았다.

"잠깐만! 무작정 *뛰어들면* 안 돼. 우린 여기 어떤 속임수가 있는지도 모르잖아. *정신 차려.* 천천히 들어가."

호손이 따분하다는 듯이 눈을 또르르 굴리며 중얼거렸다. "네, 아빠." 호손은 마지못해 걸음을 늦췄다. 모리건과 케이든스는 어느 순간 호손이 거꾸로 뒤집히길 기대하면서 지켜보았다. 골목길을 반쯤 들어가던 호손이 멈춰 서더니, 그 자리에서 몸을 조금씩 기우뚱거렸다.

모리건이 불렀다. "호손? 왜 그래, 너 괜찮아?"

"느낌이… 느낌이 별로 안 좋아."

"어디 아파?"

호손은 앞으로 한 발을 더 내디뎠다가 다시 멈춰 섰다. "욱, 토할 것 같아."

케이든스도 메스꺼운 소리를 냈다.

모리건은 얼굴을 찌푸렸다. "그게 속임수인 것 같아, 아니면 아까 먹은 것 때문에 그래?" 둘 다 그럴 수 있다는 생각이 드는 것이, 그날 점심에 호손은 소고기구이와 그레이비 샌드위치를 세 번이나 가져다 먹고, 고둥 수프를 네 그릇, 딸기 우유를 네 컵이나 먹어 치웠다.

"이건… 우웨에엑" 호손은 몸을 숙이고 두 손으로 무릎을 짚은 채 먹은 것을 다 토할 것처럼 경련했다.

"뒤로 물러서! 호손, 뒤로 걸음을 옮겨 봐." 모리건이 외쳤다.

"못해, 못하겠어. 난 지금—" 호손이 손으로 입을 막으면서 다시 휘청댔다.

"돌아오라고, 이 멍청이야!" 케이든스가 소리를 질렀다.

호손은 억지로 발을 끌어당겨 덜덜 떨며 뒤로 한 걸음 물러섰다. 그리고 또 한 걸음 물러서자, 경직되어 있던 호손의 몸이 순식간에 풀어지는 게 보였다. 호손은 똑바로 서서 한 걸음 더 물러선 다음 뒤를 돌아 달려 나왔다.

"진짜 *끔찍*했어." 호손이 진득하게 땀에 전 창백한 얼굴에서 머리카락을 떼어 뒤로 쓸어 넘기며 말했다. 입 주변이 아직도 파르스름해 보였다. "이번엔 누가 들어갈래?"

"미안하지만 나는 빼 줘." 케이든스가 말했다. 전혀 구미가 당기지 않는 얼굴이었다.

호손이 케이든스에게 눈을 흘겼다. "그건 절대 안 돼. 내가 했으니까 너희 둘도 하는 거야."

케이든스는 코웃음을 쳤다. "꿈 깨."

"확실히 말해 두는데 나보다 멀리는 못 갈걸."

"확실히 말해 두는데 난 신경 안 써."

"확실히 말하지만 넌 새가슴이야." 호손이 닭처럼 혀를 차며 두 손으로 날갯짓하는 시늉을 했다.

모리건이 못 말린다는 표정을 지었다. "나 참, 제발 좀. *내가 갈게.* 자, 케이든스, 지도받아." 모리건은 자갈길로 성큼성큼 내려가다가 속이 메스꺼워져 걸음을 멈췄다. 모리건은 가만히 서서, 이제 넘어지는 건지, 기절하는 건지, 아니면 신발 위에 토하게 될지 기다렸다. 셋 다 할 수도 있을 것 같았다.

하지만 무언가가 모리건을 앞으로 끌어당겼다. 안개처럼 몸속을 가득 채운 메스꺼움을 뚫고, 본능인지 충동인지 설명하기 힘든 무언가가 올라왔다. 모리건은 보헤미아에서 배운 것을 생각했다. 썩은 냄새가 진동하던 골목길을 지나갔더니, 그곳에 델포이 구관이 있었던 일을. 무엇보다 모리건은 호기심이 활활 타올랐다. 이 길을 어디까지 더 갈 수 있을까, 길 끝에는 무엇이 있을까, 이렇게 무작정… 밀고 나아간다면… 어떻게 될까.

두어 걸음을 더 떼던 모리건은 몸을 숙이고 두 손으로 무릎을 짚은 채 속이 뒤집히는 끔찍한 구역질이 지나가길 기다렸다.

"이제 돌아와도 돼." 뒤에서 호손이 모리건을 불렀다. "이미 나보다 더 멀리 갔어."

하지만 감당하기 힘든 역겨움을 느끼면서도, 모리건은 더 나아갈 생각에 머뭇거리며 발을 내디뎠다. 이 길 뒤에 무엇인가 숨어 있었다. 손끝이 따끔거리는 느낌이 들었다. 그리고 또 다른 것이 있었다. 저 앞 어딘가에서 들리는 목소리였다. 처음에는 또렷하지 않았지만, 뭔가 들렸다.

"… 게다가 이젠 빌어먹을 스텔스까지 꽁무니에 따라붙었다고. 일정을 이런 식으로 밀어붙이다가는…….."

스텔스라고 했다. 제대로 들은 게 맞나?

모리건은 걸음을 멈추고 나머지 대화를 듣기 위해 안간힘을 쓰면서 토하고 싶은 충동을 억눌렀다. 이 길 뒤에 숨어 있는 게 무엇인지, 아니 누구인지 보아야만 했다. 모리건은 단호히 밀고 나갔다. 몸이 덜덜 떨렸고, 뒤에서는 호손과 케이든스가 소리를 질렀다. "돌아오라고! 지금 뭐 하는 거야?" 마침내 점심으로 먹은 게 조약돌 위로 쏟아져 나오기 직전, 모리건은 보이지 않는 벽처럼 가로막은 무언가를 향해 있는 힘을 다해 돌진했고… 메스꺼움이 사라졌다. 갑자기.

모리건은 뒤를 돌아보았다. 호손과 케이든스는 보이지 않았다. 데블리시 코트 끝을 비추던 빛도 사라지고 없었다. 마치 길이 저절로 뒤집힌 것처럼, 앞이 아니라 지나온 길 뒤쪽이 암흑

속에 묻혀 있었다.

모리건이 서 있는 골목 입구는 처음 보는 광장의 가장자리였다. 바닥은 평평하지 않고 울퉁불퉁했다. 풀이 수북하게 자란 불룩한 땅뙈기에는 오래전에 깨진 포석이 보수되지 않은 채 방치되어 있었다. 광장은 임시로 벌려 놓은 시장터처럼, 캔버스 천으로 세운 낡은 천막과 가판대를 대신하는 탁자가 제멋대로 지저분하게 흩어져 있었다. 이제 막 철수했거나 아직 문을 열지 않은 것처럼 가판대는 텅 비어 있었다. 적막하고 황량한 분위기였다. 목덜미가 오싹했다.

가까운 천막 안에서 걸걸한 여자 목소리가 새어 나왔다. "그보다는 훨씬 더 값어치가 있을걸. 며칠만 더 붙들고 있어. 나중에 큰—"

"나는 *지금 당장* 살 사람이 필요해." 나지막한 남자 목소리가 다급하게 끼어들었다. "이건 진짜 희귀한 물건이야. 하지만 언제까지 잡아 둘 수는 없다고. 위험한 놈이란 말이야. 저놈이 나한테 한 짓을 봐. 감염되지 않으면 다행이지."

모리건은 사람 없는 텅 빈 광장에서 자신이 너무 눈에 띄는 것 같아 어둑한 골목 안쪽으로 물러났다. 명치에서 이상한 느낌이 올라왔다. 교묘한 길에서 속이 메스꺼웠던 것과는 또 다른 느낌이었다.

여자가 말했다. "내가 뭐랬어. 조급하게 굴지 마. 그게 네 말대로 좋은 종자라면―"

"맞다니까."

"―그럼 다음 경매에서 좋은 가격에 팔릴 거고, 너도 이름을 날릴 거야. 가을 경매 때 또 데려올 수 있다면 말이야."

모리건은 이마에 무언가 떨어지는 느낌이 들어 쓱 닦았다. 손가락이 잉크처럼 까매졌다. 고개를 들어 보니 커다란 나무 아치의 그늘 밑에 서 있었다. 한 남자가 기다란 사다리 꼭대기에 앉아, 한 손에는 붓을, 다른 한 손에는 검은 페인트가 든 깡통을 들고 아치 장식에 뭔가를 쓰고 있었다.

섬뜩한 시

그때 글을 쓰던 남자가 아래를 내려다보았다. 그는 모리건을 발견하고 눈을 휘둥그렇게 떴다.

"이봐!" 남자가 소리쳤다. 들고 있던 깡통이 곤두박질쳐서 바닥으로 덜거덕 떨어지자 사방으로 페인트가 튀어 조약돌을 검게 물들였다. 모리건은 바지로 튀는 페인트를 피해 펄쩍 뛰었다. "넌 누구냐? 여긴 어떻게 들어왔어?"

모리건은 묻는 말에 대답할 시간이 없었다. 남자가 허둥지둥 사다리를 거의 굴러떨어지다시피 내려오며 모리건을 잡으려 했지만, 모리건이 더 빨랐다. 모리건은 뒤를 돌아 터널 같은 골목길을 쏜살같이 달렸다. 왔던 길을 반쯤 달려 보이지 않는 벽을 박치기하듯이 뚫고 나가자, 이제는 여기서 끝이라는 생각이 들 정도의 구역질이 올라왔다. 모리건은 속도를 늦추지 않고 메스꺼움을 참으며 계속 달렸다. 앞에서 빛이 환해지면서 충격받은 얼굴로 서 있는 호손과 케이든스가 보였다. 모리건은 속도를 더 올려 전력으로 질주했고, 데블리시 코트 입구에 다다를 즈음 두 친구에게 소리쳤다.

"뛰어!"

13장

불과 얼음

　모리건은 앞으로 달리면서 뒤를 쫓아오는 발소리에 귀를 기울였다. 뒤에서 뛰는 호손과 케이든스를 데리고 어두운 골목을 벗어나 햇살 밝은 올드타운 거리로 나간 모리건은 오가는 차와 사람들 사이를 이리저리 빠져나가면서도 속도를 늦추거나 멈추지 않고 원협 문 앞까지 뛰었다. 숨이 차고 기진맥진했지만 안전한 곳이었다. 남자가 모리건을 따라 데블리시 코트 밖으로 나왔다 해도 도중에 놓쳐 버렸을 것이다.

"지금 뭘 한 거야? 우리가 왜 뛴 거야?" 호손이 모리건에게 설명을 요구하면서, 몸을 푹 수그리고 옆구리를 움켜잡았다.

모리건은 선뜻 대답할 수 없었다. *페인트 붓을 들고 있던 남자* 때문이라고 해야 하나? 비밀스러운 시장을 보고 왜 그렇게 불안하고 혼란스러웠는지 정확히 말하기 힘들었지만, 전력으로 질주해 몸에 열이 나는 지금도 뒷덜미가 오싹했다. 모리건이 보고 들은 걸 모두 말해 주자, 호손과 케이든스도 모리건만큼 어리둥절한 얼굴이 되었다.

케이든스가 물었다. "섬뜩한 시? 섬뜩한 시장 말이야?"

"그럴 수도 있겠다." 모리건이 말했다. "끝까지 다 못 쓴 건지도 몰라."

케이든스가 눈을 커다랗게 떴다. "그럼 안 되는데."

호손이 얼굴을 찡그렸다. "아, 말도 안 돼, 케이든스. 진짜로 섬뜩한 시장이 있다고 믿는 건 아니지?"

"너는 *안 믿는다*는 거야?"

"섬뜩한 시장이 뭔데?" 모리건이 물었다.

"무슨 일이니?" 용기광장 시계가 3시를 알리는 소리와 함께 마일드메이가 나타나며 물었다.

"아, 저…" 모리건이 말을 더듬었다. 방금 목격한 일을 마일드메이에게 묻고 싶었지만, 두 가지 걸리는 게 있었다. 우선 모리건네 조가 서구를 돌아다녔다는 건 북구를 벗어났다는 얘기

였다. 두 번째로 모리건은 교묘한 길에 대처하는 삼 단계 행동
방침을 깡그리 무시했다. 자신이 **두 번째 단계에 따라 후퇴하**
지 않고, 규칙을 정면으로 어기면서 마음대로 끝까지 가서 반
갑지 않은 곳을 쓸데없이 파헤쳐 보려 했다는 사실을 어떻게
설명할 수 있을까? "아니에요." 모리건은 미적지근한 말로 입
을 다물었다.

　마일드메이가 수상쩍어하는 표정으로 모리건과 호손, 케이
든스를 번갈아 바라보았다. "섬뜩한 시장 어쩌고 하는 소리를
들은 것 같은데?"

　모리건은 얼굴에서 핏기가 가시는 느낌이었다. "아니. 그게,
네. 실은 이상한 일이—"

　"음, 맞아요. 우리 형 호머가 1년 내내 저를 놀렸거든요." 호
손이 재빨리 끼어들어 모리건을 막았다. 호손은 모리건을 힐끗
보고 말을 이었다. "형이 그러는데, 제가 협회에 들어왔으니까
이제 섬뜩한 시장에서 저를 쫓아올 거래요. 자기한테 비기가
없으니 샘이 나서 그런다니까요."

　젊은 교사의 태도가 누그러지면서 재미있다는 표정이 나타
났다. "옛날부터 전해 내려오는 이야기구나! 대대로 전해져 내
려오는 도시 전설이지. 아, 왔구나!" 마일드메이가 호손의 뒤쪽
을 보고, 터덜터덜 언덕을 걸어 올라오는 다른 아이들을 큰 소
리로 불렀다. 마일드메이가 원협 입구를 지키고 서 있던 경비

에게 신호를 보내자 문이 끼익 열렸다. 아이들은 마일드메이를 따라 프라우드풋 하우스로 이어진 긴 진입로로 들어갔다.

"도시 전설이라는 게 뭐예요?" 모리건이 물었다.

모리건과 호손과 케이든스는 함께 맨 뒤로 빠져 마일드메이를 에워쌌다. 다른 아이들은 다 같이 몰려가며 교묘한 길 과제를 무사히 마치고 온 모험담을 신나게 떠들어 댔다. "아, 그건 그저 사람들끼리 하는 이야기야. 여러 번 되풀이되다 보니 사실처럼 받아들여지게 된 이야기지. 섬뜩한 시장 같은 건 원협의 어린 학생들을 겁주려고 지어낸 말도 안 되는 헛소문이야." 마일드메이가 말할 가치도 없다는 듯이 손을 흔들었다. "나라면 신경 안 쓸 거야."

"내가 뭐랬어. 가짜라니까." 호손이 케이든스를 향해 말했다.

"*진짜*야. 우리 엄마가 아는 어떤 아주머니의 고모할머니가 섬뜩한 시장에 잡혀가셨어. 그 뒤로 그 할머니를 본 사람이 아무도 없다고." 케이든스가 굽히지 않고 말했다.

마일드메이가 떨떠름하게 한숨을 푹 쉬고 두 손을 바지 주머니에 찔러 넣었다. "글쎄, 오래전이라면 섬뜩한 시장이 *진짜* 있었을 수도 있겠지. 아마 암시장이었을 거야. 비밀리에 암거래가 이루어지고, 없는 거 빼고는 다 있는 그런 곳 말이야. 무기며, 외래종 우니멀 부위며, 사람 장기며, 법으로 금지된 마법 재료며……."

"심지어는 워니멀도." 케이든스가 말했다.

"워니멀을 *산다고?*" 모리건이 충격을 받아 되물었다. "너무 끔찍해."

"역겹지 않니? 워니멀만 파는 게 아니야. 켄타우로스며 유니콘, 용의 알, 없는 게 없었어. 물론 그러다가 정부에서 시장을 폐쇄했는데―" 케이든스가 말했다.

"성묘는? 성묘도 사고팔았어?" 모리건이 케이든스의 말을 끝까지 듣지 않고 물었다.

마일드메이가 모리건을 이상하게 보며 물었다. "왜 그러니?"

"그냥 궁금해서요."

브램블 박사가 잃어버린 새끼 고양이를 생각하며 꺼낸 질문이었지만, 모리건의 머릿속에는 피네스트라도 떠올랐다. 고집 세고 불평 많고 꼬장꼬장하고 경계심 강한 피네스트라가 팔리기만 기다리는 진열 상품이 되고, 어느 멍청한 사람이 피네스트라를 *가지려고* 애쓰는 광경을 상상하니 발끈해서 발길질이라도 하고 싶은 심정이었다.

네버무어에 와서 텁수룩한 잿빛 털에 건방지기 짝이 없는 피네스트라를 처음 만났을 땐 충격이 작지 않았다. 그전에도 뉴스에서 성묘를 본 적이 *있었지만,* 그 성묘들은 피네스트라와 전혀 달랐다. 공화국에 살 때 윈터시 대통령이 성묘 여섯 마리가 끄는 마차를 탄다는 소문이 있었는데… 그 성묘들은 조용하

고 순종적이며 검은 털에 윤기가 흘렀고, 장식용 금속 단추가
달린 목 끈을 하고 있었다.

모리건은 새로 알게 된 사실을 생각해 보다가 애당초 그 성
묘들이 어디에서 왔는지 궁금해졌다. 암시장에서 팔려 온 아이
들일 수도 있을까? 피네스트라처럼 총명하고 독립심 강한 생
명체가 어떻게 잘 길든 이동 수단과 다름없는 처지가 된 걸까?

케이든스가 이번에는 목소리를 좀 더 낮춰 이야기했다. "사
람들이 하는 말을 들은 적이 있는데, 비기도 사고팔 수 있다더
라. 백골Bonesmen이 협회 회원을 납치해 비기를 훔쳐서 섬뜩한
시장에서 판대."

"백골? 그게 뭔데?" 모리건이 물었다.

마일드메이가 빙긋 웃으며 말도 안 된다는 얼굴로 말했
다. "보통 '해골단Skeletal Legion'이라고 하지. 완전히 부기맨(*
bogeyman, 어두운 벽장에서 튀어나와 아이들을 납치해 간다는 전설 속 귀신 – 옮
긴이) 같은 거야. 시체가 잔뜩 쌓인 어둡고 외떨어진 곳에 출몰
한다고 해. 묘지나 전쟁터나 강바닥 같은 곳 있잖아. 사체가 뒤
엉켜 남아 있는 곳이 있으면 그런 데서 저절로 만들어진다는
얘기도 있고."

호손이 옅게 쓴웃음을 지으며 말했다. "호머 형이 맨날 하는
얘기도 그거예요. 조심하라고요. 바닷물 냄새나 썩은 고기 냄
새가 날 때, 아니면 또—"

"아니면 뼈가 덜컥덜컥하는 소리가 들리거나?" 마일드메이가 또 웃었다. "맞아, 내가 학교에 다닐 때도 백골 패거리가 꿈에 나타나서 잡아가면 뼈가 남긴 흔적만 남고 감쪽같이 사라진다고, 아이들끼리 무서운 이야기라면서 그랬어. 내가 그랬지. 부기맨 이야기랑 같은 거라고. 침대 밑 괴물 같은 이야기 말이야. *사실도 아니고, 겁낼 거 하나도 없어.*"

하지만 모리건은 웃음이 나오지 않았다. 계단에서 발을 헛디딘 것처럼 갑자기 가슴이 덜컹 내려앉는 기분이었다.

마일드메이는 앞으로 뛰어가 다른 아이들과 교묘한 길에 다녀온 이야기를 나누었지만, 모리건은 걸음을 늦추며 호손과 케이든스를 붙잡았다.

"백골 이야기가 단순히 전설이 아닌 것 같아." 모리건은 목소리를 낮춰 말했다. 팔에 온통 소름이 돋았다. "나… 나 본 것 같아."

"뭘 본 것 같다고?" 케이든스가 물었다.

"어디서? *언제?*" 호손이 물었다.

"얼마 전에, 선창 아래서. 그때는 그게 뭔지 몰랐는데, 마일드메이 선생님이 설명한 거랑 꼭 같았어." 모리건은 기묘하게 조합된 뼈와 잔해를, 괴기스럽게 *잘못된* 그 모습을 떠올리며 부르르 몸을 떨었다.

"그러니까 백골이 진짜 있는 거라면…" 호손이 양미간에 주름을 잡았다.

"그럼 섬뜩한 시장도 진짜 있는 거야." 모리건이 호손이 얼버무린 뒷말을 받아 마쳤다.

카시엘과 팍시무스 럭과 브램블 박사의 새끼 고양이가 생각났다. 누구든 찾을 가능성이 있다면, 어쩌면 그 답이 섬뜩한 시장일 수도 있을 것 같았다.

그리고 자신의 예감이 맞다면, 모리건은 데블리시 코트로 돌아가 알아내야만 했다.

◆━━━◆◆━━━◆

그럴 필요는 없었지만 마일드메이는 919기 아이들과 같이 프라우드풋역까지 걸어갔다. 역에서는 치어리 씨가 아이들을 객차에 태워 가기 위해 기다리고 있었다. 치어리 씨는 문 앞에 앉아, 두 손으로 찻잔을 들고 눈을 감은 채 하늘을 덮은 차양 사이로 내리쬐는 오후의 햇살을 만끽하고 있었다.

"아! 안녕, 마리나." 마일드메이가 인사를 건넸다. 뜻밖이라는 듯 무심하게 흘러나온 음성을 듣고 모리건은 그가 목소리를 꾸미고 있다는 걸 알아챘다. 마일드메이는 눈을 가린 앞머리를 쓸어 올리고는 두 팔을 약간 어색하게 흔들며 발끝으로 뛰어갔다. 모리건은 그의 얼굴이 살짝 붉어진 것을 보고 히죽히죽 웃으며 호손의 옆구리를 쿡 찔렀다.

"지금 꿈꾸고 있나 봐." 호손이 귓속말로 소곤댔다.

치어리 씨가 한쪽 눈을 빠끔 떴다. "안녕, 헨리. 너희 왔구나? 올드타운은 어땠니?" 치어리 씨는 남은 차를 선로에 부어 버렸다. "이제 다들—"

치어리 씨의 말을 잘라 버린 건 비명처럼 들리기도 하고 오열처럼 들리기도 하는 어떤 끔찍한 소리였다. 소리가 나는 쪽을 돌아보던 모리건이 느닷없이 달려든 인간 포탄 같은 물체에 바닥으로 내동댕이쳐졌다. 정신없이 내려치는 주먹과 초록 이끼 같은 긴 머리.

"그 애한테 무슨 짓을 했지? 어떻게 한 거야? **대답해!**"

모리건은 엘로이즈가 얼굴을 할퀴려고 달려드는 통에 움찔 놀랐다. 마일드메이와 치어리 씨가 허우적거리는 엘로이즈의 양팔을 한쪽씩 붙잡고 모리건에게서 끌어냈지만, 엘로이즈는 잡힌 팔을 뿌리치고 모리건을 덮치려고 발버둥을 쳤다. 호손과 케이든스는 충격받은 모리건을 일으켜 주려고 달려갔다.

"**그만해!**" 치어리 씨가 엘로이즈의 팔을 놓치지 않으려고 안간힘을 쓰면서 소리쳤다.

"저 애는 뭔가를 알아요. 그 애한테 무슨 짓을 했다고요! 어디 있어? 알피는 어디에 있냐고!"

엘로이즈가 꺽꺽거리며 서럽게 울었다. "봐요. 이거 **보라고!**"

엘로이즈는 몸을 빼내더니 쪽지 하나를 마일드메이의 코앞으로 내밀었다. 쪽지를 소리 내어 읽던 마일드메이의 표정이 점점 혼란에 빠졌다. "*나는 이제 여기 남아 있을 수 없어. 나는 협회에 있을 자격이 없어. 동봉한 나의 W 배지를 받아 줘. 이로써 나는 우리 기수에서 물러나. 잘 지내. 알피 스완.* 그런데 엘로이즈… 이 편지가 모리건과 도대체 무슨 상관이라는 거니? 알피가 나가기로 했다면, 그건—"

흐느껴 울던 엘로이즈가 간신히 말을 이었다. "알피는 *나가고 싶어* 하지 않았어요! 나가면서 나한테 말 한마디 하지 않을 리도 없고요. 그 애는 나를 사랑해요! 이 말도 안 되는 쪽지를 남긴 건 그 애가 아니에요."

마일드메이가 안 됐다는 눈으로 바라봤다. "그렇게 보일 수도 있겠지만—"

"그 애가 쓴 게 아니에요. 알피는 '이로써' 같은 표현을 쓸 수 있는 애가 아니에요. 자기 이름이나 간신히 쓴다고요. 이건 그 애가 쓴 쪽지가 아니에요. *그 애가 아니라고요!*"

치어리 씨가 마일드메이에게서 쪽지를 가져와 훑어보았다. "그렇다고 이게 모리건하고 관련이 있다는 뜻은 아니잖니."

"저 애는 뭔가 나쁜 걸 숨기고 있어. 다들 알고 있잖아요!" 엘로이즈는 눈물이 줄줄 흐르는 얼굴로 빽 소리를 질렀다. 모리건은 흠칫 뒤로 물러섰다. 승강장에 있던 사람들 전부 그들을 지켜보고 있었다. "전에도 그 애한테 무슨 짓을 했어요. 난 저 여자애 짓이란 걸 알아요. 저 애는 뭔가… 저 애 정체가 뭔지 모르겠지만, 사람들을 조종해요. 내가 봤단 말이에요. 저 애가 알피를 떠나게 한 거예요! 저 애가 알피를 다치게 했으면 어쩌죠? 알피가 *자신*을 다치게 만들었으면 어떻게 해요? 저 애는 우리를 해코지하려고 한 거예요. 왜냐하면 우리가… 왜냐하면… 아, **알피**!" 엘로이즈가 말꼬리를 흐리다 엉엉 울었다.

치어리 씨가 말했다. "엘로이즈. 네가 얼마나 속상할지 알아. 하지만—"

"저 애 비기가 뭐예요?" 엘로이즈가 따지며 물었다. "아무도 모르죠. 왜 원로님들이 아무에게도 말하지 않는지 아세요? 위험한 거라서 그래요. 어째서 **저 애**가 협회에 들어오면서부터 사람들이 실종되기 시작했을까요?"

수많은 얼굴이 한꺼번에 모리건을 향했다. 익숙한 감각이 목덜미에 슬금슬금 번졌다. 모리건은 자신이 이 순간을 기다리고 있었다는 걸 깨달았다. 원협에 발을 들인 첫날, 팍시무스 럭이 사라졌던 그날부터, 아직도 모리건의 마음 한구석 어디엔가 살고 있던 저주받은 여자아이는 *이* 순간을 기다렸다. 이렇게 비난이 쏟아질 날을.

치어리 씨가 다시 엘로이즈의 팔을 잡고 조곤조곤 달래려는 듯 다가갔다.

"조심해요." 램버스가 나직이 말했지만, 치어리 씨는 듣지 못했다.

치어리 씨가 조심스레 침착한 목소리로 찬찬히 말했다. "나하고 같이 가자, 엘로이즈. 어서. 프라우드풋 하우스로 올라가서 전부 정리해 보자. 너도 차 한잔 마시는 게 좋을 것 같아."

램버스는 흠칫 놀라더니, 이번에는 모리건을 똑바로 바라보며 같은 말을 반복했다. "제발 *조심해*."

모리건은 눈살을 찌푸렸다. "그게 무슨—"

그때 엘로이즈가 성난 고양이처럼 울부짖더니, 치어리 씨에게 붙잡혔던 팔을 홱 비틀었다. **"닥쳐요! 나한테 손대지 마!"**

엘로이즈는 팔을 뒤로 뺐다. 모리건이 상황을 알아차렸을 때는 이미 엘로이즈가 번쩍이는 은빛 무기를 앞으로 내던진 뒤였다. 표창 하나가 얼굴을 스쳐 지나가자 날카로운 붉은 줄이 그어지며 치어리 씨가 고통에 찬 비명을 질렀다.

깜짝 놀라 외마디 비명을 지르는 소리가 승강장 사방에서 터져 나왔다.

모리건은 입을 벌렸다. 충격과 분노가 숨 가쁘게 솟구쳐 올라오는 소리가 부글거렸지만, 밖으로는 아무것도 들리지 않았다. 소리 대신 느껴지는 건 지금껏 한 번도 겪어 본 적 없는 분노의 물결이었다. 물결은 용암처럼 모리건을 향해 쏟아졌고, 몸 안에서부터 녹아내린 불이 타오르는 것 같았다. 목구멍 안쪽에서 재 맛이, 처음 협박 편지를 받았던 날처럼 불쑥 올라왔다. 갑작스러운 분노는 괴물이 되어, 가슴 저 깊은 곳, 폐에서부터 목구멍의 살을 할퀴며 올라와 입 밖으로 터져 나왔고, 모리건 주변을 불길로 뒤덮었다.

모리건은 백 마리 용의 분노를 느꼈다.

모리건은 온 세상을 불태울 기세였다.

불덩이가 모리건의 입에서 튀어나왔다.

불덩이는 공기를 가르며 대상도 없이 제멋대로 뻗어 나가 엘로이즈의 살갗을 그슬리면서 휙 스쳐 지나갔고, 그대로 머리 위 둥근 나무 차양을 향해 치솟았다. 프라우드풋역의 지붕이 불길에 휩싸였다.

엘로이즈가 비명을 질러 댔다.

모두가 비명을 질렀다.

모리건은 몸이 들썩일 정도로 헐떡거리는 숨을 깊이 들이마셨다가 내쉬면서, 자신의 분노가 스스로 모두 타 없어지는 동안 펼쳐지는 경악할 광경을 지켜보았다.

"이제 그만!" 사람들 뒤에서 누군가 소리쳤다. 동시에 거대하게 회오리치는 물기둥이 허공으로 날아들어 불을 꺼뜨리면서 지붕 나뭇가지 사이사이에서 얼음이 되어 안착했다. 승강장이 정적에 빠진 가운데, 엘로이즈의 떨리는 울음소리만 울려 퍼졌다. 사람들은 자신을 구해 준 이가 누구인지 보려고 일제히 고개를 돌렸다.

머가트로이드가 보행교 위에 서 있었다. 우윳빛처럼 희부연 눈은 모리건이 보았던 것보다 더 밝고 더 차갑게 빛났다. 머가트로이드는 방금 마라톤을 뛰고 온 사람처럼 숨을 몰아쉬었는데, 콧구멍에서 하얗게 언 서리 같은 것이 물줄기처럼 흘러나왔다. 뺨에는 작디작은 얼음 결정이 맺혀 있고, 울퉁불퉁하고 마디가 튀어나온 손은 갈고리처럼 구부러져 있었다.

사람들이 숨을 죽이고 지켜보는 가운데, 마력 학교 주임 교사는 보행교를 건너 승강장으로 미끄러지듯이 내려왔다. 승강장으로 다가오는 동안 머가트로이드의 굽은 등이 곧게 펴지기 시작했다. 하얀 머리카락은 매끈하고 부드러운 은빛 금발로 바뀌었고, 눈동자도 성난 담청색으로 물들었다. 목에서 듣기 괴로운 우두둑, 뽀드득, 툭툭 소리가 계속 나더니, 마력 학교 주임 교사는 사라지고 그 자리에 일반 학교 주임 교사가 서 있었다.

"당신." 디어본은 치어리 씨를 손가락으로 가리키면서도, 눈길은 모리건에게 고정했다. 빈틈없이 통제된 목소리에는 아무런 감정도 섞여 있지 않았다.

하지만 얼굴에는 두려움이 있었다.

"크로우를 원로관으로 데려가요."

(2권으로 이어집니다)

원더스미스 : 모리건 크로우와 원더의 소집자 1

초판 1쇄 인쇄 2019년 8월 5일
초판 1쇄 발행 2019년 8월 10일

지은이 제시카 타운센드
옮긴이 박혜원

펴낸이 김연홍
펴낸곳 디오네

출판등록 2004년 3월 18일 제313-2004-00071호
주소 서울시 마포구 성미산로 187 아라크네빌딩 5층(연남동)
전화 02-334-3887   **팩스** 02-334-2068

ISBN 979-11-5774-636-1 04840
        979-11-5774-635-4 04840(세트)

※ 잘못된 책은 바꾸어 드립니다.
※ 값은 뒤표지에 있습니다.

디오네는 아라크네 출판사의 인문·문학 분야 브랜드입니다.